항아
嫦娥

운모 병풍에 촛불 그림자 그윽하고
은하는 점점 기울어 새벽별은 지고 있네
항아는 분명 영약 훔친 것을 후회하며
푸른 바다 푸른 하늘을 밤마다 서러워하리

雲母屛風燭影深
長河漸落曉星沈
嫦娥應悔偸靈藥
碧海靑天夜夜心

화산질풍검

화산질풍검 2
한백림 新무협 판타지 소설

초판 1쇄 찍은 날 § 2004년 12월 20일
초판 1쇄 펴낸 날 § 2004년 12월 30일

지은이 § 한백림
펴낸이 § 서경석

편집장 § 문혜영
편집책임 § 김율
편집 § 장상수 · 김희정 · 유경화
마케팅 § 정필 · 강양원 · 이선구 · 홍현경

펴낸곳 § 도서출판 청어람
등록번호 § 제1081-1-89호
등록일자 § 1999. 5. 31
어람번호 § 제2-0497호

주소 § 경기도 부천시 원미구 심곡1동 350-1 남성B/D 3F (우) 420-011
전화 § 032-656-4452 팩스 § 032-656-4453
http://www.chungeoram.com
E-mail § eoram99@chollian.net

ⓒ 한백림, 2004

ISBN 89-5831-366-8 04810
ISBN 89-5831-364-1 (세트)

※ 파본은 본사나 구입하신 서점에서 교환하여 드립니다.
※ 저자와 협의하여 인지를 붙이지 않습니다.

화산질풍검

華山疾風劍
FANTASTIC ORIENTAL HEROES

2

◆ 백호(白虎)

한백림 新무협 판타지 소설

도서출판
청어람

| 목차 |

제5장 변화(變化)   7

제6장 육극신(陸克愼)   133

제7장 재기(再起)   249

■제5장■
변화(變化)

장현걸(長泫傑).

개방(丐幇) 후개(後丐). 백결신룡.

출신지 불명. 부(父), 모(母) 파악 불가.

개방 용두방주(龍頭幇主) 항룡신결, 타구봉법 사사.

항룡십팔장(降龍十八掌), 타구봉법(打狗棒法), 용음십이수(龍吟十二手) 달인.

인맥(人脈), 지략(智略), 무공(武功) 일절. 삼절신룡이라고도 불림.

무림맹 정보전(情報戰) 총책(總責).

…중략…….

청홍무적검 청풍(靑風) 대협과 친분.

흑림대전(黑林大戰) 참전(參戰), 가릉대혈전(嘉陵大血戰) 참전(參戰), 복룡담(伏龍潭) 대무후회전(對武侯會戰) 참전(參戰)…중략…….

한백무림서 인물편 제십장.
개방 中에서.

변화(變化)

 큰 의지와 함께 견뎌내는 싸움이지만 상황은 그다지 좋지 않았다.
 근근이 버티는 청풍과 하운이다.
 종리굉의 사나운 검격은 결국 청풍에게 몇 줄기 검상을 입혀, 어려운 싸움을 더욱더 힘들게 만들어놓았다.
 그뿐인가.
 다른 화산 제자들의 전황도 어렵게 흘러가고 있었다. 이미 두 명이 쓰러졌다. 숫자로 밀리고 있으니 앞으로도 몇 명이나 더 희생당할지 알 수가 없었다.
 쩌엉!
 청풍의 신형이 뒤로 튕겨 나오고, 하운이 옆을 받치며 종리굉의 쇄도를 견제한다.
 한순간, 얼굴을 굳히는 하운이다. 그가 검미를 좁히며 당황스러운 표정을 지었다.

"이것은……!"

공터 앞쪽. 신여 방향.

꾸역꾸역 몰려드는 군기(軍氣)가 있다.

철기맹 문도들일까.

그렇다. 놈들이다. 뭉클뭉클 솟아오르는 악의(惡意)와 살기(殺氣)를 이쪽으로 겨눈 채, 한 마리의 대망(大蟒)처럼 다가들고 있는 것이었다.

"설마! 처음부터!"

"당연하지. 왜 이리로 끌고 들어왔을 것이라 생각하나."

외치듯 발하는 하운의 경호성에 백검천마 종리굉이 비웃듯 한마디를 던졌다. 처음부터 실수. 모든 것은 의도된 바였던 것이다.

제자들을 하나씩 죽여가며 하운을 경동시킨 것은 또 하나의 술책. 이 공터로 몰기 위한 방편이었다. 적들의 진짜 주력은 이곳에 진을 치고 있었으니까. 범의 아가리로 머리를 들이밀 것을 기다리고 있겠다는 술수였다.

"이쪽도 옵니다."

나직한 청풍의 목소리. 청풍과 하운이 지나온 방향이다.

그들, 척후조가 달려온 길을 짚어오는 화산파.

지휘하고 있는 상원 진인은 한 명, 두 명, 제자들의 시체를 보았을 것이고, 그 역시 하운이 그랬던 것처럼 분노에 휩싸여 제자들을 재촉하고 있으리라.

뻔한 계책이라 할 수 있음에도.

넘어갈 수밖에 없다. 화산파 문인들의 성정이 그러하기 때문이다. 단순하면서도 효과적인 책략. 화산무인들의 성정까지 꿰뚫어 보고 계산한 것이라면 철기맹, 저쪽에는 생각보다 훨씬 뛰어난 책사(策士)가 있는 것인지도 몰랐다.

"그래도 어쩔 수 없다."

하운의 한마디.

무슨 변명 거리가 있겠는가.

실력이 되지 않는 자. 강호가 구하는 피의 사슬에서 떨구어져 나오는 것이 당연하다. 그저 싸우고 또 싸울 뿐. 흉험한 상황임을 알면서도 다시 한 번 부딪쳐 볼 수밖에 없었다.

터엉!

"다시, 가자!"

청풍의 백야참과 하운의 매화검, 그리고 백검천마의 자전검이 격하게 얽혀들었다.

밀리면서도 고집을 부리기라도 하듯, 덤벼드는 싸움이다.

절정으로 치달아 죽음을 향하여 달려나갈 때 비로소 한 무리가 나타난다.

상원 진인과 화산 제자들이 당도한 것이다.

"종리굉!"

분노에 찬 상원 진인의 외침이 들려왔다. 백검천마 종리굉을 한눈에 알아보는 상원 진인. 이어 '멈추어라!' 하는 그의 일갈이 사위를 울렸다.

극성으로 펼쳐 내는 암향표.

엄청난 기세로 몸을 날리는 상원 진인의 뒤로, 화산파의 정영들이 함께했다.

파파파파파.

기쾌하게 움직이는 화산 제자들의 모습은 그야말로 대단했다.

그러나 청풍이 알고 하운이 알고 있듯 화산 제자들의 쇄도는 그다지 좋은 선택이라 볼 수가 없었다. 앞쪽의 숲, 철기맹의 독아(毒牙)가 기다리고 있던 까닭이었다.

쐐쐐새새새색!

파공성이 잔뜩 들려왔다.

첫 공격은 화살비다.

송림의 그늘로부터 날아드는 화살들이 돌진하는 화산파 무인들을 사나운 기세로 덮쳐들었다.

채챙! 챙! 채채채챙!

일제히 검을 휘두르며 빗발치는 화살을 막아내는 화산파 검수들이다. 전면을 방어하는 그들의 검술에 화살들이 모조리 튕겨 나갔다.

확실히 그 정도로는 소용이 없다는 것일까. 하지만 그것으로 끝이 아니다.

진짜는 바로 그 다음에 있었다.

파사삭. 두두두두.

다시 날아들지 모르는 화살을 방비하기 위하여 자세들을 가다듬던 순간이다.

철기맹 주력 부대, 철갑기병대(鐵甲騎兵隊).

화살비는 어디까지나 정신을 분산시키기 위한 술수였다. 철갑을 두른 기마무인(騎馬武人)들의 질주. 숲을 가르고 돌진해 오는 기마의 위용에, 닫혀 있던 문이 열리듯 송림이 둘로 갈라지는 착각이 들 정도였다.

'이쪽의 숫자가 너무 적다.'

열두 명.

상원 진인과 함께 이 길로 들이닥친 이들은 그것이 전부였다.

사방에서 들려왔던 병장기 소리에 각기 다른 방향으로 진입을 시도한 모양이다. 무림맹 무인이 한꺼번에 오지 않은 것. 유인책에 당했을 뿐 아니라 설상가상으로 분산책에까지 걸려든 것이다.

"얄팍한!"

일갈과 함께 공중으로 솟구치는 상원 진인이 보였다. 목표는 선두로 달려오는 기마무인이다. 강력한 내력을 담은 육합(六合)의 검력이 상대의 전면을 휩쓸어갔다.

까가가가강!

강렬한 충돌음.

'저럴 수가!'

이 철기맹에 있던 고수는 종리굉 하나가 아니었던 모양이다.

거기에 신경 쓸 때가 아니었지만, 시선을 떼기 힘들 정도.

철갑기병대의 선두에 있는 자의 무위가 놀랍다.

한 자루 철곤(鐵棍)을 휘두르는 자. 상원 진인이 펼치는 화산육합검(華山六合劍)의 경력에 맞서 조금도 밀리지 않았던 것이다.

"위험!"

역시나 다른 곳에 한눈을 팔 때가 아니다.

뒤쪽으로 물러나는 청풍, 하운도 그 옆에서 종리굉의 검격을 어렵사리 받아냈다. 급변하는 정황이지만 그들은 여기에만 집중해야 했다. 잠시 흐트러졌음에도 목숨을 부지할 수 있었던 것은 종리굉 역시 다른 싸움에 한눈을 팔았기 때문일 터, 더 이상 요행을 바랄 수는 없었다.

쩌정! 쩡!

어려운 싸움이다.

종리굉의 검 앞에서 당장이라도 쓰러질 듯한 두 사람.

거기에 함정으로 들어오고 만 화산 제자들도 격한 공격을 맞이하고 만다.

상원 진인이 선봉을 막지 못했다는 사실은 곧, 적들의 기세를 살려 주는 것밖에 되지 않았던 바. 그들이 맞닥뜨리는 공격은 무척이나 거세고도 위협적이었다.

두두두두두두두.

지축을 울리는 말발굽 소리가 거침없다.

짧은 거리를 거침없이 내달려 흉흉한 중병들을 마구 내리꽂는다. 그 기세가 무척이나 살벌하여 받아내기가 쉽지 않아 보였다.

파라라락! 채챙! 채채챙!

연이은 위기에, 계속되는 위험이었다.

물러서지 않는 화산 제자들. 암향표 신법을 펼치며 몸을 띄워 올리고는, 지닌 바 검법들을 전개하기 시작했다. 철갑기마를 자유자재로 움직이며 강력한 위용을 자랑하고 있는 철기맹이지만, 화산 제자들은 두려움없이 맞선다. 뛰어난 모습들이었다.

까강! 쩡!

육중한 충돌음이 계속하여 터져 나왔다.

흔들림없이 대응하는 화산 제자들이지만 그렇다고 적들을 상대하기가 쉬운 것은 아니었다.

이쪽도 강하지만 철기맹도 강했기 때문이다.

화산 장로 상원 진인으로서도 단숨에 물리칠 수 없는 고수를 내세우고 있을 뿐 아니라, 주력이란 이름에 걸맞게도 철갑기마대 자체의 위력

역시 만만치 않았던 것이다.

파캉! 챙! 채챙!

화산 무공의 장점은 속도와 정교함, 그리고 날렵함과 섬세함에 있다고 할 수 있다. 그러나 철기맹의 철갑은 그들이 자랑하는 철갑주조술(鐵甲鑄造術)로 만들어져 있어, 어지간히 정밀한 검술을 지닌 이라도 공략하기가 쉽지 않았다. 요혈을 노리려 해도, 중요한 부분일수록 더욱더 두터운 철갑이 감싸고 있었던 까닭이다.

쩡! 파라라락! 채챙!

한편 중갑(重鉀)을 입은 철기무인들로서도 날아다니듯 움직이는 화산 제자들을 격중시키기는 쉽지가 않았다.

서로가 서로를 공격하기 어려운 상황.

그러니 난전이다.

사십여 무인이 어지럽게 얽히면서도 서로가 서로를 쓰러뜨리지 못하는 진풍경이 벌어지고 있었다.

"크윽!"

먼저 타격을 입은 쪽은 철기맹 측이었다.

매화검수 동령(冬嶺)의 검격. 하운과 함께 배속된 또 하나의 매화검수다.

철갑무인의 갑주 사이, 실낱같은 틈을 뚫고 치명상을 입혀놓는 무공이었다. 그야말로 정교함의 극치. 과연 매화검수라 불릴 자격이 있다고 할 만했다.

문제는 다른 제자들이다.

평검수 정도의 수준으로는 동령과 같은 검격을 펼치기 힘들다.

처음 상대해 보는 난적(難敵)인데다가, 휘두르고 있는 중병들도 부담

될 수밖에 없다. 피해내기엔 쉬울지 몰라도 일격이라도 허용하면 곧 치명상을 면치 못하니, 거기에서부터 오는 중압감이 대단했다. 더욱이 난무하는 병장기들 사이에서 쉴 새 없이 움직여야 되는 것, 그 체력 소모 역시도 결코 가볍게 넘길 만한 것이 아니었다.

격해지는 동작들과 길게 이어지는 싸움이다. 한순간 들려오는 둔탁한 소리.

퍼억!

결국, 한 제자가 낭아봉의 일격을 얻어맞는 소리였다.

"청겸(淸謙)!!"

곤두박질치는 그의 몸이다.

달려드는 철갑기마무인들. 휘두르는 두 자루의 창과 한 자루의 곤봉이 더해졌다.

퍼퍽! 콰직!

비틀리는 허리에 함몰되는 가슴이 섬뜩한 광경을 자아냈다.

참혹하기 이를 데 없는 죽음.

제자들의 손속이 더욱 어지러워졌다. 아직은 버티고 있지만 위태위태하기가 풍전등화와도 같았다.

'이대로는 안 돼.'

청풍과 하운, 동시에 뇌리를 스친 생각이었다.

열려 있는 귀로 제자들이 희생당하는 소리들을 듣고 있는 중이다.

위기도 이런 위기가 없다. 백검천마 하나도 버겁기 짝이 없는데 이 장내의 전황 역시 나아질 기미가 보이질 않는 것이었다.

'진인께서… 나서질 못하시니!'

화산 제자들이 이렇게까지 고전하게 된 가장 큰 이유는 무엇보다도,

상원 진인이 단 한 기의 철기무인에게 묶여 있다는 사실이었다.

보면서도 믿기 힘든 일이었다.

무구(武具)의 위력을 빌리고 있다지만, 이 철갑기마들의 수장(首長)은 실제 실력에 있어서도 상원 진인의 무력에 근접해 있는 것 같았다. 구파의 장로를 이 정도까지 상대할 수 있다니, 그저 놀라울 따름. 드리워진 먹구름이 짙고도 짙어 헤어 나올 길이 없을 듯한 느낌이었다.

"청로(淸露)! 피해라!"

누군가의 경호성.

어지러운 파공음과 기마들이 빚어내는 소음(騷音) 사이. 한줄기 산산조각으로 부서지는 뼈 소리가 들려왔다.

콰직! 우득!

생명을 앗아가 버리는 끔찍한 그 음성. 그것이 불러온 결과는 결코 작지 않았다. 또 한 제자의 죽음에 움찔하는 상원 진인. 손속이 흐트러진 틈을 타 뻗어온 기마무인의 철곤이 상원 진인의 어깨를 때린 것이다.

"크윽!"

공중으로 튕겨 나가 불안하게 착지하는 상원 진인의 귓전에 상대의 비웃음이 울려왔다.

"크크크. 천하의 화산파도 어쩔 수 없나 보군. 기껏 제자 몇 명 죽은 것에 이성을 잃고 스스로 함정에 뛰어든 꼴이라니."

상원 진인의 눈에 불꽃이 번쩍 튀었다.

그렇다. 그는 어리석었다. 송림에서 보았던 화산 제자들의 시체들, 이 공터까지 유도하기 위한 술수다.

백검천마 종리굉. 일부러 한두 명씩만 죽여서 보여준 것이다. 이곳으로 오라고. 분노에 휩싸여 정황을 알아보지 못하라고.

"악독한 수작을 부리다니!"

상원 진인이 온몸의 내력을 끌어올리며 땅을 박찼다.

이전보다 훨씬 더 무시무시한 공방을 펼쳤지만 이미 부상을 입은 상원 진인으로서는 승기를 잡기가 어려웠다. 적의 강맹한 경력을 흩어내며 튕겨 나온 그에게 다시 한 번 철갑무인의 비웃음이 쏟아졌다.

"카핫! 악독하다? 우리가 싸움을 건 것은 애초에 너희 화산파일 뿐이다. 거기에 다른 문파들을 끌어들여 떼거지로 몰려온 주제에 악독함을 이야기하다니! 부끄러운 줄 알아라!"

상원 진인으로서는 대꾸할 말이 없다.

그로서도 화산파의 싸움은 화산만이 나서야 한다고 생각했으니까.

퍼억!

"안 돼!"

제자 하나의 외침과 한 제자의 죽음이 더해진다.

'절망적이로구나.'

무엇을 기대할 수 있을지. 화산파가 이 지경인데 다른 두 방향으로 나아간 이들이라고 온전할까. 남은 것은 화산의 긍지를 지키는 것. 물러서지 않는 의기만이 이 절망을 빛나게 만들어주리라.

"차앗!"

그 어느 때보다도 큰 기합성을 발하며 검을 휘두르는 상원 진인이다. 정교함을 첫째로 하던 매화검이나 육합검은 이미 없다. 화산검법 중 가장 격렬하고 살기가 짙다는 천류신화검법(天流神火劍法)이었다.

쩌정! 쩌저정!

사납게 터져 나오는 검격의 충돌음이 청풍과 하운의 싸움 속으로도 섞여든다.

상원 진인의 절박함이 그대로 전해져 오는 듯.

이쪽도 위급하기 그지없는 것은 매한가지다.

벌써 네 군데나 검상을 입었다. 아무래도 익숙해질 수 없는 쓰라린 아픔이다. 청풍의 몸은 이미 피칠갑이라고 해도 될 정도로 붉게 물들어 있는 상태였다.

치리링! 쩌엉!

백야참을 힘껏 내쳐 보려는데 진기가 제대로 이어지지 않았다.

마침내 자하진기도 한계에 다다른 것일까.

지쳐 있기는 하운도 똑같다.

가쁜 숨을 몰아쉬며 검을 전개하고 있는 것. 검사(劍士)의 호흡이란 항상 맑고도 잔잔해야 하는 바, 그 움직임에 파탄이 드러나고 있는 중이었다.

"큭!"

펼쳐 낸 백야참을 거두어들이며 금강호보를 밟고 옆으로 움직였다. 기이하게 꺾여 들어오는 백검천마의 검술. 하운의 검이 방어를 돕고, 청풍 역시 백호검을 휘돌려 상대의 검을 막아낸다.

어렵다.

그러고 보면 금강탄이나 백야참이나 앞으로 나아가는 무공들뿐이다. 수세를 위한 무공이 아니라는 뜻, 비할 데 없이 강력한 공격법을 지녔음에도 그에 준하는 방어법이 없다. 배운 바가 없는 것. 하운의 방벽도 이제 한계에 달한 마당에 그 스스로도 막아낼 무공이 없으니, 남은 것은 결국 목숨을 내어주는 방도밖에 없을 듯하였다.

"……!!"

변화(變化)

한순간, 죽음을 떠올렸을 때였다.

느껴지는 것.

무엇인가 다가오고 있다. 아군(我軍) 쪽에서.

세상을 뒤덮을 듯한 군기다.

철기맹의 그것을 훨씬 상회하고 있는 힘!

처음 백검천마 종리굉의 출현을 느꼈을 때도 이렇지는 않았다. 형언하기 어려운 것. 무시무시한 무엇인가가 접근하고 있는 것이다.

'온다!'

그렇다.

무엇이 어떻게 돼도, 절망은 이르다.

이쪽에는 무신(武神)이 있다. 신여로 출발하기 전부터 이 싸움은 질리가 없다고 생각했지 않았던가.

굉장한 속도로 뻗어오는 기세.

화아아악!

송림이 갈라지고.

선두에 거대한 비천의 흑마(黑馬)를 이끌고, 비로소 청안의 마신(魔神)이 여기에 강림한다.

콰콰콰콰!

철갑을 두른 기마무인들이 단숨에 무너지는 광경.

그를 따라 말을 달리는 다섯 무인이 거친 쇄도를 보이고 있었다.

"비호, 진표. 모두 죽여라."

깨지는 강병(强兵)들과 갑주(鉀冑)들 위로 마검(魔劍)의 명령이 강렬한 잔영을 남겼다.

무인지경으로 적들을 섬멸하는 그들이다.

전투력이 상상을 초월하고 있다. 그저 강한 자들이라고만 생각했었는데, 실제 싸움을 보니 또 다르다. 무서운 무공들, 지극히 실전적이면서도 장중한 힘이 있어 일격 일 타, 철갑 갑주와 기마 따위는 아무런 방어막이 되지 못하고 있었다.

또각, 또각. 또각.

마치 그 홀로 다른 세상에 있는 듯.

여유롭게 말 머리를 돌리는 그가 있다.

이쪽이다.

다가오는 방향.

청풍과 하운이 있는 곳, 아니, 종리굉이 있는 곳을 향해서였다.

턱.

굉장한 명마, 내려서는 그 눈빛에 대해(大海)의 망망함이 담긴다. 단순히 걸어오는 것뿐인데도 땅이 갈라지는 듯했다.

치릿!

뚝, 하고 멈추는 종리굉의 신형이다. 몇 합이면 지친 청풍과 하운의 목숨을 거둘 수 있었을 터. 하지만 종리굉은 그러지 않았다. 아니, 그러지 못했다.

그것은 그야말로 선택이 아니라 강제(强制).

유형화되어 있기라도 하듯, 투지를 자극하며 찌릿찌릿 전율을 일으키는 그 무위는 일세거마로 천하를 굽어보던 종리굉에게 거부할 수 없는 마력이었던 까닭이다.

"화산의 젊은 검사, 이름이 무엇인가."

그러나.

그가 말을 걸어온 것은 종리굉이 아니었다.

옆에 있는 매화검수 하운도 아니다.

똑바로 바라보는 것은 청풍.

청풍에게 먼저 물어보는 이름이다.

종리굉의 눈썹이 꿈틀 치켜 올라갔다. 종리굉을 놔둔 채, 어린 애송이에게 말을 거는 오연함이다. 분노를 아니 느낄 수가 없었다.

"청풍, 청풍이라 합니다."

어렵사리 꺼내놓은 이름이다.

하지만 이어받는 그의 말은 청풍으로 하여금 움찔 몸이 굳도록 만들 뿐이었다.

"물러나라, 청풍. 저자의 상대는 나다."

울컥하니 무엇인가 올라오는 기분이다.

그의 입에서 처음으로 발해진 자신의 이름. 그러나 기껏 그 내용은 물러나라는 말이 전부라니, 참을 수 없는 심정이 되어버렸다.

"하지만……!"

결국 뱉어낸 말이다. 하지만 그것도 중도에 막혀 버린다. 갑작스럽게 번뜩인 검광 때문이다. 기회를 보고 있었던 듯, 화산검수들과 싸우던 백검문 무인 하나가 그를 노리고 몸을 날려왔기 때문이었다.

푸화하하하학!

"……!!"

다음 순간!

청풍의 눈이 경악으로 물들었다.

손목을 슬쩍 움직인 듯 보였을 뿐이다.

뻗어나간 것은 흑색의 검날을 지닌 불길해 보이는 장검(長劍).

단 일 격이다.

가볍게 쳐낸 일격에 사선으로 터져 나가듯 두 동강 난 육신과 피가 땅바닥을 수놓았다.

"……!!"

말을 이을 수 없을 정도다.

일격에 앗아가는 생명이었다.

금강탄이나 백야참으로도 가능한 것이기는 하지만, 이 일격은 근본부터가 다르다.

그냥 쓱 뻗어내었는데 사람의 몸이 순식간에 반으로 갈라졌다.

준비도, 발검도, 내력의 응축도 무엇 하나 제대로 파악할 수가 없었다.

'두려울 정도로 강하다……!'

사람의 목숨을 그런 식으로 빼앗으면서도 눈 하나 깜짝하지 않았다.

망설임이라고는 조금도 없다. 이미 청풍에게는 관심이 없다는 듯 몸을 돌려 버린 채 종리굉에게로 걸어가는 그 발자국에는 그 무엇도 거칠 것이 없는 한없는 자유로움과 부서지지 않는 검심(劍心)이 깃들어 있다.

'두렵다? 그렇지만…….'

온몸이 떨린다.

전율이다.

뭔가 찾아야 할 것을 찾은 느낌이었다. 그가 봐야만 했던, 이 싸움을 통하여 얻어야만 했던 그것이 여기에 있었다.

'저렇게 될 수 있다면……!'

희망일까. 또는 도전 의식일까.

천하.

을지백이 말했던 진정한 천하. 청풍은 그것을 본 것이었다.

"북경, 어전 무도 대회에서 보았을 때, 반드시 검을 나눠봐야겠다고 생각했었다. 내 이름은 명경. 무당에서 무공을 닦았다."
명경.
스스로 밝히는 그 이름.
이제 보니, 명경은 이미 종리굉을 알고 있었던 모양이다. 인연이 묻어나는 한마디.
하지만 대꾸하는 종리굉의 말투는 거칠기만 했다.
"방자한 놈이로군. 나는 너와 같은 자를 본 기억이 없다. 함부로 나서는 주제를 알아라."
명경을 격동시키려는 의도인 듯.
그러나 명경은 미동도 하지 않았다. 오히려 흑암을 도로 거두는 명경. 그가 천천히 입을 열었다.
"운기하라. 차륜전으로는 베고 싶지 않다."
명경의 말.
숨이 막힌다.
저런 말이 어찌 나올까. 굉장하고, 또 굉장하다.
"이놈이… 감히……."
"……."
바다같이 푸른 눈.
'압도당하고 있다. 저 백검천마가…….'
읽을 수 있었다. 종리굉의 눈. 그토록 강했던 백검천마도 이자에게는 이길 수 없는 것이다.

"죽이겠다."

종리굉의 신형이 움직이기 시작했다.

백검천마의 명성을 사해에 떨치게 만들었던 진신무공, 백마검법(白魔劍法)이다.

우우웅!

청풍과 하운에게 검을 전개할 때보다 훨씬 더 빨라진 느낌.

전력을 다하는 종리굉의 무위는 확실히 굉장했다. 저런 무공에 맞서서 어찌 버틸 수 있었는지 스스로 이해가 안 갈 정도였다.

"타앗!"

백검천마 종리굉의 검이 기이한 움직임을 보였다. 상리를 벗어나 있었지만, 요혈을 노려가는 속도가 무시무시했다. 독특함을 넘어 이미 일가를 이룬 검도였다.

퍼펑!

그토록 뛰어난 검법을 보이고 있으면서도 변화를 보이는 데 주저하지 않는다.

검법을 펼치는 외중에도 기회가 닿으면 장법과 각법을 완벽하게 구사하고 있다. 수십 년의 세월 동안 강호를 헤쳐 온 노장(老將)으로서의 경험과 연륜이 그대로 묻어나고 있었다.

쩌정!

쩌저저저저정!

'그래도 통하지 않아. 어떻게 저럴 수가.'

빠르게 움직이는 백검천마. 일일이 막아내는 명경이다.

비등한 승부다?

그렇지 않다. 백검천마 종리굉의 움직임이 많은 것은 그만큼 명경의 검이 그에게 강렬한 위협을 주고 있다는 증거다. 우열이 확실해져 가는 싸움이었다.

우우우웅!

무공뿐 아니라, 병기에 있어서도 우위에 있다.

명경이 휘두르는 검. 신병이다.

흑색의 검신(劍身). 보는 것만으로도 위압감을 느끼게 만드는 마검(魔劍)이었다.

백호검이 신검(神劍)이라지만, 명경이 휘두르는 저 검 역시 청풍의 백호검에 비하여 손색이 없어 보였다.

우웅!

강검 안에 유검이 있다.

'저걸! 저렇게 비껴내다니.'

신랄함으로 무장한 종리굉의 검을 깃털처럼 가볍게 흘려내고 방어하는 검초들을 사정없이 헤집어놓았다.

무서울 정도다.

이렇게 멀리서 보는데도 그러할진대 직접 상대하는 사람은 오죽할까.

백검천마도 강하지만 명경은 더 강하다. 막강한 힘. 마검이 없더라도 그 자체로 이미 두려움인 남자였다.

촤악!

종리굉의 가슴에 긴 검상이 새겨졌다.

선혈이 튀어 오르는 가운데 이를 악문 종리굉의 반격이 이어지나 명경의 무공은 그야말로 난공불락의 요새와 같다. 뚫을 수 없는 방어에, 완벽한 검공이 뒤따른다. 경이로운 무력이었다.

쩡! 슈각!

또 한줄기. 명경의 검이 종리굉의 옆구리를 스치고 지나갔다.

살초를 주고받는 생사결(生死結)의 싸움. 상처를 입히고도 공격의 고삐를 늦추지 않는다.

밀려나는 종리굉.

굳은 얼굴에 끝장을 보겠다는 듯 두 눈에 강렬한 불꽃을 담았다.

우우우웅.

자전검을 잡은 손에 내력이 들끓고 전신에는 아지랑이와 같은 하얀 기운이 서린다. 백마검법 필살초 백마현신(白魔現身)이었다.

피리리리릿!

지금까지와는 다른 파공음에 명경의 검이 처음으로 다급한 움직임을 보였다.

상대의 경력을 풀어내기 위해 몸을 뒤로 튕겨낸 명경.

쩌엉.

그의 검과 왼손이 교검의 자세를 만들었다.

종리굉이 최후의 힘을 내 쓴다면 명경 쪽에서도 비장의 일격이 나간다.

청풍의 눈이 그 모든 것을 담아두겠다는 듯, 더할 나위 없이 크게 뜨여졌다.

교검세.

이어지는 필살검이다. 비단폭과 같은 경력이 공기를 찢어발겼다.

촤아아아악!

백마현신의 힘을 빌린 일초가 속절없이 스러졌다.

믿을 수 없는 검력이다.

방대한 양의 기(氣). 저런 것은 본 적도, 상상해 본 적도 없다. 인간이 발하는 무공임에 어찌하여 저런 검격이 가능한 것인지 짐작조차 할 수 없었다.

"타핫!"

게다가 연환검이다.

이어지는 이격.

백검천마 종리굉의 신형이 금방이라도 쓰러질 듯, 위험하게 그 검격을 거슬러 올라가는 것이 보였다.

'불가능해. 이런 것은 있을 수 없어.'

사람이 가질 수 있는 내력의 한도(限度)가 있고, 자연이 빌려줄 수 있는 힘에는 한계가 있는 법이다.

모든 것을 초월했다.

이미 완성을 향해 올라가고 있는 무공이다.

무적의 무예. 이것이다. 두 눈에 환상처럼 박혀들고 있는 그 무신의 위용, 평생토록 잊을 수 없을 것 같았다.

삼격, 사격.

그토록 강했던 종리굉일진대 근근이 버텨내는 것이 전부다.

번쩍!

명경의 검이 다섯 번째 검력을 내뿜었다.

종리굉도 질 수 없다는 듯 발악적으로 검을 찔러냈지만.

순간의 교차, 두 사람의 결말이 극명하게 갈렸다.

푸학! 퍼허헉!

털썩.

종리굉의 몸이 땅을 뒹굴었다.

감탄과 허탈함이다.

한쪽 다리와 한쪽 팔을 통째로 날려 버린 종리굉. 쓰러진 채 일어서지조차 못했다.

"이렇게 죽다니… 이 종리굉이……."

가쁜 숨을 몰아쉬는 종리굉이다.

최후. 그토록 어렵게 싸웠던 자의 최후는 청풍으로서도 받아들이기가 쉽지 않다. 그가 싸워 이겼어야 했던 것. 다른 사람의 힘을 빌렸으니 가슴이 답답해질 수밖에 없었다.

"무당이라 했나? 이번에는 비껴가겠지만… 그 이후에는 쉽지 않을 터. 하지만 그것도 네놈만한 고수가 있다면 또 모르는 일이겠군. 허공 이후에… 사람이 없는 줄 알았더니. 탁가 애송이… 고생 좀 하겠어. 크크크."

종리굉의 목소리는 점차 작아져 잦아드는 마지막 웃음에는 피 끓는 소리가 섞여 나왔다. 수많은 사람을 죽이며 무도한 생을 살았던 백검천마 종리굉이다. 그렇게도 살행을 하던 그가 결국 입장이 바뀌어 초라한 죽음을 맞이하게 되니, 그것도 하나의 업보. 어쩔 수 없는 강호의 숙명이었다.

'명경. 무당파…….'

백검천마의 시신 앞에서 미련없이 몸을 돌리는 명경이다.

무(武)의 화신.

이쪽으로는 눈길조차 주지 않는다.

청풍. 무신(武神)의 시선을 잡아둘 수 있는 능력이 없다.

그저 정신을 차리기 힘들 뿐.

흔들리는 눈으로 둘러본 싸움터엔 다른 싸움들도 거의 다 마무리되고 있는 중이다.

명경이 데리고 온 무인들이 철갑기마대를 격파하고, 상원 진인이 어려운 접전 끝에 기마무인들의 수장을 베어 떨굴 때까지.

청풍은 오직 오늘 본 명경의 무위만을 곱씹고 또 곱씹었다.

믿을 수 없었던 광경.

'과연… 그것이… 천하.'

천하.

이르러야 할 곳.

올라갈 수 있을지 절로 의문이 드는, 지고한 경지가 그 안에 있었던 것이다.

의외의 강수들을 두면서 계략들을 펼쳐 놓은 철기맹이다.

그러나 그것이 이렇게 뚫려 버릴 것이라고는 예상하지 못했던 모양.

백검천마에 철갑기마대까지 있었던 방어선이 돌파하고 나니, 그 다음부터는 속수무책으로 무너지고 말았다.

그것이 철기맹의 한계일는지.

신여 한복판에 위치한 철기맹(鐵騎盟) 신여지부(新余支部)의 현판을 부수고 저항하는 무인들을 제압한 후, 그 안의 식솔들을 모두 내쫓았다. 모든 것이 끝나기까지 걸린 시간은 고작 한 시진이다. 송림에서의 고전(苦戰)에 비하자면 납득하기 힘들 정도의 성과였다.

'진작에……'

일찍부터 무당의 무인들을 앞세웠더라면 훨씬 더 좋은 결과를 낼 수 있었을 것이다.

한데, 사서 어려운 싸움을 했고 그에 따라 많은 대가를 치렀다.

제자들의 목숨. 화산파의 입장에서는 값비싼 승리라고 말할 수밖에 없다.

다른 문파들에서도 희생자가 나왔지만 화산 제자들의 피해 상황은 특히나 심각한 수준이다. 열 명이 넘는 화산 제자가 죽거나 다쳤으니 이런 손해가 다시없다. 상대를 얕보아 쉬운 승리를 예상하고 온 만큼, 받아들이기 힘든 결과였을 따름이다.

"상황이 어찌 되었든 책임을 면하기는 힘들다. 매화검수 하운, 화산 계율 제육계를 어겼으니 그에 합당한 징계가 있어야 한다."

"알고 있습니다."

"하면?"

"매화검을 반납하겠습니다."

단호한 음성에 함께 있던 화산 제자 모두의 안색이 변했다.

매화검의 반납.

그것은 곧 화산 매화검수 자리를 포기하겠다는 것을 의미하기 때문이다.

다시 소요관을 통과해도 소용없다. 아예 매화검수가 아니었으면 모르되, 이미 매화검수였던 이가 매화검을 반납하면 다시는 그 검을 되찾기 힘들다.

"화산 계율 육계를 어겼을 뿐 아니라 상황 판단을 지혜롭게 하지 못한 죄, 제자들의 목숨을 제대로 간수하지 못한 죄도 있습니다. 더욱이……"

하운의 눈이 움직여 청풍을 스쳐 지나갔다.

"미망에 빠져 볼 것을 제대로 보지 못한 죄. 매화검수로서의 자격이 없습니다."

일찍이 후기지수로 최고의 자리에 올라가 아래만을 굽어보던 그에게 있어, 청풍은 또한 어떤 의미로 다가왔는지.

청풍은 명경을 보았지만, 하운은 청풍을 보았다.

두 사람의 운명이 교차하는 시점이라고 할까.

스륵, 하고 매화검 검집을 허리에서 풀더니 상원 진인에게 받쳐 드는 하운이다. 받아 드는 상원 진인과 건네는 하운만이 담담한 신색을 유지하고 있을 뿐, 매화검수 자격의 박탈에 모두의 표정이 돌덩이처럼 굳어갔다.

"보무제자 청풍."

"예."

마찬가지로 딱딱하게 입매를 다물고 있던 청풍의 얼굴.

상원 진인이 눈썹을 치켜 올리며 입을 열었다.

"마찬가지의 처분이다. 앞으로 삼 년간 너는 매화검수의 관문인 소요관에 응시할 수 없을 것이다. 최소한 삼 년이다. 징계가 가벼운 것은 네 위치가 낮기 때문일 뿐, 그 죄는 무척이나 무겁다."

"……."

"그리고 하나 더."

결국 나올 수밖에 없는 이야기다. 백검천마와 싸우며 눈길을 끌었던 청풍. 그가 가진 백호검에 관한 사항이었다.

"네가 가지고 있는 물건에 대해서는 궁금한 것이 많다. 하나 지금 이야기할 것은 아닌 듯하니 모든 것이 정리된 후 차차 묻도록 하겠다."

"…예, 장로님."

"장로라… 나 또한 이번 일에 큰 책임이 있는 바다. 징계를 받는 것은 너희들만이 아니야. 본산에 복귀하는 대로 장로 직을 내놓겠다. 화산의 명예에 누를 끼쳤어."

복잡한 심경은 누구나 마찬가지인 바.

청풍도, 하운도. 장로인 상원 진인도.

화산파 입장으로서 체면을 구긴 싸움이다.

앞장서 나갔으면서도 희생을 치렀을 뿐 아니라, 무당파에 구명의 은혜까지 받았다.

악운(惡運)도 이런 악운이 있을까.

더 나빠질 수 없을 것 같은 결과였다.

제자들의 시신을 수습하고 싸움의 뒷정리를 마친 지 얼마 되지 않았던 때다.

철기맹 신여 분타를 장악한 무림맹 무인들에게 예상치 못한 방문자들이 찾아왔다.

"도당을 결성하여 민심을 흉흉하게 만드는 강호의 무리는 순순히 포박을 받으라!"

제복을 입고 몰려드는 병사들.

관군들이었다.

놀랍다.

대체 여기에 웬 관군들이 들이닥치게 되었는지, 그 영문을 알 수가 없었다.

하나둘. 상원 진인을 비롯하여 무림맹 무인들 모두가 신여 분타 장원의 내원으로 모여든다. 면면에 의아함을 떠올리며 관군들을 바라보는 무인들.

"……!!"

관인들의 얼굴이 사색이 되었다.

어떤 이들인지도 모른 채 들이닥친 것인지.

이곳에 있는 무인들은 그야말로 이 무림의 정영들이라 할 수 있다. 한 사람 서 있는 것만으로도 일개 병사들 정도는 압도할 수 있는 이들이라는 뜻이었다.

"무엇인가 착오가 있으신 것이 아닌지. 자초지종을 말씀해 보시겠소?"

상원 진인이 앞으로 나서며 말했다.

눈에 띄게 당황하는 모습을 보이는 관군들이다.

들이닥친 관군들이라 봐야 기껏 오십여 명. 여기에 있는 무림인들 정도라면 포박 따위는 어림도 없다. 관군들도, 무인들도 서로가 잘 알고 있는 사실이었다.

"증거가 있다! 서쪽 송림에 널린 시체들은 그대들의 소행이 아닌가! 무림맹이라는 강호 도당이 죄없는 철기맹을 핍박하려 학살을 자행한다는 소문이 세간에 자자하다! 이제 그 죄를 알겠는가!"

'민심이……!'

무슨 소리인가.

이것은 보통 일이 아니다.

순간적으로 스치는 생각. 관군들이야 위협적이지 않다지만, 이것은 다른 면에서 예사롭지 않은 위험을 감지하도록 만들었다.

"부당한 이야기요. 철기맹은 화산파를 습격하여 많은 피해를 입힌 무리일지니!"

"그렇다면 그것은 관가에 맡길 일! 스스로 나서 살인을 행한다면 대명의 법을 우습게 보는 처사일 것이다!"

부들부들 떨면서도 할 말을 다 하는 관인이다.

마치 기호지세(騎虎之勢)의 형국을 몸으로 보여주는 듯.

무림인들의 칼이 번뜩이기 시작하면 삽시간에 죽음을 면치 못한다는 것을 잘 알고 있을 터, 마치 삶을 포기하기라도 한 눈빛이었다.

"어쩔 수 없군. 포박까지는 무리라는 것 잘 알고 있을 것이오. 대신 이곳에서 움직이지 않을 테니, 기다리시오. 곧 위에서 착오였다는 명령이 내려올 것이외다."

더 이상 이야기 나눌 것이 없다는 듯 몸을 돌리는 상원 진인이다.

꿀 먹은 벙어리라도 된 양 아무런 말도 붙이지 못하는 관군들.

하지만 돌아선 상원 진인의 얼굴은 자신있는 어조와 달리 무척이나 어두워져 있었다.

'이것이 대체……'

기실.

큰소리를 쳐놓은 것처럼 무림맹은 관가와도 깊은 관련을 맺고 있었으니, 이 관군들이 철수하는 것은 시간문제라 할 수 있다. 그러나 사소한 일처럼 보이는 이 실랑이가 의미하는 바는 결코 작다고 볼 수 없었다. 민심과 관가의 움직임이 무림맹에 반하는 쪽으로 흘러간다는 것은 어찌 되었든 결코 간과할 수 없는 사안인 까닭이었다.

무림맹에서 연락이 오고 관군이 철수한 것은 거의 동시에 벌어진 일이었다.

관군이 철수한 것이야 무림맹과 황실과의 끈을 볼 때 당연한 일이라 할 수 있었지만, 무림맹에서 온 연락 내용은 모두에게 놀라움을 가져다 줄 만큼, 뜻밖의 것이었다.

급전(急傳). 의춘(宜春), 안복(安福), 상고(上高). 철기맹 분타 격파함. 무림맹 복귀 명. 신여 공격대 및 모든 공격대에 전함.

"무림맹 복귀라니……."

일단 네 방면 모두에서 승리를 거두었단 뜻이다. 그렇다면 이 기세를 살려 계속 진격하면 될 것을 다시 후퇴하라니, 이해하기 힘든 명령이었다. 급전으로 온 연락에 붙어 있는 것은 다른 누구도 아닌 화산파 장문인 천화 진인의 직인이다. 그렇다면 어쩔 수 없는 일.

신여 공격대는 다음날, 무림맹지 악양으로 다시 돌아가는 길에 올랐다. 승전(勝戰)의 개선로가 틀림없었지만 그들의 마음에 드리워진 그늘은 마치 패전의 퇴각로 같기만 했다.

*　　　*　　　*

무림맹에는 난리가 나 있었다.
온 강호를 들끓게 만든 하나의 소문 때문이다.

"무림맹이 무고한 철기맹을 공격하여 강소의 이권을 집어삼키려고 한다. 무림맹의 강호 정복 사업이 본격적으로 시작되었다. 이것은 강서성과 온 강호를 넘어서 황실까지 넘보게 될 것이다."

요 며칠 사이 강서성뿐 아니라 호광, 복건, 광동까지 광활한 지역에 걸쳐 퍼지고 있는 소문이었다. 무림맹 입장에서는 얼토당토않은 이야기였지만, 달리 생각하면 또 그럴듯한 말이기도 했다. 구파와 일방, 육대세가가 주축을 이룬 집단이니, 무슨 짓이든 못하겠는가. 실제로 마음만 먹는다면 대명제국을 뒤엎는 것도 가능할지 모른다. 민심이 동요하는 것도 당연했다.

내용도 내용이지만, 문제는 소문이 퍼지는 속도에 있었다.

퍼져 나가는 것이 너무 빨랐다.

금세 이야기하는 사람들. 도심지에는 방문(榜文)까지 붙어 있었으니, 개방이나 각파 무인들이 보는 족족 없애 버려도 어느새 다시 붙어 있어 도무지 소문을 막을 방도가 없었다.

비정상적으로 넓게, 빨리 퍼지는 풍문이다.

누군가가 의도한 일임을 강하게 시사하는 대목이었다.

범인은 다름 아닌 철기맹. 누구나 짐작할 수 있는 일이었다.

철기맹의 소행이라 보았을 때, 이 일로 내비친 철기맹의 자금력 역시 되짚어볼 필요가 있었다. 이 정도 일을 벌이려면 보통의 자금력으로는 불가능하다. 막대한 자금과 막대한 인력이 요구되는 일.

다른 세력, 특히 상계(商界)의 개입을 의심해 볼 만한 일이었다.

"백검천마가 나타났었다지?"

"죽었다는데?"

"그래? 누가 죽였대?"

"무당파래. 흑요(黑妖)의 검을 들고 있는 고수라더군. 그보다, 탈명마군 장요가 나타났다는 말도 있어."

"탈명마군! 그도 죽었나?"

"아니, 살아서 도망쳤대."

"누가 도망을 쳐? 탈명마군이?"

"탈명마군을 패퇴시킨 것도 무당파라 그러더라고. 비천검이라고 했던가……?"

철기맹에 관련된 무파(武派)들은 이번 싸움을 통하여 그 윤곽이 상당 부분 드러난 상태였다. 백검천마라는 구심점을 상실했다지만, 백검천마가 일구어놓은 백검문이 건재해 있었고, 탈명마군 장요가 이끈다는 칠귀대(七鬼隊)가 있다. 그 밖에도 몇몇 군소 문파가 철기맹을 지원하고 있다는 정보가 들어오고 있는 중이었다.

바쁘게 돌아가는 무림맹이다.

단숨에 박살을 내버린다면 강호에 퍼져 있는 소문도 어떻게든 막아볼 수 있을 것 같았지만, 그것도 쉬워 보이지는 않았다. 철기맹에 대해서 파고들면 파고들수록, 뭔가 예상치 못한 것들이 계속하여 나타나고 있기 때문이었다.

그뿐인가.

거기다가 관군까지 움직이고 있다. 군용 물자나 다름없는 철기를 자유롭게 운용하는 것에서 이미 미심쩍다 생각했던 바지만, 관군이 개입하여 무림맹의 행사를 방해하는 것을 보면 철기맹은 관가와의 연줄을 상당 부분 지니고 있는 모양이었다.

속속들이 도출되는 철기맹의 강점들이다.

그중에서도 가장 대단한 것은 그들의 정보 은폐력이라 할 수 있었다.

개방도 방 내부의 일 때문에 총력을 기울이지 못하고 있다지만, 그렇다고 해도 강호 최고의 정보력을 자랑하는 개방일진대, 철기맹에 대한 정보만큼은 어딘지 확실하게 포착해 내지 못하는 느낌이었다.
못하는 것인지, 안 하는 것인지.
알고도 가르쳐 주지 않는 것인지는 알 수가 없지만.
그러한 것은 개방뿐이 아니었다. 이번 일에 얽힌 수많은 문파가 모두 다 각자의 능력을 쏟아내고 있음에도 별반 성과가 없는 상황이었다.
복잡한 상황.
이러쿵저러쿵해도, 결국 결론은 하나였다.
속전속결은 힘들다는 뜻.
싸워보니 철기맹의 저력이 예상보다 강하고, 그렇기엔 화산파는 공격에 답답함을 느끼고 있다는 말이었다.

악양으로 돌아와 제일 먼저 향한 곳은 악양루였다. 무당파 명경을 비롯 타 파 문인들과는 거기서 갈라졌고, 이내 화진루로 발을 돌렸다.
의춘(宜春), 안복(安福), 상고(上高).
다른 세 현에 나갔던 공격대들은 이미 모두 귀환해 있는 상태였다.
이기고 돌아온 개선(凱旋)의 무인들.
하나 겉으로 보기에는 전혀 그렇지 못했다. 신여까지 네 현 모두 승리를 거두었지만 분위기만큼은 승리가 무색하게도 침통할 뿐이다. 적들의 거센 저항에 부딪쳐 예상치 못한 피해를 입었을 뿐 아니라, 신여 공격 때처럼 타 파에 공격의 주역을 빼앗겼던 까닭이다.
종남과 경쟁하며 섬서제일로 군림하던 화산파다.
구파 중 검문 최강이라 자처했지만 실상 큰 싸움이 닥치자 무당파에게 밀린다는 인상이었으니, 승리를 했음에도 침울함에 빠져 있을 수밖에 없는 것이다.

'이제 어찌해야 하는가.'

어둡게 가라앉아 있는 것은 청풍으로서도 매한가지였다.

금강탄과 백야참을 쓰면서 비로소 배운 바 무공을 실전에 적용해 보았고, 그 위력이 뛰어남도 알았다.

하지만 자신감을 얻기에는 한참 이르다.

천하에 이르는 무공. 놀라운 경지를 보았기 때문이다.

무당파 명검.

처음보다 점점 더.

생각하면 할수록 심해진다.

백검천마를 제압하던 광경이, 그 무적의 검도가 각인처럼 새겨져 가슴을 짓누르고 있었다.

'그만큼 강해질 수 있을까.'

스스로에게 질문을 던져 보았다.

대답은…….

아직 할 수가 없었다.

올라설 수 있는 산의 높이에도 정도가 있는 법이다.

매화검수가 정상이 보이는 야산(野山)이라면, 무당파의 마검은 구름 속에 가려 끝이 보이지 않는 태산인 것이다.

천하의 의미가 거기에 있다.

시간이 지날수록 답답함이 가중될 뿐.

스스로의 힘을 믿는 만큼 강해질 것이라던 사부의 말씀마저도 희미해질 만큼, 마음의 동요가 심해졌다.

될 대로 되라는 심정이었다.

하운이 매화검수의 자격을 잃은 것.

강호를 들끓게 만들고 있는 화산파와 철기맹의 싸움.

드러난 백호검에 촉각을 곤두세우고 있을 집법원의 검사들까지도.

모든 것을 까마득하게 잊어버렸다.

가슴이 턱턱 막히는 느낌.

갈피를 잡을 수가 없다.

싸움이 끝나고 한참이 지나서야 처음으로 겪는 마음의 무너짐이었다.

심마(心魔)다.

실력을 키우기 위해 나섰던 실전행(實戰行)이 그와 같은 후유증을 남길 줄이야.

화진루 거처에 틀어박혀 청풍은 며칠 동안 두문불출 밖으로 나서질 않았다.

홀로 감내해야만 하는 마음의 싸움을 맞닥뜨리고 만 것이었다.

날이 어두워져 동정호 변 야조들이 조용한 울음을 울리는 새벽이었다.

지새우던 밤, 툭 하고 창밖에서 날아온 돌멩이 하나에 천천히 몸을 일으켰다.

연선하였다.

나오라는 손짓.

심마를 미처 털어내지 못한 청풍, 반가움마저도 느끼지 못했다.

"사상자가 많다고 들었는데, 수척해 보이는 것을 제외하곤 별 탈 없어 보이는구나."

쏴아아아.

변화(變化) 41

일전에 대화를 나누었던 호변이다. 여름의 공기를 담은 무거운 바람이 달빛 아래 두 사람을 쓸고 지나갔다.

"살아 나온 것을 보면, 너는 두 번째 부류인가 보다."

"두 번째……?"

되묻고 있지만 큰 궁금함을 느끼고 있는 목소리는 아니다.

생기가 없는 청풍의 눈빛. 연선하가 한번 눈살을 찌푸리더니 짐짓 밝은 목소리로 말을 이었다.

"어려운 싸움이 있을 때 그것을 접하는 무인들은 두 종류로 나눌 수가 있지."

손가락 두 개. 연선하가 첫 번째 손가락을 접었다.

"뛰어난 무공을 닦았음에도 어이없이 죽어버리는 이들이 있어. 아무리 실력이 있더라도 도검이 난무하는 싸움터에서는 어떤 일을 당할지 모르는 법이거든. 이것이 첫 번째 부류야."

마저 접은 또 하나의 손가락.

청풍을 쳐다보는 연선하의 눈이 더욱더 밝게 빛난다.

"반면, 험한 싸움을 행해가는 가운데서도 어떻게든 살아남는 사람들이 있다. 이들이 두 번째야. 첫 번째와 두 번째의 구분은 어렵지 않지. 처음 싸움 한두 번 내에 결정나 버리니까."

청풍의 심경을 짐작하고, 위로를 해주는가.

고마운 마음이다.

그러나 전처럼 순수하게 받아들이기 힘들다.

무당파의 도움이 없었다면 그는 이 자리에 서 있지 못했을 것이다. 위로가 또 하나의 칼이 되어 그의 마음을 찌르고 있을 만큼, 청풍은 연선하의 말을 곧이곧대로 들을 만한 여유가 없었다.

"제대로 듣지 않고 있구나. 또 변했어."

금세 알아챘다.

청풍이 그녀의 말을 귀담아듣지 못한다는 것. 하나 연선하는 개의치 않는 듯하다. 고개를 한번 갸웃하더니 주변을 휘 둘러보고, 다시 입을 열었다.

"…여하튼, 다행이 아닐 수 없다. 살아 돌아온 것. 큰일이 나도 이상하지 않았을 싸움이었지."

청풍의 얼굴이 미미하게 굳었다. 마치 직접 보기라도 한 것처럼 말하는 연선하다.

그녀는 알지 못한다. 거기서 어떤 일이 있었는지. 두려움으로 다가오는 무공이 어떤 것인지.

"별로 마음에 안 드는 표정을 짓는구나. 하지만 나는 말이야, 이 싸움에 대해서는 아는 바가 많다. 기실, 너에게 이야기하면 안 되는 일일 텐데. 어쩔 수가 없다. 너라면 알아두는 것이 좋겠어."

연선하의 목소리가 낮아졌다.

그녀가 내력을 끌어올리는 것이 느껴진다. 감각을 열고 주변을 검토하고 있었다. 신중을 기하는 연선하다. 무슨 이야기기에 그 정도까지 조심하는가. 어떤 이야기이든 청풍으로서는 별반 흥미가 없었지만, 이번만큼은 제대로 들어둬야 할 것 같았다.

"백검천마. 신여에 있다는 이야기는 들은 바가 없었지?"

물론이다.

알고 있었다면 그런 식으로 싸웠겠는가. 하운도, 상원 진인도 절대적인 자신감이 있기에 무턱대고 나아갔을 것이다. 함정에까지 빠져들 정도로 방심하고 있었던 것, 그런 고수가 있는 것을 처음부터 알았더라면 상원 진인으로서도 그때와 같이 척후대를 운용하지 않았으리라.
"다시 한 번 명심해. 이것은 기밀이야."
청풍이 고개를 끄덕였다. 이어지는 연선하의 한마디.
"백검천마의 존재, 서천각에서는 알고 있었다."
"……?!"
무슨 말인가. 청풍이 미간을 좁혔다.
알고 있었다니.
연선하의 이야기에는 주의를 기울이지 않으려야 않을 수가 없었다.
"일부러 알려주지 않았다는 말이다. 하운에게까지도. 안복, 탈명마군. 그것도 물론 알고 있었어. 그럼에도 비밀로 했지."
"대체……."
이해할 수 없는 말이다.
왜 그랬는가. 위험한 것을 알고도 보냈다는 것밖에 되지 않는 일이었다.
"나도 공격대가 출발한 후에야 들을 수 있었다. 그때는 얼마나 놀랐던지… 더군다나 네가 갔던 신여에는 백검천마까지 있다고 하니 기절초풍할 일이었지."
"……."
말문이 막힌다. 잘 이해가 가지 않을 뿐이었다.
"알려주지 않고 죽음으로 내몰았다. 그렇게 들리지? 맞는 말이야. 화산은 이번 전투로 가지를 쳐냈다."
"가지를……."
"장문령. 장문인께서 직접 지시하신 일이라더군. 극비의 보안까지. 장문인께서는 진실로 무서운 분이다. 이번만큼 통감한 적은 나로서도 없었어."

"대체 이유가……."

"정확한 이유는 그분만 아시겠지. 여러 가지가 있을 거야. 이를테면, 지나치게 비대화된 화산 문호의 정리라든지."

연선하가 한숨을 내쉬며 하늘을 올려다보았다.

구름 사이로 얼굴을 내미는 삭월(朔月). 삐쭉한 끝이 하늘의 검이라, 화산 장문 천검 진인의 속내는 이 어두운 밤처럼 진의(眞意)를 짐작하기 힘들었다.

"진짜 싸움이 시작되면 적당한 무인들은 필요가 없으니까. 이번 네 현에 대한 공격에 투입된 매화검수가 몇 명이었지? 두 명씩 여덟 명. 기껏 매화검수 여덟에 나머지는 내세울 것 없는 평검수 수준의 무인들이었어. 무슨 말인지 알겠어? 실질적인 전투력이 약했다는 뜻이야."

"하지만……."

매화검수와 평검수의 격차가 크다지만, 그렇다고 약하다고 보기엔 무리가 아닐지. 기본만큼은 충분하고도 남도록 갖춘 이들이 평검수 아니었던가.

"평검수 몇 명에 속가제자들, 선검수들까지. 골고루도 보냈더군. 평검수들만 해도 훌륭한 무인들이다? 그 평검수들이 어떤 이들이었는지 아느냐? 매화검수가 되기에는 자질이 부족하다고 판명된 이들이야. 본산 제자들, 서천각과 내당, 연무원까지 합친 평가를 종합하여 버려도 될 만한 이들만 모아서 구성했다."

버려도 될 만한 이들.

필요없는 무인들은 죽음으로 걸러내겠다는 듯 들린다.

어릴 적부터 보무제자, 선검수, 평검수를 구분하고 재인들을 추려내는 화산파였지만, 죽음으로 내몰면서까지 걸러낸다는 것은 지나친 비약이 아닌가 하는 생각이 들었다.

"매화검수 하운… 그 녀석은 예상 밖의 경우였지. 그 점에 있어서는 실수가 아닌가 한다. 다만, 이번 일을 통하여 그 녀석은 더욱 강해질 수 있을 거야."

하운.

그렇다. 그가 여기서 주저앉을 리가 없다.

매화검수의 이름을 버렸다면, 언젠가 그 이상의 힘을 갖추고 일어설 것이다.

그렇다면, 청풍은?

그는 스스로 일어날 것이라 장담할 수 있을까.

"이제, 화산파는 확장할 만큼 확장된 상태지. 뻗어 있는 세력이나 축적한 금력, 보유하고 있는 무공까지 최고조로 넓혀놓았어. 그것을 집약시킨 첫 시도가 매화검수라면, 이제 다른 것들에서도 최적화를 시키겠단 의도일 것이야. 화진루를 봐. 화산의 이름을 걸고 모였지만, 그들 중에서 진짜 강자는 얼마나 될 것 같아? 정말로 강한 이들은 악양에 오지도 않았어. 화산의 진짜 실세들이 이곳에 없다는 말이다. 우리 매화검수들조차도 전원 모이지는 않았잖아."

다시 일어나고 있는 마음의 갈등을 아는지 모르는지 연선하는 길고 긴 이야기를 멈추지 않았다.

어쩔 수 없이 귀 기울이게 되는 이야기들.

연선하가 해주는 이야기는 점입가경, 더욱더 놀라운 사실로 나아가고 있는 중이었던 것이다.

"강호의 평판이야 시시각각 변하는 것이니 당장 제자들이 죽어나간다고 해서 결말이 변하는 일은 없어. 제자들이 죽어나가면 싸움에는 강한 구실이 생기게 되고 제자들은 더 큰 힘으로 뭉치게 되는 법. 본산 수련에서 보인 성취는 별반 대단할 것이 없었어도 실전에서는 두각을 나타내는 인재들을 가려낼 수도 있을 것이고. 그러니 어쩌면 철기맹의 도발은 또 하나의 기회라 할 수도 있을 거야."

무서운 이야기였다.

내칠 것은 내치고, 옥석만을 가려내어 문파의 부흥을 꾀한다.

장기판의 졸처럼 쓰여지는 제자들.

죽으면 끝이고, 살아남으면 중용된다.

냉혹하기 짝이 없는 발상이다.

새삼스레 연선하의 눈을 들여다보는 청풍.

청풍은 그 두 눈 안에 깃들어 있는 빛에서 또 한 번의 충격을 경험했다.

"물론 장문인께서도, 그렇게 제자들의 목숨을 가볍게 보고 계시지는 않겠지. 제자들의 죽음이 가볍지 않기 때문에 더욱더 강한 화산파를 만드시려는 것. 이미 멈출 수 없다고 해야 할까. 장문인께 있어서도 어렵게 내리는 결정이실 거다."

담담하게 말하고 있는 그녀다. 그것은 곧, 그 같은 장문인의 선택을 그리 이상하게 생각하지 않는다는 증거였다.

'사저도… 받아들이고 있어…….'

밟고 밟히며 올라가는 경쟁의 사슬.

문득 깨닫는다.

연선하 역시도 거기에서 살아남은 자여서 그런가.

청풍에게 매화검수가 되라고 재촉했던 연선하.

비정강호, 버려지는 제자들을 그녀는 이미 알고 있었다는 뜻이다.

매화검수가 되라는 것도 결국, 언제 버려질지 모르는 졸(卒)에서 잃어서는 안 되는 차(車), 포(包)가 되라는 말이라 할 수 있었다.

"여하튼 고약한 싸움이다. 그 이야기는 거기까지. 다음엔 네 이야기를 좀 해야겠어."

청풍에 관한 이야기.

어떤 것을 말하는가.

가라앉은 청풍의 눈이 의문의 빛을 띠었다.

"집법원."

"……!!"

"집법원이 너의 존재를 알아챘다. 네가 가진 물건, 절세의 보검(寶劍)이라 하더군."

"……!!"

"은연중에 소문이 나고 있다. 싸움에 관한 풍문은 요란하고 넓게 퍼지지만, 보물에 대한 소문은 은밀하고 깊게 퍼져 나가는 법이야. 무당파의 마검이 지닌 흑요의 검과 신마(神馬) 흑풍에 관한 것은 이미 이번 싸움 이전부터 이야기되고 있었다고 한다. 거기에 화산의 젊은 제자가 정체 모를 보검을 지니고 있다는 풍문이 돌고 있어. 그 정보가 서천각에 닿은 것만도 벌써 이틀 전이지."

"정검대……."

"그쯤 되니 나로서도 손쓸 도리가 없었다. 집법원 정검대 무인 다섯 명, 네가 이곳에 도착하는 순간 잡아들일 기세였다. 한데, 바로 어제 생각지 못한 변수가 생겨나 버렸지."

"변수?!"

"원로원의 압력이 들어왔어. 전대 집법원주를 지내셨던 옥함 진인(玉函眞人)께서 직접 이곳에 오셨지. 새 무공을 전수한다는 명목 하에, 다섯 정검대 무인을 모조리 붙잡아놓고 서북쪽 상황루에서 한 발짝도 못 나가게 하는 중이다. 원로원과 장문인의 신경전이 대단해."

"원로원에서……."

"네가 지닌 보검이 보통 물건이 아니기는 한가 보다. 도문과 검문의 뜻이 다른 것 같은데, 그런 것은 처음 봤어. 어쩌다 그런 일에 얽혀들었는지 모르겠지만, 몸 간수 잘해. 내가 뒤를 봐줄 수 있는 수준을 벗어나 버렸으니까."

"……."

청풍은 더 이상 말이 없었다.

뒤를 봐줄 수 있는 수준을 벗어나 버렸다?

뒤를 봐주는 사람이 있는 것. 안 된다. 홀로 모든 것을 해낼 수 있는 사람이 되어야 한다. 연선하를 만나면 항상 반갑고 기꺼웠던 기분이 이번에는 더 이상 느껴지지 않았다. 그저 이 자리를 뜨고 싶은 생각이 들었다.

"내 생각인데 너, 이 악양에서는 벗어나지 않는 것이 좋을 것 같다. 보물은 화를 부르는 법이니, 알려지지 않았다면 모르되 앞으로는 너를 노리는 자들이 생겨날 것이야. 그럴 바엔 화산의 그늘에 있는 것이 좋겠지. 집법원이 너를 찾고 있지만 적어도 그들은 한 식구니까. 잘 생각해, 경동하지 말고. 알았지?"

"……."

"왜 대답이 없어?"

"알겠… 습니다."

마지못해 하는 대답. 잠시 머뭇거리다가 몸을 돌리는 연선하다. 그녀의 뒷모습에 청풍의 시선이 남았다.
"가볼게. 당분간은 못 볼 거야."
타탓.
멀어지는 연선하.
쏴아아아아.
달빛 머금은 바람이 다시 한 번 청풍의 곁을 머물다 사라졌다.
한없이 작아지는 마음. 백호검 검자루를 잡아보았다.
어느 곳도 의지할 곳은 없다. 의지할 곳이 있다면 청풍, 그 자신과 백호검 한 자루뿐이다.
연선하의 말대로라면 화산의 그늘조차도 믿을 만한 것은 못 되리라.
문제는 단 하나.
스스로를 믿을 수 있는가.
스스로의 검법을 믿을 수 있는가.
부족하다.
모든 것을 감내하기에는 역부족이라 느꼈다.
상실된 자신감에 터벅터벅, 화진루로 발길을 옮기는 청풍.
빠르게도 찾아온 좌절의 무게는 천 근의 쇳덩이처럼 무겁기만 했다.
그 어느 때보다 큰 짐이었다.
다른 어디에 있는 것이 아니라, 청풍 본인의 마음속에 생겨난 짐.
마음에 닥친 바람이다.
젊은 청풍에게 닥쳐온 시련의 질풍. 살을 에는 날카로움을 담고 있었던 것이다.

하루가 가고, 이틀이 가고.

며칠 동안을 복잡한 상념과 씨름하며 보낸 끝에 얻은 것은 아무것도 없는 공허다.

붙잡을 것은 오로지 하나밖에 없었다.

자하진기.

청풍은 며칠 밤낮, 자하진기만을 파고들었다.

언제 집법원이 닥칠지 모르는 상황에서 사방신검을 찾아야 하는 원로원의 임무마저도 팽개친 채.

그렇게 얼마나 지났을까.

어느 순간, 눈을 뜬 청풍. 몸을 일으켜 방문을 내쳤다.

'이대로는 안 된다.'

침잠되어 한곳에 틀어박혀 있는 것은 최악의 선택이다.

정심으로 연마해야 하는 것이 내공일진저.

좌절과 상심 속에 운기를 해보았자 탁기만이 남을 뿐이다.

'나가야 해.'

초췌해진 모습으로 나서게 된 바깥이다.

악양의 거리.

끌어올라 터지기 직전의 무림처럼 온통 후덥지근한 공기로 가득 차 있었다.

공격 재개 시기를 노리고 있는 무림맹의 모습. 며칠 전과 똑같다. 외부와 단절되어 버린 청풍의 마음을 농락이라도 하는 것처럼 여전한 모습인 것이었다.

터벅터벅.

정처없이 걸었다.

저잣거리에 이른 청풍은 문득, 묘한 느낌을 받고 주변을 둘러보았다.

지나가는 행인들 사이로 뇌리를 자극하는 무엇인가가 있다.

그러다가 시선이 멈춘 곳.

만사통달(萬事通達). 운수형통(運數亨通).

청풍의 두 눈이 크게 뜨여졌다.

노상 한쪽에 앉아 있는 늙은이가 있다.

같은 장면의 재현이었다. 보았던 것을 또 보는 듯한 경험이었다.

"젊은이."

홀린 듯 걸어가 그 앞에 섰다.

"내 말했지. 기수난도(氣數難逃)라, 천기와 운수는 벗어나려 해도 쉽게 도망칠 수 있는 것이 아니라고. 후후후."

멍석 자락 위에 산반을 놓고, 괴이한 웃음을 던져 놓았다.

"오른쪽 광대뼈, 금기(金氣)가 쇠락한다. 지실응(知失應) 하면 세력이 약해지고 난조되니, 흉기와 유혈을 조심하고 수해를 경계하라 했거늘. 결국 운수(運數)가 살(殺)이 되어 심신을 해치고 말았다. 교행불해에 색정음행이라 아직도 그 화가 남았구나."

"……!"

"백호는 추(秋). 웅대함과 무용을 살릴 수 있었으나 시기가 맞지 않았다. 그뿐인가. 사람이 모자라다. 준비가 부족했다는 말! 지금보다 더 흉(凶)하기도 어려우리라."

청풍의 두 눈이 기광을 발했다.

점복(占卜)이란 것은 본디 뭉뚱그려 해석하면 어디에나 들어맞기 마련이다. 하나 만통자의 이야기는 그중에서도 핵심을 찌르고 있다. 모든 면에서 최악인 나날들. 만통자의 말은 귀신처럼 정확했다.

"다만."

산반을 굴려본 만통자가 딱, 고개를 들더니 청풍의 얼굴을 한번 훑었다. 단호한 목소리, 힘을 실으며 말을 이었다.

"이제는 하나가 더 있다. 왼쪽 광대뼈, 목기(木氣)가 엿보인다. 목기(木氣)는 곧 청룡. 갑인(甲寅)의 목신(木神)으로 춘삼월에 왕하는 길장(吉將)이다. 지득을 하면 보물을 얻게 되나 지실응 하면 정심을 잃고 물건을 망가뜨려 패가망신, 파산지경에 이르게 된다. 서적과 재물에 운이 따르노니, 밝음 속에 정진하여 태음(太陰)을 몰아내라."

현기(玄機)가 담겨진 말.

한번에 알아듣기 힘들다.

시간이 지나고 나면, 그제야 그 의미를 알게 될런가.

만통자는 계속하여 말을 이어나갔다.

"남이 짜놓은 판 위에서 움직이고 있는 상황. 예상하지 못했던 일들이 자꾸만 터져 나오고 갈 곳 잃은 마음이 표류하니, 답답하고도 답답한 형국이다."

잠시 말을 멈춘 만통자다.

"하지만."

그가 청풍의 눈을, 그 깊은 곳을 꿰뚫어 보았다.

"언제까지나 그렇게 되지는 않을 것이다. 네 안에는 멈추지 않는 심장과 끊이지 않는 진기(眞氣)가 있다. 청룡을 지득하고, 홍검(紅劍)이 날개를 쳐들면, 그 다음은 비상(飛翔)이다. 정진하고 또 정진하라. 마음가짐을 새롭게 해야 할 것이야."

가능성을 이야기하는 것인지.

변화(變化) 53

모든 것이 명확하지 않았다. 할 말도, 물어볼 말도 찾을 수가 없다.

복잡한 마음. 그대로 서 있던 청풍이 고개를 떨구며 침중한 얼굴에 어두움을 더했다.

그때였다.

"무불통지(無不通知) 만통 어르신께서, 또 무슨 바람이 부신 겝니까."

풍부한 목소리.

심상치 않은 내력이 깃들어 있었다.

천천히 고개를 든 청풍.

거기에 걸어오고 있는 한 명의 헌앙한 젊은이를 발견했다.

새로운 만남이다.

만통자의 말은 이해하기 어려운 미래의 환상이었으나 눈앞에 있는 이 남자는 현실 속의 실재다.

이십대 후반. 짙은 눈썹에 그을린 얼굴, 날카로운 눈빛이 인상적인 남자였다.

"어디서 무엇을 하든, 어린 거지 따위가 어찌 그 큰 뜻을 알리."

만통자가 못마땅한 듯 비틀린 어조로 말했다.

거지. 그러고 보니 기워서 때운 누더기를 입고 있다.

맨발에 짤막한 몽둥이 하나. 뻗어 나오는 기세가 워낙에나 훌륭하여 일순간 차림새를 분간하지 못했다.

대단한 남자였다.

하나, 명경처럼 한참 위에 올라가 있는 자는 아니었다.

그런 만큼 훨씬 더 현실적으로 가깝게 느껴진다.

쿵.

침중한 마음에 던져진 하나의 돌멩이다.

파문이 일었다.

청풍은 복잡하여 피폐해진 마음에 점차 기이한 감정이 솟아오름을 느꼈다.

"어리다니요. 내일 모레면 이립(而立)입니다."

"이립? 논어(論語)의 위정 편(爲政篇)이라. 거지가 공맹(孔孟)을 들먹여 보았자 그 천품이 어디로 가는 것은 아니다."

"언제나처럼 말씀만큼은 기막히게 하시는군요. 그래 봤자 노선배도 기껏 사람 구경하러 다니시는 것뿐이지 않습니까. 어디 보자, 이번에는 누군가요. 흐음. 화산파(華山派) 보검(寶劍)의 주인이라…… 어라? '그'가 화산에도 손을 뻗쳤답니까?"

자신을 알고 있다.

이제는 놀랄 것도 없다. 사람을 앞에 두고 거침없이 훑어 내리는 시선, 무례한 태도에 범상치 않은 인물.

강한 자. 놀라운 자.

겨루고 싶은 자.

깨닫는다.

호승심이다. 솟아오르는 감정의 정체는 바로 호승심이었던 것이다.

"아직 '그'의 눈이 닿을 만한 수준이 아니다. 하지만 함부로 이야기하지 마라, 어린 거지야. 너도 그의 관심 밖인 것은 매한가지야."

"하하, 그도 그렇군요."

호탕하게 웃어넘기고는 몸을 돌려 청풍을 바라보았다.

포권을 취하는 모습, 그가 미소를 지으며 입을 열었다.

"순서가 좀 바뀌었는데, 제 소개를 드리겠소. 개방의 장현걸이오.

이제나저제나 방주 은퇴만 눈이 빠져라 기다리고 있소."

개방의 입담은 험하기로 유명하다.

방주를 마구 거론하는 것도 별반 놀랄 일은 아닌 바, 청풍은 마지못한 얼굴로 포권을 취했다.

"화산파, 청풍입니다."

"기운이 없어 보이시는군. 백호보검이 손에 안 맞으시기라도 하는 겁니까."

"……."

점점 더.

"그래서는 안 되오. 나는 거기에 흥미가 많으니까. 네 개 전부."

감았다 뜨는 청풍의 눈에 경계심이 비쳐 들었다.

사방신검.

전부 알고 있는가.

이 젊은 개방도(丐幫徒)는 확실히 비범하다.

개방의 정보력이야 알아주는 바이지만 이 정도까지 파악하고 있다는 것, 그냥 넘길 만한 문제가 아니었다.

"개방도에 보물, 고리정분(藁履丁粉)이라 짚신에 분(粉)을 바르는 것과 다를 바 없다. 보물에는 인연이 있는 법이거늘, 어찌 이리도 무도할까. 쯧쯧쯧."

"하하, 만통 어르신께서 무불통지에 어울리지 않는 말씀을 하십니다. 거지는 공짜를 좋아합니다. 세상천지에 임자 없는 물건이란 모두 다 자기 것처럼 생각하지요. 마땅한 주인이 없다면 그저 가져다 쓰는 것이 거지입니다. 암, 그럼요."

의미심장한 미소를 띠고서 청풍을 바라보았다.

서서히.

끓어오르는 마음. 역시나 그렇다. 이 만남은 범상치 않다. 당장 검을 펼쳐 내기도, 그렇다고 가만히 있을 수도 없을 듯한 기분.

이 남자. 뛰어난 친우일까, 아니면 새로운 적수일까.

호승심에 이어 마음속 어딘가를 건드려 깨우는 것이 있다. 알 수 없는 위험이 느껴진다. 흐려졌던 판단력이 서서히 돌아오고 있었다.

"청풍. 화산파 본산 혈사 이후 출도. 아직까지 화산파 보무제자이나 무공은 평검수 이상. 사부는 선현 진인으로 십 년 전 비검맹(比劍盟) 발호 때 사망함. 맞습니까?"

정신이 번쩍 났다.

자신에 대해 아는 것은 그렇다고 치자. 수천, 수만 방도 최고의 정보력을 지닌 개방이니까.

그러나 사부의 이야기는 다르다.

이제 와서 다시 듣는 사부의 도호는 생소하면서도 무서운 울림을 품고 있었다.

사부의 등선.

항상 잊지 않고 있던 분이기에 오히려 간과하고 있었던 사실들이 그 안에 있었던 까닭이다.

"비검맹… 발호……?!"

"몰랐소? 하기사 그렇겠군. 직전 제자에게까지 알릴 이야기는 아니었지."

"무슨……! 자세히 말해 주십시오."

죽어 있었던 듯한 청풍의 목소리에 생기(生氣)가 돌아왔다.

당장이라도 달려들듯 한 발 다가서는 몸짓, 장현걸이 난감한 표정을 지었다.

괜한 말을 꺼냈다는 얼굴이다. 장현걸이 고개를 설레설레 흔들었다.

"내막을 완전히 알지는 못하오. 타 파의 일이니 제가 관여할 일이 아니기도 하고. 장문인께 여쭤보거나 비무 당사자에게 물어보면 될 일이오."

아니다.

읽을 수 있었다. 그 눈빛.

장현걸은 다 알고 있다.

마침내 청풍은 그토록 그를 괴롭히던 심마가 서서히 걷혀져 나가는 것을 느꼈다.

먹구름처럼 마음을 덮고 있던 마검의 그림자.

그것보다 중요한 것이 여기에 나타났기 때문이다.

사부님을 돌아가시게 만든 곳.

돌아가시게 만든 사람.

비무 상대.

그토록 오랫동안 사부님을 돌아가시게 만든 그 상대 무인이 누군지조차 모르고 있었다니.

어찌 그럴 수가 있었을까.

아무도 가르쳐 주지 않은 까닭도 있을 것이다. 하지만 알려고 했다면 알 수 있었을 사실. 한데… 왜 여태 알려고조차 안 했는가.

'그것은……'

품 안에 묵직한 자하진기의 비급.

사부님, 아직까지도. 아직까지도.

'살아 있으시길.'

역시나 그런 것이다.

스스로 모르길 바란 것.

일부러 알려고 하지 않았다. 이 세상에 계시지 않다는 것을 뼈저리게 느끼고 있으면서도, 한편으로는 그것을 인정하지 않으려 했던 마음이었다.

사부님의 비무 상대자.

그가 있음이 곧 사부님의 죽음을 말해 주는 것이기에.

언젠가 마음 한곳에 가두어두었던 그 의문이 비로소 굳은 빗장을 풀고서 뛰쳐나오려는 것이었다.

"굳이 알아야 하겠소?"

장현걸의 말.

청풍의 눈에 타오르는 바람이 깃들었다.

"그렇습니다."

"복수를 생각하는 것이로군. 무리요. 그자는… 강하오."

무리라…….

언제는 아니었던가.

하지만 이제는 아니다.

사부님의 이름 앞에서까지, 주저앉을 수는 없었다.

이제는.

"말씀해 주십시오."

알아야 할 때였다.

장현걸의 얼굴이 미미하게 굳었다.

흘끔 만통자를 살핀 그. 외면하는 만통자다. 스스로 뱉기 시작한 말은 스스로 책임지라는 뜻이었다.

변화(變化) 59

"파검존(破劍尊) 육극신(陸克愼)."

장현걸이 어깨 어림을 긁으며 미간을 찌푸렸다.

"그의 이름이오."

꺼낸 말을 후회하기라도 하는 것 같다.

청풍의 얼굴을 한번 쳐다보고는 빠르게 말을 이어나갔다.

"장강수로의 구 할을 장악하고 있는 비검맹. 그곳에 속한 괴수들 중에서도 첫 손가락에 꼽히는 괴물이오. 비검맹주와 한 판 붙어볼 수 있는 유일한 자로 알려져 있으며… 그리고 무엇보다……."

잠시 끊고서, 돌리는 시선.

장현걸의 눈이 청풍의 허리춤에 닿았다.

"검(劍)을 탐하오."

"……?!"

"보검. 천하가 좁다 하고 돌아다니는 자임에, 그 검의 이야기 또한 들었을는지 모르오. 앞으로는 어찌 되었든 조심하셔야 할 것이오."

장현걸이 청풍이 차고 있는 백호검을 가리켰다.

조심하라는 말, 경고다. 거물들까지도 눈독을 들일 수 있는 것. 거기에는 장현걸 그 자신도 포함되어 있으리라.

"가르침. 감사드립니다."

청풍이 포권을 취했다.

만통자를 돌아보는 청풍, 만통자의 표정은 그다지 좋지 않았다.

"어린 거지. 바람직하지 않은 인연이다. 하지만 또 예전과 같은 만남이 기다리겠구나. 복채는 이번에도 받지 않겠어. 내 좋은 이야기만 해줄 수 있을 때, 그때 받도록 하겠다."

주섬주섬.

멍석을 챙기는 품이 전에 보았을 때와 똑같았다. 자리를 뜨는 만통자, 장현걸에게 고개를 돌렸다.
"어린 거지야, 이리 오라. 내 할 말이 있다."
장현걸을 붙잡고, 성큼성큼 걸어간다.
못내 끌려가는 장현걸.
장현걸과 청풍의 시선이 마지막으로 한번 부딪쳐 사그라졌다.
'개방… 장현걸.'
엄청난 사실 하나를 떨구어놓은 채 멀어지는 그다.
땅에 박힌 듯, 그대로 서 있는 청풍.
그의 머리 속에 수많은 상념이 떠올랐다.
'사부님……'
명경을 보고 느낀 심마와 사방신검을 찾아오라는 임무.
그리고 사부님.
모든 것에 우선하는 그 이름이 자리잡는다.
비무 상대를 확인하고 진상을 아는 것.
가능하다면 복수를 하는 것.
확고하게 생겨나는 목표다.
만통자와 장현걸.
그들 덕분이라면 그들 덕분이다.
마치, 수렁에서 헤어 나오기 힘들어하는 그의 마음을 알고, 하늘이 보내준 사람들처럼 느껴질 정도였다.
기연(奇緣)이다. 몇 번이나 더 만나게 될 것인가. 적어도 이번이 끝이 아닐 것임은 틀림없었다.
하늘을 올려다보았다.

만나고 헤어지는 사람들.
어떻게 나아갈 것인가.
구름 저편, 이제 까마득하게 느껴지는 사부님의 얼굴이 새겨졌다.
다시 땅으로 고개를 숙이는 청풍.
그가 긴 한숨을 내쉴 때, 끝나지 않은 오늘의 인연으로 다시 만나게 되는 사람 하나가 더 있어 그의 마음을 크게 뒤흔들었다.
편해 보이는 경장에 호리호리한 체구.
"이제야 찾았네요."
천천히 돌아보는 그의 눈에 맑은 목소리의 주인이 비쳐 들었다.
서영령.
그런가.
오늘은 인연이 만들어지고 이어지는 날이었던가.
청명한 여름날 햇살 아래, 눈부신 미소를 짓고 있는 그녀가 거기에 있었다.

"오랜만이에요."
"그렇군요."
"화진루에는 도통 살벌해서 들어갈 수가 없었어요."
"……."
"싸움이 격했다고 들었는데… 괜찮아 보여서 다행이네요."
청풍은 말이 없었다.
그녀가 따라오든 말든 발걸음을 옮긴다.
어깨를 나란히 한, 서영령.
그녀는 더 이상 아무런 말을 하지 않았다. 어떠한 설명도, 어떠한 대답도 요구하지 않았다.

그저 옆에서 함께 걸을 뿐.

알 수 없는 위안이라. 한 길을 가고 있는 그녀의 발자욱에 청풍은 들끓던 생각들이 조금은 진정되는 것을 느꼈다.

한참을 걸었다.

늘어선 누각들 사이로 햇살 부서지는 동정호가 아름다운 경관을 비춰주는 곳.

턱.

청풍이 걸음을 멈추었다.

악양루가 보였다.

악양루에는 화산 장문인, 천화 진인이 있다.

장문인께 사부님에 대하여 묻고 싶었다. 백호신검. 더 이상 관여하지 말라고 말하고 싶었다.

아니 될 일이다.

아직, 그에게는 그럴 능력이 없다.

아직은, 아직은 없는 것이다.

옆에서 선 서영령.

두 사람의 눈이 마주쳤다.

"……."

때로는, 침묵이 더 많은 것을 이야기할 수 있는 법.

서로를 잘 몰라도, 마음의 대화를 나눌 수 있는 사람이 있다. 몇 번 보지 못하여도. 원래 그러기로 정해졌던 것처럼 이 순간 그녀는 청풍에게 그런 사람으로 다가오고 있었다.

그렇게 한동안 서로를 바라보던 청풍과 서영령이다.

약간은 머쓱해진 기분으로 고개를 돌릴 때.

그때였다.

저 멀리서부터 웅성거리는 사람들의 음성이 번져 오는 것이 들려왔다.

무슨 일이 일어난 것일까.

악양루 쪽으로 뛰어오는 사람들이 보였다.

수많은 강호인이 그들의 등을 스치고 발걸음을 빨리한다. 멀리서부터 달려오는 이들, 심지어는 경공을 펼치는 사람들까지 있었다.

"무슨……?"

시끌시끌한 소리. 청풍과 서영령도 자의 반, 타의 반에 떠밀려 악양루 쪽으로 발걸음을 옮겼다.

"철기맹이라고?"

"철기맹 부맹주라고 했다는데?"

"뭐야? 그것이 정말이야?"

"저기. 혼자 찾아왔잖아."

"화산파 장문인을 청하더군."

"미친……!"

놀라운 이야기다. 청풍과 서영령의 눈이 동시에 커졌다.

철기맹 부맹주라니.

지금이 어느 땐데, 철기맹 부맹주라는 자가 이 악양에 온단 말인가.

무림맹과 철기맹의 싸움은 비록 소강상태지만, 그렇다고 싸움이 끝난 것은 아니다.

이곳에 왔다는 것은 누구의 말마따나 제정신이 아니고서는 도무지 이해할 수가 없는 짓이었다.

'저자인가.'

사람들 사이로 드러나는 남자가 있었다.

삼십대 중반이나 됨 직한 헌앙한 얼굴. 수염은 기르지 않았다.

수많은 군웅 사이에서도 단연 돋보이는 기도에 절제된 모습이 일품이다.

목까지 올라온 회색 장삼을 입었고 왼쪽 팔에는 검은색 비구(臂具)를 장비했다. 옆에 끌고 온 기마는 타오르는 희대의 명마라도 되는 듯 붉은 털을 빛내고 있어, 그야말로 대단한 위용을 자랑하고 있었다.

"저 사람은!!"

서영령의 경호성.

그 남자를 본 서영령의 얼굴이 크게 굳어졌다.

아는 사람일까.

하지만 청풍은 미처 서영령의 반응을 발견하지 못했다. 그 남자의 기도, 빨려들 듯 정신없이 바라보게 되는 굉장함 때문이었다.

흉수.

철기맹의 괴수(魁首)가 거기에 있었다.

화산파 제자로서 가만히 있어도 되는가.

분노와 의아함, 온갖 감정들이 복잡하게 장내를 메우고 있는 순간이다. 당장이라도 뛰쳐나가려는 무인들만도 한두 명이 아니었다.

"아서라. 화산 장문인을 청했다고."

너무나도 의외인 상황에 누구도 함부로 나서지를 못했다.

여기까지 단신으로 찾아와 화산파의 장문인을 찾는다.

무슨 배짱일까.

미친 것이 아니라면, 그야말로 그 배포만큼은 세상이 알아줄 만했다.

'온다.'

후욱.

악양루 쪽.

일순간 그곳에 모인 모든 군웅이 숨을 죽였다. 악양루 안에서부터 엄청난 기운이 뻗쳐 나왔기 때문이다. 점차 가까워지는 거대한 존재, 악양루 전체가 진동하는 듯하다. 일세의 고수. 천검(天劍), 화산파 장문인 천화 진인의 출현이었다.

"탁무양이라 합니다. 백운산 철기맹을 대표하여 찾아왔습니다."

턱.

악양루 입구에 철탑처럼 걸어나오는 천화 진인의 얼굴에는 서릿발 같은 분노가 떠올랐다.

하지만 이름을 밝힌 그 남자, 탁무양의 표정은 태연할 뿐이었다. 분노한 천화 진인의 힘을 온몸으로 받아내면서도 물러서지 않고 있었다.

"이곳이. 어디라고. 감히."

"박대야 어쩔 수 없다지만, 할 말은 해야겠습니다. 이번 공격, 화산파의 뜻대로는 되지 않았겠지요?"

"건방짐이 하늘에 닿았구나. 내 너를 베지 않는다면 구천을 떠도는 제자들의 넋을 어찌 위로할 수 있으랴."

한순간.

천화 진인의 눈이 번뜩 빛을 발했다.

퍼억!

탁무양의 몸이 무엇에 얻어맞기라도 한 양 크게 흔들렸다.

출수도, 병장기도 없이 먼 거리를 격한 일격. 무공이 지닌 모든 제약을 벗어난 신기(神技)다. 탁무양의 입에서 핏줄기가 흘러나왔다.

'저것이… 진정한 화산의 무공!'

천검 진인.

청풍의 주먹이 불끈 쥐어졌다.

제자들을 전쟁터의 졸(卒)로 쓰는 장문인일지언정, 그 무공은 놀랍기 짝이 없다.

굉장한 검공이었다. 의지가 곧 검(劍)이 되는 것. 무중생유, 심검(心劍)이라 불러도 과언이 아니다. 마검 명경의 무공만큼이나 인상적인 한 수였다.

"장문인! 구천을 떠도는 넋은 화산 제자들의 것만이 아니외다."

천화 진인의 무공은 격을 달리하는 모습을 보였주었으나 그에 굴하지 않는 탁무양의 기파 역시 대단했다.

핏물을 머금고 있지만, 형형한 눈빛을 보이면서 당당하게 버텨 선 탁무양.

절정의 검격을 받아내고도 쓰러지지 않는 남자다. 단신으로 찾아온 것이 단순한 오만의 소치는 아닌 모양이었다.

"이 탁무양, 화산파에 큰 실망을 했습니다. 철기맹과 화산파의 은원은 두 파가 해결해야 할 일! 다른 구파를 끌어들이고도 모자라, 세가들까지 동원하다니. 대화산파가 무림맹을 움직이지 않고서는 철기맹과 일전을 치르지 못할 문파였습니까?"

"입에서 나온다고 모두가 다 말인 것은 아닌 바, 세 치 혀를 함부로 놀리지 말라."

천화 진인의 일갈에 탁무양이 손을 휘저었다.

그 손에 따라 군웅의 시선이 움직인다.

절묘한 시선 집중. 군웅을 휘어잡는 흡입력. 타고나지 않고서는 불가능한 화술이었다.

"화산파는 강하고, 철기맹과는 해결해야 할 은원이 깊습니다. 철기맹은 먼저 공격하는 문파가 아니며 다른 문파와는 싸우고 싶지 않습니다. 화산파를 적으로 돌릴지언정, 무림맹을 적으로 돌리고 싶지는 않다는 이야기입니다. 게다가 무림맹이 곧 화산파가 아닌 것처럼, 화산파 역시 무림맹의 힘을 빌려 쓰지 않아도 충분히 강한 문파가 아니었던지요."

"그렇다면?"

"화산파. 화산파와의 일전을 원합니다."

대담한 요구, 엄청난 도발이었다.

마치, 화산파와 단독으로 싸운다면 어찌 될지 모를 것이라고 말하는 듯하다. 드높은 서악(西岳)의 정신. 지고한 자부심의 화산파일 터. 그저 가볍게 신경을 거스를 정도라면 모르되, 이처럼 과격한 도발이라면 역시 아니 받아들일 수 없었다.

분노. 천화 진인이 굳게 입을 다물었다.

그것에 기회를 잡았다고 느낀 것일까.

탁무양이 이번에는 주변을 둘러보며 운집한 군웅에게 입을 열었다.

"이 자리에 계신 강호의 영웅들께도 말씀드리겠소. 철기맹은! 다른 문파가 와도 결코 숨지 않을 것이오! 철기맹은 그 자리에 있을 것이며 걸어온 어떤 싸움도 피하지 않소. 그 싸움으로 멸문에 이른다면 그것으로 좋소. 철기맹은 무고한 인명을 해치지 않으며, 민초들을 핍박하지도 않소. 오직 지닌 화산과의 은원이 강호공적으로 내몰릴 명분은 아닐 것인 바! 정도를 걷는 명문의 무인들이라면, 철기맹의 청을 받아

주시오."

 실제로 뛰어난 기개를 가지고 있든, 아니면 거짓의 탈을 쓴 것이든 이 순간, 탁무양의 모습은 마치 큰 억압에 항거하는 영웅의 모습과도 같았다.

 그것은 이를테면 결정타다. 노림수였을 것이 분명한 이 단신의 방문으로 인하여, 무림맹의 여타 문파들은 더 이상 나서기가 곤란한 모양새가 된 것이다.

 "철기맹 부맹주라 했나."

 턱.

 천화 진인이 한 발짝 앞으로 나섰다. 일 보의 거리는 또 다른 중압감. 탁무양의 눈 안에 아무도 보지 못할 긴장감이 차 올랐다.

 "이번에는 그 교언(巧言)에 당해주겠다. 그러나 이제 다시는 그 입을 놀릴 기회가 없을 것이다. 꾸며낸 정도(正道)가 뭇 군웅의 마음을 움직일 수 있을지언정, 희대의 마인(魔人)들을 끌어들이고 강호 법도를 어지럽힌 죄가 사라지는 것은 아니다. 철기맹은 화산의 검을 받게 될 것이며, 그 현판이 산산조각나는 것을 그 두 눈으로 확인하게 될 것이다. 철기맹은 각오하고 기다리라."

 "그 말씀, 일전(一戰)의 승낙으로 알겠습니다."

 애써 웃음을 짓는 듯한 탁무양이었지만 큰 두려움을 느꼈을 것이다.

 화산 장문인 천화 진인. 분노를 표출하고 있을 때보다, 그것을 억누르고 있을 때가 더욱더 무서웠기 때문이다.

 물러나는 탁무양.

 기마에 올라 말 머리를 돌린 그의 앞에는 모여 있는 군웅의 벽이 있었다. 이에 천화 진인의 목소리가 탁무양 앞으로 길을 만들어주었다.

"저자, 본인의 두 눈 앞에 직접 무릎을 꿇리겠소. 하지만 지금은 아니오. 군웅은 그에게 길을 열어주시오."

탁무양이 십 년 내 천하를 논할 만한 배포를 보여주었다면, 천화 진인은 이미 완성된 천하의 대기(大器)다. 군웅으로서도 끼어들 수 없는 대담이자, 강호사에 오랫동안 전해질 일대 사건이라 할 만했다.

'저것이… 또 하나의 천하!'

탁무양과 천화 진인의 설전을 보며, 또 한 번 천하(天下)의 경지를 엿본 청풍이다.

그 여운에 빠져들어 탁무양의 뒷모습을 바라보고 있었을 때.

팔 근처 옷깃을 잡아끄는 서영령의 손길을 느끼며 퍼뜩 정신을 차렸다.

"뒤로."

"……?!"

무슨 일일까.

다시 본 서영령의 얼굴에는 처음 보는 다급함이 떠올라 있었다.

"어서. 이쪽으로 와요."

군웅 사이. 영문을 모른 채 끌려가는 청풍이다.

다시 한 번 탁무양 쪽을 돌아본 청풍.

그의 눈에 탁무양의 앞길을 막는 한 남자의 모습이 비쳐 들었다.

'저것은……!'

딱 멈추는 발길.

탁무양의 앞에서 엄청난 기파를 발하는 그가 있다. 명경. 무당파의 무신(武神). 그가 그대로 보내줄 수 없다는 듯 탁무양을 막아서고 있었다.

"급해요. 신경 쓸 겨를이 없어요."

서영령의 목소리.

저기에 신경 쓰지 않고서, 어디에 신경 쓴단 말인가.

왜 이러는지.

서영령의 눈을 돌아본 청풍은 순간, 서영령의 행동에 중대한 이유가 있다는 사실을 깨달았다.

"어째서……."

서영령이 아랫입술을 한번 깨물고는 한쪽을 눈짓으로 가리켰다.

몰려든 군웅과 움직임 사이로, 그것을 거스르는 몇몇 신형이 보였다. 이쪽을 향해 다가오는 이들. 다섯 명, 붉은 옷깃에 흰색 무복을 입었다.

"여길 떠야 해요. 도와줘요."

사람들을 밀치다시피 하면서 속도를 내 거리를 좁혀오고 있다. 서영령의 태도, 목표가 그녀라는 것은 바보가 아닌 이상 대번에 알 수 있는 일이었다.

'철기맹, 무당파……!'

청풍이 또다시 멈칫 몸을 굳혔다.

저쪽에서부터 무서운 기파가 전해지고 있다. 명경과 탁무양, 일촉즉발의 긴장감이 온 장내를 휩쓸어간다.

설마 하니 화산 장문인께서 보내주겠다는데 그것을 막지야 않겠지만, 그때 본 명경의 모습으로 보건대 그것은 또 모르는 일일 것 같다.

어찌 될 것인지 궁금할 수밖에 없는 것이다.

'아니야. 본다 한들.'

청풍은 금세 결단을 내렸다. 옮긴 발걸음. 다름 아닌 서영령을 향해

서다.

저곳.

이미 완성에 이른 천인(天人)들의 다툼에 그가 낄 자리는 더 이상 없다. 대신 바로 지금, 그를 필요로 하는 서영령이 이곳에 있다.

올바른 선택이다.

다른 세계의 사람들, 거기에 경동하지 말자.

자신은 자신의 길을 가면 되는 것이다.

파곽.

"뛰어요."

먼저 속도를 내는 서영령의 재촉에 청풍도 금강호보를 전개하기 시작했다.

며칠 만에 밟는 금강호보.

미친 듯이 파고들었던 자하진기는, 그토록 피폐한 마음에도 어디 가지 않고서 잘도 힘을 빌려주고 있었다.

만통자는 예상 밖의 일이 계속하여 터질 것을 암시했었다.

이것도 그런 경우일까.

한수(漢水) 변에서 펼쳐졌던 추격전은 청풍을 표적으로 한 것이었지만, 이번 표적은 다르다. 그때 청풍을 도와주었던 것이 서영령이었다면 지금은 입장이 바뀌어 서영령을 도와주는 것이 청풍인 상황이었다.

"이리로!"

따라오는 자들은 무척이나 빨랐다.

경공만큼은 화산 집법원 정검대 검사들에 못지않을 정도였다. 뿌리치기가 힘들다. 그야말로 있는 힘을 다하여 신법을 전개해야만 했다.

"조심! 피해요!"

무엇을 피한다는 것인가.

뒤를 흘끔 돌아본 청풍이다.

'저것은!!'

뒤따라오는 자들 중 두 명.

따라오던 속도를 조금 줄인 채 손가락을 말아 쥐고 이쪽을 겨눈다.

파앙! 파아앙!

날아오는 검은색 탄환(彈丸).

공기를 찢어발기며 무서운 파공음을 울렸다.

색깔은 달라도 날아오는 기세는 똑같았다.

서영령이 청풍을 도와줄 때 펼쳤던 지법(指法). 저들도 같은 것을 사용하는 것이었다.

쐐애액!

몸을 숙이고 크게 금강호보를 밟으며 어렵사리 피해냈다.

위험하다. 저것을 몸으로 받으면 치명상을 입는다. 살수(殺手)에 가까운 과격한 수법이었다.

"흑강환! 엄폐물을!"

서영령의 경호성이 들려왔지만 엄폐물 따위는 찾아볼 수가 없었다. 또한 있다고 한들 숨을 여유조차 얻기 힘들었다.

파앙! 파앙!

먼저 두 개의 흑강환이 날아왔다.

금강호보로 땅을 찍고 몸을 띄우며 뒤집었다. 움직이는 곡선 바깥쪽으로 하나가 날아가고, 착지하는 발에 또 하나가 어깨 어림을 스치며 지나갔다.

아슬아슬한 순간.

파아앙! 파아아앙!

절묘한 위치들. 피해낼 수 없는 궤도였다.

텅.

피하지 못한다면 막아내야 한다.

호보를 밟으며 허리를 돌렸다.

온몸이 회전하며 순간적으로 뒤를 돌아볼 때, 청풍의 허리춤에서 새하얀 섬광이 금강탄의 구결을 타고 날아오는 흑탄(黑彈)에 마주쳐 갔다.

쩡! 쩌엉!

검에 느껴지는 충격이 상당하다.

백호검 휘황한 검신에 부딪친 흑강환들이 갈 곳을 잃고 빠르게 튕겨 나갔다.

파앙! 파앙!

또 날아든다.

돌아선 몸 그대로.

백호검이 백색의 광영(光影)을 남기며, 길고 긴 일참(一斬)의 반원을 그렸다.

백야참이다.

백야참에 걸려든 흑강환 하나가 산산조각으로 부서져 흩어졌다.

빠른 전환, 일순간 금강탄 구결을 응용하며 손목을 휘돌리니 마지막 흑강환마저 검신의 옆을 맞아 다른 곳으로 날아가 버렸다.

"이쪽으로!"

서영령의 인도에 따라 달리는 길이다.

그때처럼 쫓고 쫓기는 길. 의문이 절로 생겨났다.

'왜 쫓기는가.'

뒤에서 달려오는 이들은 서영령과 같은 문인(門人)이 틀림없다. 서영령이 사용했던 백탄(白彈)의 지법을 그들도 쓰고 있으며, 경쾌하게 뻗어나가는 신법에도 유사한 데가 있었다. 마치 청풍 자신이 화산파 집법원에 추격당하고 있는 것처럼, 그녀도 그녀가 소속된 어딘가에 쫓기고 있는 모양이었다.

파앙!

거세게 다가오는 파공음에 백호검을 뒤로 돌렸다.

등 뒤에 검집이 매달려 있다 연상하면서, 금강탄 착검결에 따라 빠르게 휘두른 검이다.

따앙!!

튕겨 나가는 흑강환의 경력이 묵직했다.

'괜찮아.'

막아낼 만하다 느꼈다. 여섯 검집을 지니고 훈련했던 금강탄의 착검결은 전 방위를 아우를 수 있는 검법이다. 손목에 전해지는 압력이 상당했지만, 당장 쓰러질 일은 없었다.

사사삭!

꽤나 먼 거리를 달린 것 같다. 가끔씩 이쪽을 돌아보는 서영령의 눈빛을 보았다. 청풍은 그 안에서 난감함을 발견할 수 있었다.

'뾰족한 수가 없는 것이로군.'

미처 예측하지 못했던 상황인 것 같다. 무엇이든 다 할 수 있을 듯했던 그녀의 표정도 이번에는 별반 여유로워 보이지 않았다.

파앙! 파아앙! 파아앙!

세 개의 흑강환이 날아왔다.

금강탄 착검결로 두 개를 튕겨내고, 백야참을 끊어 쳐 나머지 하나를 막아냈다.

한 번씩 들어오는 견제 때문에 도통 거리가 벌어지지 않았다. 지척으로 따라붙은 무인들의 기운이 살을 에듯 끼쳐 들고 있었다.

'이렇게 도망쳐야만 하는가.'

문득 드는 생각이다.

'왜?'

언제부터인가. 항상 도주만을 거듭해 온 것 같다.

왜 싸울 수 없을까. 왜 싸우면 안 되는가.

뒤따라오는 자들이 고수들이라서?

조금씩 좁혀오며 압박을 가하고 있는 경공술은 물론이요, 내쳐 오는 지법에 깃든 내력도 만만치 않았다. 하지만 그렇다고 도망쳐야만 하나.

언제까지 맞서지 않을 텐가.

꼬리에 꼬리를 물고 튀어나오는 의문들이다.

'이제는.'

무작정 도망만을 친다.

'막겠어.'

이제는 싫다.

어디까지일지 모를 도주는 이제 사양이다. 그저 도망치고 도망치며 마음을 졸일 바에는, 맞서 싸우고 쓰러뜨려 자유롭게 내 길을 가련다.

텅!

청풍의 발이 땅을 박차며 강한 진각 소리를 울렸다.

금강호보의 오른발이 철탑처럼 몸을 세우고, 허리를 돌려 검을 뽑는 유연함에 산중 백호의 역동적인 힘이 실렸다.

'금강탄.'

치리리링! 퀴유융!

왼손으로 잡은 검집, 오른손에 뻗어나가는 백광(白光)이다. 숨결이 느껴질 듯 가까이 따라오던 선두 무인의 얼굴에 크나큰 놀라움이 깃들었다.

촤아악!

간발의 차이다. 가슴 어림부터 어깨까지 펄럭이던 홍색 상의가 경력의 여파에 휩쓸려 너덜너덜 찢겨 나갔다.

텅!!

이번에는 왼발.

금강호보에 이은 백야참이다.

절체절명의 위기를 막아준 것은 옆에서 따라오던 다른 무인들이었다. 언제 어디서 꺼내 들었는지 각자의 오른손에 검은색 철곤(鐵棍)들을 휘두르며 청풍의 검격을 마주쳐 왔다.

찌엉! 쩡!

절묘한 곤법이었다. 백호검의 날카로움을 단번에 알아채고, 검신 측면을 비껴내며 백야참의 막강한 경력을 흩어놓았다. 수준 이상의 무인들. 과연 이들은 강자들이었다.

"안 돼요!"

서영령의 다급한 경호성이 귓전을 울린다. 청풍이 상대하기엔 벅찬 상대라는 뜻일 터. 생전 처음으로 남의 말을 거스르고 싶다는 강한 오기가 마음 깊은 곳으로부터 치솟아올랐다.

'안 될 것이 뭐가 있을까.'
상대가 강하기에 도망친다?
더 이상 그럴 수는 없다.
스스로 약하기에 부딪치지 않는다면, 언제 앞으로 나아갈 수 있으랴.
텅! 쩌적!
백야참, 백색의 검격에 맞서던 철곤 하나가 반으로 뚝 부러져 나갔다.
샘솟는 의지가 유약했던 오른손에 실려 백호검의 위용을 드러내는 것!
아래로 몸을 숙이며 탄력을 얻고, 호보 밟은 금강탄 발검에 막강한 경력이 쏟아졌다.
따앙! 쩌엉!
홍의무인 하나가 그 힘을 흩어내지 못하고 이 장이나 뒤쪽을 향해 튕겨 나갔다.
뒤이어 순식간에 청풍과 얽혀드는 무인들.
단신으로 맞서는 청풍의 모습에는 전에 볼 수 없었던 무력이 함께하고 있다.
처음 백호검을 얻었을 때보다도 더.
하운과 손을 섞을 때보다도 훨씬 더 강한 무용을 보여주고 있었다.
"합!"
기합성을 내지르며 내뻗는 백야참엔 그야말로 하얀 대지를 달리는 한 마리 범의 모습이 함께하는 것 같다.
쩡! 촤악!

철곤 하나가 동강나며 처음으로 붉은 피가 흩뿌려졌다.

치명상은 아니지만, 적어도 당장 달려들지 못할 정도의 부상은 된다. 다섯에서 네 명으로 줄어든 상태, 뒤돌아 달려온 서영령의 눈이 크게 흔들렸다.

쩡! 쩡! 쩌정!

네 명과 한 명이 이루어내는 일장의 격전은 서로 약속이라도 한 듯 격렬하면서도 조화롭게 얽혀 돌아가고 있었다. 내력의 소모가 심한 무공을 자꾸 쓰기 때문인지 점차 조금씩 밀리기 시작하는 청풍이다. 그렇지만, 그럼에도 그의 눈빛은 전혀 밀리는 사람의 눈빛이 아니었다. 호쾌한 보법과 가슴을 시원하게 만드는 검공(劍功)은 이미 저번에 서영령이 보았던 청풍의 그것이 아니었던 것이다.

텅! 키링! 큐우웅!

일직선으로 나아가는 금강탄의 발검이다. 단순한 궤도지만, 방어하는 사람으로서는 곤혹이었다. 그 백검천마조차도 고개를 끄덕이게 만들었던 무공이다. 홍의무인들이 숫자의 우위를 점하고도 난색을 표하며 물러날 만도 했다.

사 대 일.

서영령이 이를 악물고서 뛰어들 기회를 노리던 순간이다. 틈이 나질 않는 상태. 홍의무인 두 사람이 은밀한 눈빛을 주고받는 것을 발견했다.

위잉! 쩌정!

청풍이 철곤 하나를 막아내고 곧바로 호보를 쓰면서 검격을 전개할 때다.

갑작스레 눈앞으로 나타나는 물체.

반 토막 난 철곤이었다.

아까부터 반쪽만을 들고 싸우던 자가 손에 쥔 철곤을 던져 온 것.

예측 밖의 공격에 허리를 틀며 펼쳐 내던 검격을 중단했다.

쩡! 쩌정!

순식간에 뒤바뀌는 전세다.

실낱같은 허점을 비집고 들어와 내려치는 철곤들에 청풍의 검이 휘청, 뒤로 밀렸다.

쩡!

세 개의 철곤.

네 번째는 없다.

반 토막 남은 철곤을 던졌던 이.

철곤이 아니라 다른 공격이다.

순식간에 품속에 들어갔다 나온 손, 빼내기가 무섭게 흑강환을 날려 왔다.

파앙! 파아앙!

수세에 몰려 있던 청풍에게는 치명적인 한 수다.

서영령의 두 눈이 번쩍 빛났다.

그녀가 재빨리 손을 들어 날아오는 흑강환을 조준했다.

팡! 파팡!

흑강환이 흑색의 선(線)이라면 그녀의 백강환은 날카로운 백선(白線)이었다.

땅! 따앙!

청풍의 몸에 박혀들기 직전, 백강환 두 개가 절묘한 각도로 날아와 두 개의 흑강환을 튕겨냈다. 그것으로 끝이 아니었다. 계속되는 위기.

다소 흐트러진 검세 사이로, 철곤 하나가 휘영청 휘어져 들어와 청풍의 어깨를 때렸다.

파앙!

묵직한 충격에 다리가 꺾일 듯했다. 그러나 절대 주저앉을 수는 없었다. 그대로 금강호보를 밟으며 다음 공격을 전개했다.

팡! 파앙!

옆에서 들리는 지법의 파공음. 청풍을 노린 지법이다.

'신경 쓰지 않는다.'

서영령이 도와준다. 그러하면 저것만큼은 확실하게 막아주리라.

삼 대 일, 더 빠르고 더 강하게.

새롭게 힘을 끌어올리면서 있는 힘껏 상대 무인들을 몰아쳤다.

"하!"

그들도 이제는 올 데까지 왔다는 듯, 더욱 거세게 달려드는 모습을 보였다.

서로가 자신의 안위를 돌보지 않고 오직 공격만을 거듭하니, 이미 그것은 사활(死活)을 건 사투다. 일격 일격에 상대의 목숨을 빼앗을 수 있는 위력이 충만해 있었다.

퍼억!

먼저 일격을 당한 것은 청풍이다.

또다시 어깨 쪽.

공교롭게도 같은 부위를 맞았다. 뼈까지 이른 통증에 정신이 아찔했으나 전개하던 검격을 멈추지는 않았다. 고통을 억누르고 나아가 백야 참을 펼쳤다.

쩡!

내쳐 들어오던 한 명이 절묘하게 방어세를 취했지만, 이번에 내친 백야참의 힘은 상상하는 그 이상이었다. 우그러들어 휘어지는 철곤. 이어지는 금강탄 착검결에 가슴의 허점이 드러나고 말았다.

촤아악!

앝았다.

베어내는 데 성공했지만 치명상은 아니었다. 청풍의 검이 끝을 보기 위해 나아갔다.

그때였다.

파앙! 하고 끼쳐 드는 파공음이 그의 검을 멈추었다.

쩌엉!

청풍의 검을 때리며 튕겨 나가는 것은 놀랍게도 백색의 강환(鋼環)이었다.

그것은 다름 아닌 서영령의 일수.

그렇다. 쫓기고는 있지만 죽어서는 안 된다.

마치 화산파 정검대 검수들과 같은 존재들이라는 것. 서영령의 동문이라는 사실이 현실로 다가오는 순간이었다.

파앙! 파팡!

연이어 들려오는 지법의 파공음이다.

전부 서영령 쪽이었다. 하얀색 줄기 세 개가 하늘을 날아 청풍에게 달려들던 무인들의 앞길을 막아낸다. 반전에 반전. 청풍은 기회를 놓치지 않았다. 금강탄을 뻗어내 손속을 흐트러뜨리고 태을미리장을 내쳤다.

퍼엉!

여기서 장법이 나올 것이라고는 예상할 수 없었을 것이다.

쓰러지는 무인 하나.

이제 온전히 서 있는 이들은 한쪽에서 흑강환을 날리던 무인과 당황한 기색의 무인, 두 사람뿐이었다.

멈추어진 싸움, 서영령이 한 발 앞으로 나섰다.

"나는, 돌아가지 않아요."

단호한 한마디. 무인 하나가 침중한 표정으로 입을 열었다.

"아가씨, 이제는 위험합니다."

거듭되는 놀라움이었다. 처음으로 들어보는 무인의 목소리엔 방금 전의 결전을 떠올릴 수 없을 만큼, 걱정스럽고 정감있는 울림이 깃들어 있었기 때문이다.

"아니, 변한 것은 없어요."

"무상(武相)께서 걱정하심이 이만저만이 아니십니다."

무인의 말.

서영령의 눈이 미미하게 흔들렸다.

"괜찮다고 전해주세요."

"……."

"더 이상 쫓아오지 마세요. 생명에는 지장이 없겠지만, 얼른 수습하는 것이 좋을 것이에요."

청풍은 같은 말의 반복을 들으며 묘한 기분에 휩싸였다. 그녀가 정검대 검사에게 했었던 말도 그와 같다. 거의 똑같다고밖에 할 수 없는 상황이다. 반복되는 사건과 인연. 두 사람은 대체 어떻게 이어져 있는 것일까.

"가요."

서영령이 청풍을 잡아끌었다.

무인들은 더 이상은 따라오지 않았다.

마치 걱정한다는 한마디 말을 전했다는 것만으로도 제 할 일을 다했다는 듯.

서영령의 어깨가 조금 처져 보인다고 느낀 것은 청풍 혼자만의 착각이 아니리라.

한참을 걸어간 동정호 변.

"강해졌네요. 생각했던 것보다 훨씬 더."

청풍을 돌아보며 웃는 모습.

이제는 정말 모르겠다.

무엇이 어떻게 돌아가는 것인가. 만사가 복잡하고 정리되지 않은 이 마당에.

왜 그녀의 미소를 보며, 그녀의 한마디를 들으며 난데없는 반가움을 느끼는지 그로서는 도통 알 수가 없었다.

겨우 두 번째 만남.

이제 두 번째 만남.

그렇게 시작되는 두 번째 동행에.

드넓은 동정호의 호면은 강하게 내리쬐는 여름 태양만을 반사시키고 있을 뿐이었다.

'지금 해야 하는 것은 세 가지다.'

악양을 벗어나 이동을 계속하던 청풍은 먼저 그 행보를 북동쪽으로 잡았다.

'사부님.'

사부의 죽음에 대한 진실을 확인하는 것이 그 첫 번째였다. 사방신검을 찾는 것은 그 다음이다. 오랫동안 묻어두었던 기억을 끄집어내어 이제 그 진실을 찾아가야 할 때다.

더 이상의 망설임은 있을 수 없었다.

파검존 육극신.

비검맹의 인물이라 하였다.

비검맹 총단의 위치는 어느 한곳에 고정된 것이 아니라 장강 수로를 따라 변화무쌍하게 움직이고 있다 전해지고 있었다.

장강 중하류 안휘성 안경(安慶)에서 화현(和縣)까지, 그 어딘가에 자리잡고 있을 비검맹이다. 안휘성은 악양이 있는 호남성에서 북동쪽에 위치하고 있는 바. 행보가 북동쪽으로 정해진 까닭이었다.

'청룡검은 사부님의 일을 알아본 후에 찾는다.'

어디에 있는지 알 수가 없다.

집법원의 추적.

현재 상태에서 백매화 원로원 은패는 무용지물이라 해도 과언이 아니었다. 그렇다면 그 방법 이외의 것을 생각해 보아야 한다. 강호의 소문에도 귀를 기울여야 하며, 따로이 정보를 모을 수 있는 방법 또한 고려해 보아야 했다.

청룡검의 위치를 알고 있을 을지백이 나타난다면 모든 것이 쉬워지겠지만, 어찌 된 일인지 악양에서 얼핏 본 이후로는 도통 모습을 드러내질 않는다. 결국은 자력으로 해결해야 할 모양이었다.

'그 다음은 철기맹.'

철기맹에서 본격적인 도발을 걸어온 상황.

이제는 정면 승부다.

화산파에서도 총력을 투입하기 시작할 것이고 수많은 싸움이 강호

변화(變化) 85

를 달구게 될 것이다.

그때까지.

청풍 자신도 많은 싸움을 하게 될 터.

사부님의 일을 알아보고, 필요하다면 싸우기로 마음을 다졌다.

청룡검을 얻는 일 또한 험난하기는 매한가지일지니, 그때에도 혼신의 힘을 기울여 싸우기로 했다.

그러면서 힘을 키우고, 그 이후에는 화산파와 철기맹의 싸움에 뛰어든다.

문파에 필요한 전력으로서, 집법원이 건들지 못할 위치에 올라야 한다. 장문인께서 청풍 자신을 그 자체로 받아들여 백호검의 주인으로 인정하신다면, 그때에는 다른 제약을 가하지 못할 것이었다.

'나머지는 그 이후로 미룬다.'

다른 복잡한 것은 전부 생각하지 않기로 했다.

화산파의 추적. 원로원과 검문의 갈등.

화산 장문, 천화 진인의 진의(眞意).

알려고 한다고 알 수 있는 것도, 안다고 해도 별반 달라질 것이 없는 것들이다.

거기에 신여 공격에서 있었던 일.

그가 마음을 잡지 못했던 가장 큰 원인도 일단 떨쳐 버리기로 했다.

무당파 명경에게서 받았던 위압감. 그 그림자.

지금은 잊어버릴 때다.

탁무양, 천화 진인, 명경.

악양에서의 일에서 확실하게 깨달았다.

그들은 다른 세계의 사람이다.

청풍과는 전혀 별개의 영역을 구축한 채 천하를 논하는 자들.

스스로의 그릇 안에 천하(天下)라는 두 글자를 담아두지 못하는 청풍으로서는 거기에 휘말릴 필요도, 흔들릴 이유도 없다.

아직까지는.

거기에서 좌절을 겪기에는 너무도 이르다는 뜻이었다.

한참 동안.

생각을 정리하고 나자 조금 더 편해지는 마음을 느꼈다.

동정호 변에서 홍의무인들을 뿌리친 지 벌써 하루.

문득 돌아본 서영령의 옆모습이다.

부드러운 콧날과 잔잔한 눈빛이 지는 석양에 붉은빛으로 비쳐 들고 있었다.

청풍이 쳐다보는 것조차 알아채지 못한 듯 앞만 쳐다보는 그녀다.

청풍의 상념을 방해하지 않고자 하는 배려가 느껴졌다.

'서영령……'

보면 볼수록 장점만이 부각되는 그녀다. 그녀에게는 분명 사람의 마음을 끌게 만드는 강한 매력이 함께하고 있었던 것이다.

"……?"

청풍의 시선에 그녀가 고개를 돌렸다.

시선을 피하는 청풍.

청풍이 긴 생각에서 벗어났음을 알아챈 그녀가 질문을 던져 왔다.

"안휘성에는 무슨 일로 가는 것이죠?"

"…사부님의 원수가 거기에 있습니다."

원수(怨讐).

불공대천지수(不共戴天之讎)라는 말.

입 밖으로 내놓고 나자 더욱더 확실하게 다가오는 느낌이다.

한 하늘을 이고 살 수 없다.

그저 진실을 알아보는 것이 아니라, 만나면 싸워야 한다. 정당한 비무(比武)임에 생사(生死)는 어쩔 수 없는 것이라지만, 그래도 청풍에게는 원수다. 거기에 어떤 내막이 있더라도 그 사실만큼은 변하지 않는 것이었다.

"미안해요. 누구… 인지는 알아요?"

"예, 압니다."

"물어봐도 되나요?"

굳이 감출 것이 있으랴.

청풍은 서영령을 돌아보며 장현걸이 알려준 그 이름을 말했다.

"파검존 육극신이라고 하더군요."

"누… 누구요?"

서영령의 안색이 변했다. 빠르게 말을 잇는 그녀. 알고 있는 이름인 모양이었다.

"육극신이라면… 비검맹… 을 이야기하는 것이죠?"

"예."

"……!!"

가던 길을 멈출 정도로 놀라 버린 서영령이다.

그녀가 고개를 설레설레 젓더니 입술을 한번 축이고 입을 열었다.

"지금… 그래서 설마 하니 그를 찾아가고 있는 것인가요?"

"예."

"세상에……!"

그녀가 믿어지지 않는다는 표정을 지었다.

그가 그렇게 강한가.

알 수 없다.

그래도 화산 장문인 천화 진인보다는 아래이지 않을까. 무당의 무신, 마검 명경의 무위에는 못미치지 않을까.

"말리고 싶네요. 그자는… 그자에 대해서 알기는 해요?"

"비검맹의 주축으로만 알고 있습니다."

"주축 정도가 아니에요. 파검존이란 마주치는 모든 검을 깨부수는 자, 비검맹에서 가장 강한 삼존(三尊) 중에서도 첫 손가락으로 꼽는 이죠. 몇 년 전까지만 해도 그렇게 이름 있는 자가 아니었는데, 지금은 강동 지역 전체에서 가장 주의해야 할 인물로 이야기되고 있어요."

"……."

서영령의 굳은 표정.

굉장한 고수이긴 한 모양이다.

그러나 그렇게 강한 자라는 이야기를 들으면서도 두려움은 생기지 않는다.

도리어 생기는 마음은 강렬한 호승심(好勝心).

묘한 일이다.

어딘지 안심이 된다고 할까.

사부님을 돌아가시게 만든 자, 그런 자가 그냥 그런 무인일 리 없다. 사부님께서 평범한 무인에게 패배하셨다면 그것이 도리어 무서운 일. 그토록 강한 자에게라면 어느 정도 납득이 간다. 누가 뭐라 해도, 그의 사부님이다. 그분이 이유없는 죽음을 당하실 리가 없는 것이다.

"말리… 기 힘들겠네요. 그런 고집이 있는 줄은 몰랐어요."

역시나 단숨에 청풍의 마음을 읽어낸다.

여인들은 다 그런 것인지.

연선하도 그랬지만, 서영령은 연선하보다 훨씬 더 빠른 느낌이다. 지내온 시간이라면 서영령이 연선하에 비해 훨씬 못미칠 것임에도, 어찌 그럴 수 있는지 신기할 따름이었다.

"이것만 말할게요. 더 강해질 필요가 있어요. 그 검. 파검존은 보검을 탐하지만, 그것은 그가 소유하기 위해 탐하는 것이 아니라 해요. 보검을 꺾어놓기 위해 탐한다고 하죠. 그야말로 범상치 않은 성정에, 그 어떤 것에도 얽매이지 않아 누구도 제어하지 못한다고 전해져요. 심지어는 비검맹주마저도 그의 처사에는 관여하지 않는다 하죠."

보검을 부러뜨리기 위해 찾는다.

그래서 또한 파검존.

파검존에게 패배한 사부님에 그 제자는 신검을 얻었다.

돌고 도는 고리다.

다시 파검존에게 도전하려는 제자.

육극신.

떠올리면 떠올릴수록 강하게 남는 이름이었다.

"강해져야죠. 벅차다는 것을 알지만 물러서지는 않을 겁니다. 이제는 그럴 때가 아니에요."

청풍의 의지가 고스란히 전해지는 말에 걱정스런 표정을 짓는 서영령이다.

그러나 그녀의 눈 안에 있는 것.

걱정뿐이 아니다.

어딘지 모르게 즐거워 보이는 눈빛.

앞으로 나아가는 청풍의 모습을 기꺼워하는 마음이 깃들어 있었던 것이다.

"좋네요. 하지만 그보다 먼저… 골치 아픈 일들이 생길 거예요. 그 검에 대한 소문이 나고 있는 이상, 슬슬 그것을 노리는 자들이 나타날 것이니까요. 지금까지는 별일없었지만 이제 곧 우리의 위치가 알려지게 될 것이고, 그러고 나면 상당히 험한 길을 가게 되겠죠. 거기다가 화산파의 추적도 있고… 저를 쫓는 자들까지 있으니, 더 더욱 어려운 길이 될 것이에요."

"상관없습니다."

단호한 목소리의 청풍이다.

심경의 변화가 확연하게 드러나는 시점이랄까.

확실히 달라졌다. 누가 와도 받아주겠다는 눈빛, 과하다는 생각이 들 정도였다.

"그나저나, 그자들은 누굽니까."

늦은 감이 있는 질문에 서영령의 눈이 미미한 떨림을 보였다. 잠시 망설이는 듯하더니 결국 고개를 모로 저으며 입을 열었다.

"사문(師門)의 사람들이라 할 수 있어요. 다소 문제가 있어… 밖으로 나와 있는 상태죠."

다소의 문제라.

거기까지다. 서영령의 내력.

궁금하기가 이를 데 없었지만, 때가 되면 그녀 스스로 이야기해 주리라. 만일 이야기를 들을 만큼 가까워지지 못한다면 그것은 어쩔 수 없는 일이리라.

"사문… 을 이야기하니, 참 그렇네요. 그러고 보면 이렇게 동행해서는 안 되는데. 설마 그가 철기맹에 있으리라고는 생각하지 못했어요."

뜻을 알 수 없는 이야기였다.

한숨을 내쉬는 서영령의 얼굴에는 착잡함이 묻어나고 있다.

마치 이 동행은 있어서는 안 되는 일이라는 듯한 어조임에, 청풍은 영문 모를 표정을 지을 뿐이었다.

"여하튼, 우리 모두 쫓기는 마당이니 서로 돕도록 해요. 잠시만이나마. 이렇게 하는 강호행일진대 한 사람보다는 두 사람이 낫겠죠."

신검을 탐내는 자들이 나타날 것이란 서영령의 예상은 바로 그 다음 날부터 현실로 나타났다.

서영령의 사문이라는 홍의무인들의 추격을 조심하면서, 동시에 화산파 집법원 검사들의 추적을 경계하며 이르게 된 한 마을.

겸사겸사 들어간 객잔에는 강호의 무인으로 보이는 이들이 상당수 앉아 있었다.

"낌새가 안 좋아요."

속삭이는 서영령의 한마디에 청풍도 고개를 끄덕였다.

무림맹지 악양에서 멀지 않다고는 하지만 이 객잔의 규모나 마을의 크기로 볼 때, 이만한 수의 강호무인들이란 예사로운 일이 아니었다.

객잔 전체에 앉아 있는 사람들이 모두 이십여 명. 그중 병장기를 갖춘 이들만도 십여 명에 이른다. 심상치 않은 분위기. 청풍과 서영령으로서는 절로 경계심을 가질 수밖에 없었다.

"어디서 오는 길이오?"

아니나 다를까.

강호무림, 사해(四海)가 동도(同道)라는 말이 있어도, 갑작스레 걸어오는 이 한마디는 아무래도 과하다. 속이 보이는 질문, 남자의 목소리엔 누구라도 눈치 챌 만한 탐색의 의도가 잔뜩 담겨 있었다.

"임상(臨湘) 쪽에서 오는 길인데요."

태연하게 받는 서영령이다. 임상이라면 정남향(正南向), 실제로 그들이 온 방향과는 조금 어긋난다. 기대했던 대답이 아니었던 듯, 말을 걸어온 남자가 고개를 갸웃하며 다시금 입을 열었다.

"청년이나 아가씨나 헌앙하기 짝이 없는 모습들을 갖추었구려. 비범한 젊은이들인데, 절로 알아두고 싶은 마음이 드오. 어떻소. 합석하여서 요즘 한창 소문이 나고 있는 보검에 대해 이야기를 나눠보실라요?"

"괜찮습니다."

냉랭하다면 냉랭한 거절이다.

하나, 저쪽에서도 무언가 눈치를 챈 듯 집요하게 물고 늘어져 왔다.

"소협의 허리춤에 있는 것, 특이해 보이는 검이오. 한번 견식해 볼 수 있는 기회를 줄 수 없을까."

남자가 의자에서 일어나면서 말하자, 마치 관계없는 사람인 것처럼 다른 탁자들에 있었던 다섯 명의 무인까지 슬그머니 일어나고 있다.

고조되는 경계심.

검자루를 천으로 잘 감싸두어 그렇게 눈에 띄는 것이 아닐 텐데도 특이해 보인다고 말한다. 처음부터 노리고 왔다는 뜻. 웃는 얼굴 뒤에 숨겨진 음험함이 드러나는 순간이었다.

탁자에서 몰려나와 다가오는 이들.

"일남 일녀. 출중한 외모. 보물을 소유하고 있으나 그럴 만한 능력이 있는지는 의심되는군."

한쪽 탁자. 허름한 옷차림, 죽립을 눌러쓴 무인 하나가 입을 열며 일어났다.
 처음으로 말을 붙였던 무인이 고개를 돌리며 냉랭한 목소리로 외쳤다.
 "홍안귀(紅顔鬼), 끼어들지 말아라!"
 "웃기는군. 홍산파(興山派)의 시답잖은 졸개들 따위가."
 "무엇이!"
 홍안귀란 자가 발한 폭언에 처음 무인은 물론이고, 일어났던 다섯 명 모두가 격분한 표정을 떠올렸다.
 그러나 홍안귀는 그들을 거들떠보지도 않았다. 오직 청풍 쪽을 보면서 입을 열 뿐이다.
 "별의별 말이 다 떠돌고 있다. 그저 잘 만들어진 보검이라는 말부터, 희대의 신병이라는 말까지. 어느 쪽이 진짜지?"
 상당한 고수다.
 홍산파의 무리라는 자들도 분노에 어쩔 줄 모르는 표정이었지만 경솔하게 달려들지는 않았다. 그것은 그만큼 이 홍안귀라는 자가 강하다는 이야기일까. 뻗어내고 있는 기도가 상당했다.
 "무례하군요."
 서영령의 말. 홍안귀가 코웃음을 치며 입을 열었다.
 "계집이 나설 때가 아니야."
 서영령의 눈썹이 위로 치켜 올라갔다. 당장이라도 출수할 듯 일촉즉발의 긴장감이 감돌기 시작했다.
 "홍안귀, 말이 과하군. 물건의 홍정은 그렇게 하는 것이 아니지."
 나선 것은 청풍도, 서영령도 아니었다.
 홍안귀의 뒤쪽, 세 명의 장한이 몸을 일으키며 성큼성큼 걸어나온다.

"세상에 못 믿을 것이 관리들과 거지들의 입이라더니, 이번에는 용케 틀리지 않는구나. 보검인지 아닌지 어디 꺼내보아라."

청풍이나 서영령을 철저하게 무시하고 있는 그들이다. 방자하기 그지없는 작태였다.

"안하무인이 따로 없군요. 화산(華山)의 앞이라도 그러실 텐가요."

"화산파? 무슨 화산파. 화산파가 예전 같지 않다는 것은 온 세상이 알고 있는 사실이다! 철기맹에 고전하고 있다고? 철기맹의 이름 따윈 들어본 적도 없어! 하하하!"

그 순간이다.

텅!

금강호보! 청풍의 신형이 일순간에 뻗어져 나갔다.

탁자 두 개를 뛰어넘는 범의 기세.

장한이 다급하게 대도(大刀)를 꺼내 들었다.

키링! 큐웅!

금강탄이었다.

무섭게 뜨여진 청풍의 눈은 이미 산중대왕, 범의 눈빛을 뿜고 있었다. 거기에서 발해지는 형형한 기운이 검보다 먼저 상대를 압도했다.

쩌엉!

단 일 격이었다.

굉음과 함께 반 토막으로 쪼개진 도신이 하늘을 날아 객잔 기둥에 들어박혔다.

"감히."

비정한 화산파이지만 또한 사부님의 화산파다.

고고한 매화 향기 품에서 자란 그는 어쩔 수 없는 화산의 제자, 사문을 업수이 여기는 자를 그냥 둘 수는 없는 것이었다.

치리리링.

백호검의 찬연한 검신이 검집으로 들어갔다.

의외의 무위(武威)다. 청풍의 무공은 그들끼리 짖고 까불면서 얕볼 만한 수준이 아니었다.

모인 자들이 낭패한 표정을 떠올렸다.

"이익!"

아직도 충돌의 여파가 남아 있는 듯 손목을 붙잡고 있는 장한 뒤로 두 명의 장한이 각자가 지닌 대도들을 휘둘러 왔다. 사납게 달려드는 서슬에 의자들이 공중에 떠오르고, 식탁 위의 식기들이 튕겨 나온다.

텅!

청풍의 발밑에서 강렬한 진각음(震脚音)이 울려 퍼졌다.

호보(虎步)를 밟으면 곧 전진이라, 대도 사이로 뛰어들며 백호검을 뽑아낸다. 금강탄 발검술에 첫 번째 대도가 우지끈 구부러지고, 한 발 더 나아가 휘어 치는 착검술에 두 번째 대도가 주인의 손을 박차고 멀리멀리 튕겨 나갔다.

치리링! 퍼엉!

금강탄 발검과 착검.

짧은 시간 보여주는 휘황한 검신이다. 이어지는 일격은 태을미리장. 옆구리를 얻어맞은 장한 하나가 허리를 꺾으며 탁자를 뒤엎고 땅바닥을 굴렀다.

와작!

순식간에 벌어지는 난장판 가운데, 누군가의 발밑에서 그릇이 깨지는 소리가 들려왔다.

동시에 달려드는 무인들.

탁자에 조용히 앉아 있던 무인들까지 뛰쳐나오니 조용하던 객잔은 순식간에 난장판이 되었다.

쩌정!

뻗어오던 금강탄에 곤봉 하나가 단숨에 부러져 나갔다.

그리고 마침내 백야참!

찔러 들어오던 귀두도(鬼頭刀) 한 자루가 나무토막 쪼개지듯 동강나고 말았다. 부딪치는 것은 어떤 병기(兵器)도 버텨낼 수 없다. 이제야 청풍의 손에서 제 모습을 지니게 된 백호검, 신검의 진가(眞價)였다.

퍼어엉.

신검의 검결 속에서 난데없는 장법이 터져 나왔다.

태을미리장이다.

백야참 검결 곳곳에 태을미리장이 섞여들면서 아직도 꺼려하는 살수(殺手)를 대신하고 있었다.

두 무공을 상충되지 않게 만드는 것이 바로 자하진기의 묘용.

순식간에 다섯 명의 무인을 눕혀놓았다.

"오호라. 한 수는 있다는 것이렷다."

홍안귀의 목소리. 기회를 보던 그가 갑작스레 몸을 날리며 두 자루 비수(匕首)를 꺼내 들었다.

쐐애액!

그의 비수가 향하는 방향.

청풍을 향해서가 아니다.

다름 아닌 서영령을 향해서. 여인을 미끼로 삼으려는지, 비열하기 짝이 없는 자였다.

그러나.

청풍은 흔들리지 않았다.

알고 있기 때문이다. 홍안귀의 무공이 제법 고강하다지만 서영령의 무공은 그보다 더 고강했던 까닭이다.

차라라락!

소매로부터 나타난 길쭉한 물체.

손에 이르더니 넓게 펼쳐지는 그것은 하나의 부채였다. 하얀 빛 나는 강철(鋼鐵)로 살을 댄 철선(鐵扇)이 그녀의 손을 타고 화려한 움직임을 보이기 시작했다.

챙! 채챙!

백학선법.

밀어치고 뒤를 돌아, 다시 홍안귀의 비수를 막아내는 모습이 마치 하나의 춤사위를 보는 것 같다. 아까의 욕지거리에 '잘 걸렸다'는 듯 비수를 아래로 꺾어놓고 일장을 내쳤다.

파앙!

가벼운 일타(一打)로 보였지만, 보이는 것과 그 결과는 확실히 달랐다.

다섯 걸음이나 물러나는 홍안귀. 그 서슬에 벗겨진 죽립, 그 이름처럼 붉게 달아오른 얼굴이 분노의 표정을 드러냈다.

"이 계집이!"

서영령은 대꾸하지 않았다. 화를 내는 대신 그 얼굴에 냉정한 미소를 떠올리는 그녀. 땅을 박차고 뛰어올라 아래로 숙여들며 한 마리 선학(仙鶴)과도 같은 움직임을 보였다.

챙! 파팡!

철선으로 펼쳐지는 기예는 현란함과 단아함을 동시에 갖추었다.

첫 일격은 어찌어찌 비수로 막아내지만 그 다음 일격까지는 도무지 방어할 방도가 없었다. 부드럽게 강타당한 홍안귀의 어깨가 밑으로 축 처지더니 그 다음부터는 비수를 들어 올리지 못했다. 음유(陰柔)하게 풀어내는 경력이 혈맥을 제압한 까닭, 기술과 내력이 절묘하게 조합되어 있는 뛰어난 공부였다.

"큭!"

이제 홍안귀의 입에서 나오게 된 것은 욕설이 아니라 신음 소리다. 반원을 그리는 백철선(白鐵扇) 끝에 걸려든 곳은 홍안귀의 허리다. 빠악, 하고 강타한 선법(扇法)에 고통을 참지 못하고 벌건 얼굴을 더욱더 벌겋게 달아 올렸다.

콱! 우당탕!

서영령의 발이 몸을 가누지 못하는 그의 정강이를 차버렸다.

날카로운 일격. 탁자 하나를 쓰러뜨리며 그것과 함께 땅바닥을 뒹구는 홍안귀다.

"말을 하려면 상대를 봐가면서 해야지요."

싸늘하게 내려앉는 그녀의 목소리.

그토록 경우 없던 모습은 온데간데없다. 초라해진 몰골로 일어나지 못하는 무인 하나만이 거기에 있을 뿐이었다.

쿵!

일곱 명째.

쓰러지는 자를 지나 서영령을 향해 발길을 돌리는 청풍의 모습은 사납다고까지 느껴질 정도였다. 아직도 쭈뼛쭈뼛 서 있는 무인이 세 명이나 있었지만 더 이상 달려들지 못했다.

급격한 변화를 보여주고 있는 청풍이다.

하지만 서영령은 걱정하지 않았다.

이 정도는 해줘야 한다, 강호를 살아가는 무인이라면.

힘을 보여주어야 굽히는 자들이 있는 이상, 필요할 때 충분히 폭력적일 수 있어야 도산검림 풍진강호를 헤쳐 나갈 수 있는 법이었다.

"가요."

쓰러진 무인들을 뒤로한 채 객잔을 나서는 두 사람이다.

하지만.

그 둘은 거기서 다시 한 번 걸음을 멈출 수밖에 없었다.

또 있었기 때문이다. 어찌 알고 왔는지, 어느새 객잔 바깥에는 또 한 무리의 무인들이 몰려와 있었던 것이다.

"늙은 거지 놈의 이야기가 맞는군. 보검을 지닌 연놈들이 틀림없으렷다."

늙은 거지.

방금 전 객잔 안에서도 그랬다.

이 마을에 난데없이 몰려들어 온 무인들. 사람들의 이목을 피하면서 여기까지 왔는데 이리도 쉽게 그들을 발견하고 알아본다는 것, 이상하게 생각될 수밖에 없다.

누군가 가르쳐 주었다는 것.

거지라는 말에 장현걸이 생각나는 것은 왜일까.

무엇인가 내막이 있는 것이 틀림없었다.

"물건에는 항상 올바른 주인이 있는 법이지. 얼마나 대단한 것인지 어디 한번 꺼내놓아 보아라!"

다짜고짜 달려드는 거한.

소부(小斧) 하나를 꺼내 들며 흉흉한 기세로 짓쳐들었다.

백주의 대낮. 모여 있던 무인들은 모두 여덟 명, 안 그래도 험악한 인상들인데 병장기까지 휘두르고 있으니 거기를 오가는 사람들 모두가 비명을 지르며 달아나기 시작했다.

텅!

청풍의 신형이 앞으로 나아갔다.

크게 원(圓)을 그리는 소부, 과감하게 안쪽으로 파고들어 태을미리장을 전개했다. 절묘한 수법. 망설이지 않는 청풍의 일장이 거한의 가슴을 때렸다.

퍼엉!

튕겨 나가는 거한의 신체를 타고 넘어 다시금 금강호보를 전개했다.

문답무용이다.

어차피 백호검을 탐내고 온 이들이라면, 굳이 말을 섞어야 할 이유가 없었다.

촤르륵.

한쪽에서 들리는 소리.

얇은 쇠사슬 끝에 강추를 매달아놓은, 변형된 유성추(流星鎚) 하나를 들고 있는 자가 있었다.

"조심!"

서영령의 경호성이 들리기 무섭게.

쐐애애액!

하늘을 나는 유성추로부터 거센 파공음이 터져 나왔다. 굉장한 경력. 호보를 펼쳐 몸을 옆으로 빼고서는 상대를 향해 빠른 속도로 전진을 감행했다.

피이잉!

스쳐 가는 공기에 일순간 두 귀가 멍멍할 정도였다.

태을미리장을 펼쳐 보았으나 여의치 않았다.

순식간에 회수하는 유성추가 청풍의 손을 노리고서 민활한 움직임을 보였기 때문이었다.

'고수!'

이자는 근본적으로 다르다.

객잔에 있었던 무인들과는 몇 수 이상의 차이가 난다. 태을미리장만으로는 안 되는 자였다.

치리링! 큐웅!

뽑혀져 나오는 백호검에 여름 태양의 광채가 빛을 발했다.

눈부신 출수다.

그 검날에 걸려들면 제아무리 살아 움직이는 듯한 쇠사슬이라도 단번에 끊어지리라.

유성추가 백호검의 검날을 무서워하기라도 하듯 나선으로 회전하며 금강탄 검격을 피해냈다.

쐐액!

단숨에 궤도를 바꾼다. 등 쪽 요혈을 노려오는 일격. 청풍은 등 뒤에 눈이라도 달린 듯 스르르 몸을 피하며 보이지 않는 사각에서의 공격을 가볍게 비껴냈다. 여섯 검집의 착검 수련으로 얻은 감각이었다.

차르륵! 쐐액!

옆으로 돌아서기 무섭게 다른 한곳에서 같은 파공음이 울려왔다. 두 명이다. 유성추를 쓰는 자들. 순식간에 쇄도하는 또 하나의 유성추에 청풍의 몸이 급박하게 움직였다.

"유성이괴(流星二怪)!"

서영령의 경호성을 들으니, 머리 한구석을 스쳐 지나가는 것이 있었다. 어디선가 읽은 적이 있다. 변형된 유성추를 쓰는 두 사람, 유성이괴. 항상 같이 다니는 강호의 괴인들이 그들이다. 문서(文書)상으로 보았던 인물들, 과연 그 실력이 남달랐다.

위이잉!

공기를 가르는 소리가 묵직했다. 정신없이 쏟아져 들어오는 두 개의 유성추는 백호검과 부딪치는 것을 철저하게 피하면서도 절묘한 방향 전환을 보이면서 끊임없이 위협적인 공격을 가해왔다.

텅! 파아악!

'잘라낸다.'

금강호보로 땅을 박차고는 과감하게 앞쪽으로 몸을 날렸다.

궤도 안쪽으로 진입하면 할수록 유성추가 움직이는 폭은 좁아질 수밖에 없었다. 깊이 들어간 후 백호검을 크게 떨쳐 냈다. 뒤에서 들어오게 될 하나는 일단 눈앞의 유성추를 꺾어놓고서 생각하기로 했다.

터텅! 우우웅! 쩌정!

호보의 속도가 절정에 달했다. 찰나의 순간에 일 장 거리를 압축하며 백야참의 이빨을 드러냈다. 하얗게 빛나는 백호의 일격, 상상을 초월한 빠르기에 결국 유성추 쇠사슬이 단숨에 잘려 나가며 갈 곳을 잃은 채 제멋대로 날아가 버렸다.

'다음은 뒤!'

등 뒤 지척에 이르고 있는 유성추다. 왼발로 땅을 차고 순식간에 몸을 돌려 백호검을 뻗어냈다. 추를 직접 갈라 부숴 버리기 위함이었다.

차륵!

급습으로 하나는 잘라냈지만, 이번에는 뜻대로 되지 않았다. 일순간에 궤도를 바꾼 유성추가 한 마리 영사(靈蛇)처럼 꼬아져 청풍의 오른손을 감아냈다. 다급하게 손을 빼려 했지만 제대로 되지 않았다. 두 바퀴 세 바퀴 팔을 감아 잡아당기니, 온몸이 덜컥 끌려간다. 유성추 쇠사슬을 따라 전해지는 내력이 상당했다.

'검을!'

오른손이 잡혔으니 왼손으로 백호검을 옮겨 잡아야 한다.

그러나 그 순간, 득달처럼 달려드는 다른 유성이괴의 공격에 청풍은 생각처럼 검을 수습하지 못했다.

잘려 버려 얼마 되지 않는 쇠사슬을 채찍처럼 휘둘러 온다.

온전한 유성추 못지않은 기세다. 장단(長短)을 가리지 않는 기예. 확실히 만만치 않은 자들이었다.

콰악!

갑작스레 오른팔에 감겨 있는 유성추로 강한 힘이 전해졌다.

덜컥 끌려가는 몸. 짧게 휘두르는 쇠사슬이 머리 한쪽을 아슬아슬하게 비껴갔다.

간담이 서늘해지는 위기다. 경험 부족이 빚은 결과. 처음 상대해 보는 기병(奇兵)의 모용에 제대로 된 대응을 못한 까닭이었다.

"큭!"

자하진기를 끌어올리면서 팔을 휘둘렀다.

내공 대 내공, 힘 겨루기라면 지지는 않을 것이라 본 것이다. 하지만 유성추 같은 병기를 쓰는 자들이란 본디, 쇠사슬을 이용하는 힘 겨루기에 무척이나 익숙하기 마련이었다. 자신보다 강한 힘을 지녔어도 그것을 넘겨낼 기술이 있다. 청풍처럼 그저 강하게 휘둘러 본다고 뿌리칠 수 있는 것이 아니었다.

"이얍!"

청풍의 고전. 서영령의 기합성이 들려왔다.

청풍을 도와주기 위해서 달려드는 모양, 하나 앞에 둘러친 무인들의 벽이 지나치게 두터웠다.

유성이괴 이외의 다른 무인들, 앞을 막아서고 서영령의 전진을 방해한다.

나중에 다시 쟁탈전을 벌이더라도, 원주인인 청풍에게서 일단 빼앗아놓는 것이 먼저라고 생각한 것 같았다.

차륵! 파앙!

한쪽을 봉쇄당한지라 운신이 무척이나 어려웠다. 도통 백호검을 옮겨 잡을 시간이 없었다.

'이런……!'

꾸우우욱.

그뿐이 아니었다.

오른팔에 감긴 쇠사슬이 점점 조여들고 있었다. 슬슬 고통이 전해왔다. 팔 위쪽에서 압박을 가하니 백호검을 쥐고 있는 손아귀에도 힘이 빠지고 있었다.

진실로 위험했다.

이래서야 검을 놓치게 될 가능성이 있었다.

더할 나위 없는 위기. 내력을 끌어 모아 승부를 걸어보려 할 때였다.

쐐애액!

갑작스레 한쪽에서 달려드는 인영(人影)이 있었다.

순식간에 뛰어들며 청풍에게 날아드는 속도가 굉장했다. 은밀하고도 빠르다.

절정에 오른 신법(身法)이었다.

파앙! 투툭.

인영의 목표는 오직 하나였다.

잡혀서 고정되어 있는 청풍의 오른손을 향하여.

아차 하는 순간에 손목이 비틀어지고, 이어 손아귀가 허전해졌다.

"……!!"

백호검을 강탈당해 버린 것.

공수입백인(空手入白刃), 상대방의 손에서 물건을 빼앗는 수법. 절묘한 한 수였다.

"귀수무영(鬼手無影)!"

유성이괴의 입에서 경악성이 터져 나왔다.

귀수무영이라 불린 자.

비쩍 마른 몸에 강퍅한 인상이다. 그가 괴소(怪笑)를 흘리며 입을 열었다.

"크크크크. 남 좋은 일만 시키는 바보들이로구나!"

어부지리도 이런 어부지리가 없다.

백호검을 잡은 귀수무영의 두 눈에는 탐욕이 충만하여 희열의 빛까지 번뜩인다. 땅을 박차는 그의 몸놀림. 모두의 목표가 일순간에 바뀌는 순간이었다.

청풍을 압박하던 유성이괴의 일인이 먼저 몸을 날리고, 이어 서영령과 얽혀지던 무인들이 상황을 알아채고 방향을 바꾸었다.

어이없는 사태다.

귀수무영은 그 별호처럼 굉장한 신법을 발휘하며 사람들을 뛰어넘고 벌써 저만치에 가 있었다.
 "제길!! 이런 개 같은!"
 청풍과 힘 겨루기를 하던 유성이괴 또한 당혹스러운 표정을 지으며 욕설을 내뱉었다.
 느슨해진 쇠사슬.
 청풍은 오른손을 단숨에 풀어헤치고 재빨리 신법을 전개했다.
 당장이라도 유성이괴를 때려눕히고 싶었지만, 지금은 백호검이 먼저였다.
 서영령 또한 다급하게 뒤를 따르고.
 이제까지 쫓기기만 하던 그들, 이제는 누군가를 쫓아야만 하는 상황에 처한 것이었다.

 쐐액!
 별호에 무영(無影)이니 귀영(鬼影)이니 하는 어구가 들어간다는 것은 이미 그것만으로도 경공 실력을 짐작할 수 있는 것이라 하겠다.
 순식간에 거리를 벌리고 멀어지는 귀수무영이다.
 귀수(鬼手).
 공수탈백(空手奪魄), 공수입백인으로 대변되는 수법(手法)이 귀신처럼 뛰어나다는 것을 뜻함이었다. 좋게 말하면 연성하기 어려운 기예(技藝)요, 나쁘게 말하면 저잣거리 배수(背豪:소매치기)들의 기술이다.
 청풍의 손에서 백호검을 앗아갈 수 있었던 것은 귀수의 수공(手功)과 무영의 경공이 뛰어났기 때문, 보물을 지닌 사람으로서 가장 조심해야 할 부류의 인물이었다.
 "게 섯거라!"

그 말이 쓸데없는 외침인 것을 모르는 이는 아무도 없다.

경공 실력에 따라 쭉 늘어서는 무인들.

앞서거니 뒤서거니 달리는 이들이 관도 변을 따라 진풍경을 만들었다.

쐐애액!

귀수무영이 빠르다지만, 제법 경공 실력이 되는 자들이 또 있었던 모양이다.

옆을 따라붙으면서 병장기를 휘두르는 자들, 탄력있게 몸을 띄워 공격을 피해내고 다시 땅을 박차는 귀수무영은 그 별호가 무색할 만큼 뛰어난 몸놀림을 보여주고 있었다.

파팡.

전환되는 움직임에 속도가 줄어들 만도 하건만, 느려지기는커녕 되려 빨라지는 귀수무영이다. 조금씩 차이가 나는 거리. 땅을 박차고 나아가는 힘이 점점 더 강해지는 것처럼 보였다.

'저것은……'

달리고 있는 무인들 사이에서 앞으로 치고 나가는 것은 역시나 청풍, 그리고 서영령이었다.

이런 경우 확연히 드러나는 것이 곧 내력의 차이다.

안정적이고 정심한 내력을 지니고 있을수록, 경공술도 그에 비례하여 뛰어나지기 마련이었던 까닭이다.

'설마… 힘을 얻고 있는가.'

그러면서 드는 생각이다. 청풍의 얼굴이 미미하게 굳었다.

백호신검.

내력에 따라 경공이 빨라진다?

백호검을 쥐면, 그 검 안에 가진 금기에 내력이 증폭되는 것을 느낀다.

같은 현상이 귀수무영에게서도 일어나고 있다면, 귀수무영의 속도가 빨라지는 것도 납득할 수 있는 일일 것이었다.

귀수무영의 신형이 멀리 작아져 보일수록 급박해지는 추격전이다.

다들 자신의 물건이 아님에도 필사적이기까지 한 인간 군상에 추악함이 절로 느껴져 왔다.

점차 시간이 지날수록 귀수무영을 제대로 따라가고 있는 것은 끝내 네 명으로 압축되어 갔다.

청풍, 서영령.

그리고 이름 모를 무인 두 명.

억지로 힘을 쥐어짜는 것이 눈에 보이는 두 무인이다. 청풍과 서영령도 전력을 다하기는 매한가지. 결국, 청풍과 서영령이 두 무인을 앞지르며 추격자들의 선두로 나서기 시작했다.

"쏠 테니 가서 잡아요!"

서영령의 외침이다.

소매를 털어 귀수무영의 등을 향해 겨누는 그녀.

백강환을 내쏘려는 의도다.

그녀의 눈에 신중함이 깃들고, 그녀의 손에 정심한 내력이 머물렀다.

파아앙!

어떤 때보다도 커다란 파공음이었다.

청풍도 전개하던 신법에 진기를 배가하면서 최고조에 이르러 있던 속도를 더 끌어올렸다.

쐐애애애애애액! 퍼억!

하얀 빛나는 빛줄기가 길게길게 뻗어나가, 마침내 귀수무영의 등허리를 강타했다. 휘청, 흔들리는 귀수무영이었으나 머지않아 자세를 바로잡았다.

텅!

청풍의 신형이 쭉 앞으로 뻗어나갔다.

점점 좁혀지는 거리.

확실히 느려져 있는 귀수무영이다. 뭔가 이상했다. 묘하게 반응이 느린 듯한 느낌이다. 뻣뻣해 보이는 움직임에 위화감이 생겨나고 있었다. 서영령의 백강환을 맞은 것 이외에도 속도를 저하시키는 무언가가 있는 것 같았다.

"큭!"

탁한 신음 소리가 앞쪽에서 들려왔다.

빠르게 나아가던 귀수무영의 신법이 한순간 흐트러지는 듯하더니, 이내 땅을 박차고는 관도 변에 있는 잡목 숲으로 뛰어들어 버렸다.

파사사삭! 사사사삭!

귀수무영을 따라 곧바로 풀숲으로 뛰어든 청풍이다.

수풀을 헤집는 소리가 어지럽게 들려오는 중.

시야는 가려졌지만 소리가 있으니 방향을 가늠하는 것만큼은 어렵지 않다. 귀수무영이 내고 있는 기척을 향해 재빨리 풀숲을 헤쳐 나갔다.

파삭! 파사삭! 사삭!

숲 저쪽.

어느 순간부터인가.

방향이 바뀌고 있는 것이 느껴졌다.

귀수무영의 동선(動線)이 변화하고 있는 것이다.

도리어 이쪽을 향해서.

무슨 이유인가. 이래서는 오히려 곤란했다. 이쪽의 기척과 섞여 버리면 목표 포착이 어려워지는 까닭이었다.

파삿!

멈추었다.

기다리는 것일까. 여태까지 도망만 치던 자가 무슨 뾰족한 수가 있다고 이동을 중지한 것인지 알 수가 없었다.

'무슨……!'

이상한 기분이 들었다.

바짝 귀수무영의 뒤를 쫓던 청풍, 그 역시도 일단 멈추어 서고는 감각을 열어 귀수무영의 존재를 확인했다.

'있다. 그러나…… 이상해.'

후우. 후우. 후우.

가쁘게 몰아쉬는 숨소리가 들린다. 헐떡이는 소리. 심상치 않았다. 그저 먼 거리를 뛰어왔다고 몰아쉬는 숨소리로는 생각하기 어려운 느낌이었다.

사사삭! 파팟!

풀줄기와 나뭇잎을 날리면서 여기까지 이른 무인 하나가 청풍을 흘끔 쳐다보고는, 먼저 귀수무영을 향해 달려나갔다.

뒤이어 나타난 이.

서영령이다.

그녀가 멈춰 있는 청풍을 보고는 눈을 크게 뜨며 입을 열었다.

"안 가요?"
다급한 기색과 함께 의아함이 묻어나는 목소리다.
안 가냐는 그녀의 질문. 문득 뇌리를 스치는 기이한 느낌이 있었다.
발을 옮기려던 청풍은 순간적으로 멈칫하며 백호검을 휘두르던 오른손을 내려다보았다.
'서두른다?'
굳이 이렇게 황급히 뒤따라왔어야만 했나.
무엇인가 어긋나 있다. 이렇게 급박한 마음을 지니지 않아도 될 것 같은 기분이 강하게 들고 있었다.
"어서!"
한 번 더 청풍을 부르고는 그대로 풀숲을 향해 뛰어든 서영령이다.
자기 일처럼 나서주는 그녀, 청풍은 묘한 예감에 사로잡힌 채 서둘러 그녀의 뒤를 쫓았다.
쩡! 스가각!
그때였다.
충돌음에 이어 피륙이 갈라지는 섬뜩한 소리가 들려왔다.
풀숲 사이로 정황이 드러난다.
귀수무영이 백호검을 겨누고 서 있는 아래로, 앞서 달려나갔던 무인이 커다란 검상을 입은 채 쓰러져 있었다.
아름드리 고목(枯木) 밑에서, 풀숲 사이 드러난 귀수무영의 눈빛.
두 눈 한가득 기묘한 번들거림을 품고 있는 상태다. 도무지 정상이라고는 볼 수가 없다. 한번씩 흠칫거리는 경련에 온 얼굴에는 난데없는 광기가 잔뜩 떠올라 있었다.
"후우, 후우, 후우, 후우."

몰아쉬는 숨소리. 검끝이 떨린다.

검끝만 떨리는 것이 아니라, 팔 전체를 푸들푸들 떨고 있었다. 희미하게 감지되는 기운. 청풍은 익히 알고 있는 기운이다. 날카로우면서 경직되어 있는 그 기운. 다름 아닌 백호검의 금기(金氣)였다.

"카아아."

고개를 요상하게 꺾던 귀수무영이 갑작스레 괴이한 소리를 발하며 서영령을 향해 달려들었다. 핏발이 서 있는 두 눈에 알 수 없는 욕망이 일렁이는 중, 그것은 놀랍게도 물건에 대한 탐욕이 아니라 여인을 향한 육욕(肉慾)인 듯했다. 기이하기 짝이 없는 일. 괴사(怪事)라고밖에 표현할 수 없었다.

파라라락.

사납게 휘둘러 오는 백호검을 미처 맞받지 못하고 뒤로 물러나면서 백철선 부채를 꺼내 든 서영령이다.

위잉! 위이잉!

귀수무영, 초식도 투로도 없이 마구잡이로 백호검을 휘두른다.

누가 봐도 정상이 아님을 확실하게 알 수 있을 모습. 그러나 휘두르는 검세에 실린 기세만큼은 만만치 않았다. 허점투성이로 보이지만 도검을 잘라내는 백호검의 날카로움이 있으니, 어지간해서는 쉽게 받아 낼 수 있는 공격들이 아니었다.

'그래, 이것이었어.'

청풍이 느낀 위화감의 정체는 바로 그것이었다.

백호검.

백호검을 다룰 수 있는 것은 청풍뿐이다. 다른 사람이 가져간다 한들 제대로 쓸 수 없다. 결국은 주인만이 휘두를 수 있는 검이다. 빼앗졌다고 끝이 아닌 것이었다.

타탓. 파라라락.

서영령이 몸을 휘돌리며 거칠게 쏟아지는 검세 사이로 백철선을 떨쳐 내는 모습이 보였다.

절묘한 공격이었다.

정(精), 기(氣), 신(神)을 일치시킬 수 없는 귀수무영으로서는 받아낼 수 없는 무공이다.

퍼억. 퍼벅!

백학선법, 연환세였다.

제대로 들어갔음에도 귀수무영은 멈추지 않았다.

고통을 느끼지 못하는 듯.

숫제 검을 잡지 않은 왼손은 거의 허우적대다시피 하면서 부득불 서영령을 향해 뻗어오고 있으니, 그녀로서도 질색을 할 수밖에 없다. 피해내며 뒤로 움직인 그녀가 손속에 힘을 더했다.

"합!"

퍽! 파곽! 퍼억!

날카롭게 내리찍고, 옆으로 휘어 치며 귀수무영의 왼팔을 뿌리쳤다.

과격하다고까지 보일 정도다.

번들거리는 그의 눈빛이 무척이나 거슬렸는지 서영령의 손속에는 자비를 찾아볼 수가 없었다.

백학천조(白鶴天搊).

상체를 낮추고 탄력을 모은다.

한 마리 비상하는 백학처럼 유연한 기세로 올려치니, 거기에는 서영령의 진신내공인 천지일기공의 진기가 하나 가득 담겨 있었다.

우직!

백호검을 휘두르는 귀수무영의 오른팔이 단숨에 꺾여 버렸다.

비틀려 늘어지는 팔.

달려든 서영령이 귀수무영의 손을 차올렸다.

빠악.

마침내 귀수무영의 손을 벗어난 백호검이다. 하늘로 튀어 오른 신검에, 그녀가 그대로 뛰어오르며 찬연한 백호검을 받아 들었다.

"……!!"

안 된다.

백호검을 잡아 든 서영령. 청풍의 안색이 급변했다.

검을 잡아서는 안 된다.

극도의 파탄을 드러낸 귀수무영의 모습이 보여주고 있듯, 백호검을 다룰 수 있는 이는 오직 청풍뿐이다. 빼앗긴다고 해도 그의 검이다. 그것은 그런 검(劍). 다른 사람이 손에 쥐어서는 안 되는 것이다.

"어서! 이리로!"

서영령은 모르는 것이다.

백호검이 지닌 부작용을.

다급하게 백호검을 달라는 청풍에 도리어 의아한 표정을 짓고 있는 그녀다.

귀수무영이 그렇게 망가진 원인이 백호검의 신력(神力)에 있음을 그녀로서는 미처 알아채지 못했던 모양이다.

타탓.

결국 달려들어 서영령 앞에 선 청풍이다.

억지로 빼앗다시피 검을 넘겨받아 곧바로 검집에 꽂아 넣는 청풍이

변화(變化) 115

다. 서영령의 눈에 야속함이 깃들었다.

"아니… 이거, 너무한 것 아니에요?"

야속함이 뚝뚝 떨어지는 목소리였다.

설마 하니 백호검을 가져가기라도 한다는 것인가. 다른 누구도 아닌 그녀가.

하지만 청풍으로서도 어쩔 수 없었던 일이다.

곤란해하는 표정으로 고개를 저으며 나직하게 입을 열었다.

"너무하지 않습니다. 이 사람을 봐요."

귀수무영.

땅바닥에 쓰러져 온 얼굴을 일그러뜨린 채 일어나기는커녕 손발조차 제대로 가누지 못하고 있다. 비틀린 신체, 제어되지 않는 내력. 주화입마의 전형적인 현상이었다.

"백호검 때문이지요. 검에 깃들어 있는 금기가 침범해서 이렇게 되었을 겁니다."

주인을 택하는 백호검의 공능은 그와 같다.

결국, 다른 이들은 쓸 수 없는 검이다.

어차피 이렇게 될 결과, 청풍에게로 돌아올 수밖에 없는 검이었다.

"몸은… 괜찮습니까."

걱정이 묻어나는 청풍의 목소리다.

치켜 올라갔던 서영령의 고운 아미(蛾眉)가 조금 내려왔다.

그저 들고 있는 것만으로 주화입마까지 일으키는 검(劍).

믿기 어려운 일이나 눈앞에 증거가 있다. 기보(奇寶)도 그런 기보가 없는 바, 서영령은 지니고 있는 천지일기공을 한번 휘돌려 보고 이내 입을 열었다.

"일단은 괜찮은 것 같아요."

그녀가 백호검을 잡아본 것은 극히 짧은 시간이었을 따름이다.

곧바로 빼앗아갔으니 그것으로 괜찮은 것인가.

외기(外氣)가 들어온 것 같기는 하다만 그 양은 얼마 되지 않는다. 실제로 백호검에서 비롯된 금기인지, 아니면 그냥 흡기 중 얻은 진기인지 분간조차 어려울 정도였다.

"그렇다면 다행입니다. 검을 되찾는 일, 내 일처럼 힘써줘서 고마워요."

안도의 빛을 떠올리는 청풍에게선 언제나와 같은 진심이 느껴져 왔다.

그와 같은 청풍의 모습에 더 마음이 풀린 서영령은 결국 그를 향해 엷은 미소를 짓고 몸을 돌려 앞길을 재촉했다.

"어서 가요, 더 귀찮아지기 전에."

"그러지요."

짧은 대답으로 그녀의 뒤를 따라붙었다.

백호검.

잠깐이나마 잃어버렸던 검이다.

서영령이 아니었더라도 결국 되찾을 수야 있었겠지만 이렇게 빨리는 어려웠을 것이다. 고맙다고 말은 했지만 말만으로는 부족하다. 보답할 길이 막막했다.

그렇게 서영령의 뒤를 바라보며 땅을 박차는 청풍이다.

좋은 인연, 힘이 되어주는 사람의 뒷모습.

그러나.

점점 더 서영령에 마음을 쏟아가던 그는 그 순간 중요한 것을 간과하고 있었다.

백호검의 힘.

그것은 그것을 다루는 시간에 따라 결정되어지는 것이 아닌 바, 짧은 시간 잡았다고 괜찮은 것이 아니라는 사실을.

이미 서영령의 몸으로 흘러 들어가고 만 금기(金氣)다. 당장은 아무런 현상이 나타나지 않아도 안심할 수 없다. 청풍조차도 몰랐던 것이다, 백호검이 진실로 어떤 물건인지를. 청풍과 서영령으로서는 깨닫고 있지 못했던 것이었다.

그 어떤 추적의 달인일지라도 땅바닥에 새겨진 흔적만으로 사람을 찾는 것에는 한계가 있기 마련이다. 가장 중요한 정보는 그 사람이 남긴 흔적에서 나오는 것이 아니라, 그 사람을 목격한 다른 사람들에게서 나온다. 어느어느 지역에서 이러이러한 사람을 보았다더라 하는 소문들이야말로 추격의 폭을 좁혀주는 가장 유용한 정보가 되는 것이다.

결국 추적을 뿌리치고 행적을 숨기려는 사람에게 가장 좋은 방법은 곧 사람이란 존재를 아예 만나지 않는 것이라 할 수 있었다. 누구의 눈에도 띄지 않은 채 움직일 수 있다면, 그 도주는 이미 반쯤은 성공한 것이라는 이야기였다.

"저쪽 산을 타죠."

인적이 드물기로 한다면 역시나 산길이다.

호광성을 둘로 나눈 호북으로 접어드는 곳, 관도를 벗어나 낮게 이어진 산지(山地)로 접어들었다. 살아온 대부분의 시간을 험준한 화산에서 보냈던 청풍은 물론이고, 서영령 역시 산에서 자라기라도 한 듯 산을 타는 것에 무척이나 능숙하여 길이 험해졌음에도 이동하는 속도는 줄어들지 않았다.

여름 산록이 우거진 산속.

귀수무영을 쓰러뜨린 이후 꾸준히 경공을 펼쳐 왔으니 어느 정도는 여유가 있다. 짐승들이나 다닐 법한 소로를 따라 산 하나를 타 넘고는 경공 전개를 멈추며 천천히 걷기 시작했다.

"그나저나… 거지라고 했는데. 어찌 된 일일까요."

거지들의 이야기.

백호검을 탐내던 무인들이 남긴 말이다.

하기사 누군가 가르쳐 주지 않고서야 그 정도 숫자의 무인들이 그때 거기에 있을 이유가 없다. 그것은 아마도 두 사람의 소재를 알려준 자들이 바로 거지들이란 뜻이리라.

거지들. 무인들.

해답은 하나다.

"개방……."

장현걸이 떠오르는 것. 결코 우연이라 할 수 없었다.

"그래서는 안 되오. 나는 거기에 흥미가 많으니까. 네 개 전부."

"하하, 만통 어르신께서 무불통지에 어울리지 않는 말씀을 하십니다. 거지는 공짜를 좋아합니다. 세상천지에 임자 없는 물건이란 모두 다 자기 것처럼 생각하지요. 마땅한 주인이 없다면 그저 가져다 쓰는 것이 거지입니다. 암, 그럼요."

장현걸의 말. 사방신검에 가졌던 관심과 은연중 드러나던 욕심이 머리를 스쳤다.

"개방일 겁니다. 틀림없이."

"개방이라……. 거지들이라면 확실히 그들밖에 없겠죠. 하지만 그들이 왜 그런 이야기를 흘렸을까요."

"모르지요. 그들도 이 검을 탐하고 있는 것인지도."

"설마 그럴려구요. 개방은 비록 거지들이 모인 집단이기는 해도 협의(俠義)를 숭상하기로는 구대문파에 못지않을 텐데요."

"협의라… 그럴까요. 화산파는 어떻습니까."

"화산파요? 그 고절한 협(俠)이야 말할 것도 없잖아요."

"그렇습니까."

"……?!"

산길을 걷는 청풍의 목소리엔 짙은 회의감이 깃들어 있었다.

연선하가 말해 준 화산파의 비사(秘事).

제자들을 죽음으로 몰아넣으면서 쌓은 협일진저, 그것이 진정한 협의라 할 수 있을 것인가.

"개방이든 어디든… 상관없습니다. 누가 덤빈대도 그냥 넘겨주진 않습니다."

유약하게만 보였던 청풍이었다.

지금까지도 비정함이나 냉혹함을 이야기하기엔 거리가 멀었지만, 강하게 드러나는 의지만큼은 강호의 어떤 무인들에도 뒤지지 않아 보였다.

분명한 변화.

서영령은 그 수려한 두 눈에 어두움과 강인함을 품어내는 청풍이 인하의 풍류객잔에서 만났던 그 사람과 같은 사람일까 하는 생각에 휩싸였다.
　문득 드는 생각이 있다.
　무리하고 있는 것은 아닌지, 너무 급한 것은 아닌지.
　난데없는 걱정이 생겨났다.
　"……."
　한참을 말없이 걸었다.
　길어져 겹쳐 가는 두 사람의 그림자.
　서쪽 하늘로부터 진한 노을이 비쳐 든다.
　진하게 맡아지는 풀 냄새 사이로, 뛰쳐나온 붉은 햇빛이 두 남녀의 얼굴에 끼얹어져 고운 빛깔을 만들고 있었다.
　"저쪽에서 물소리가 들리는데요. 오늘은 저기서 노숙을 하죠."
　짐짓 밝게 입을 여는 서영령이다.
　그녀를 돌아본 청풍. 고개를 끄덕이고 풀숲을 헤쳐 나갔다.
　넘어가는 햇빛에 산새들의 긴 울음소리가 걸린다. 어떻게 반사되어 보이는 것인지 그늘진 계곡에도 깃들어 있는 노을에 시원함이 절로 느껴지는 물줄기가 내리 흐르는 중이었다.
　"불을 피우지 않으면 좀 추울 텐데, 할 수 없네요."
　추격을 생각하면 불을 피우는 것은 금기다.
　연기도 연기지만, 흔적이 제대로 남으니까.
　백호검을 뒤쫓는 무리들이야 크게 경계할 것이 못될지 몰라도, 화산집법원 검사들이나 서영령의 사문 사람들만큼은 조심할 필요가 있는 것이다.
　타탓. 타탁.
　냇가로 내려가 흩어진 자갈들 사이로 널찍한 바위 위에 자리를 잡았다.

"휴우……."

두 사람 모두 내력이 고강한 고수들이었어도, 하루 종일 이리 치고 저리 뛰려니 피곤함을 느낄 수밖에 없다. 절로 나오는 한숨, 주변을 둘러보는 서영령의 얼굴에 휴식의 달콤함이 깃들었다.

쏴아아아.

산바람이 나무 사이를 스치고 내려앉은 그림자를 흔든다.

맑게 흐르는 냇물에 하늘 높은 곳은 아련한 붉은빛이라. 작지만 큰 아름다움이란 그런 것을 말하는 듯하다.

어느 산에나 있을 수 있는 계곡임에도 명산의 절경이 부럽지 않게 느껴졌다. 추격을 당하고 있다는 사실을 까마득하게 잊어버릴 수 있을 만큼 마음이 편해지는 곳이었다.

"이런 곳에서 집 짓고 살면 좋겠어요. 강호 풍진 따위는 전부 잊고."

고개를 돌려 서영령을 바라보았다.

그녀처럼 젊은, 그녀처럼 어린 나이에 도통 어울리지 않는 말이었다. 그녀처럼 화사한 얼굴에 밝은 성격이라면 화려한 도회(都會)의 삶이 맞을 법도 한데, 하는 말을 들어보면 가슴 깊은 곳의 진심이 느껴졌다.

어떤 사연이 있기에 그와 같은 말을 하는가.

어떤 상황에서도 당황하지 않고 무공을 펼치면서, 쫓고 쫓기는 활극에도 태연한 모습이다. 예사롭지 않은 길을 걸어온 것이 틀림없었다.

"무슨… 일이 있었던 겁니까."

밑도 끝도 없는 질문을 던져 보는 청풍이다.

특별한 답을 바라서라기보다는 그저 궁금함이 함축되어 나온 말이었다. 그럼에도 서영령은 무엇을 물어보는지 정확하게 알아들었다는 듯 술술 대답을 이어갔다.

"별거 아니에요. 그냥, 아버지와 아버지를 잘 이해하지 못하는 말 안 듣는 딸아이의 이야기죠. 처음에는 강호에 대한 호기심에, 그 다음에는 강호를 알게 되면서 느낀 것에. 자유롭게 살고 싶지만 그럴 수 없게 만드는 사문이 싫을 뿐인 거죠."

"대체 어디기에……."

"호호. 알려줄 수 없어요."

재미있는 비밀을 간직한 것처럼 작게 웃으며 일어나는 서영령이다. 바위에서 폴짝 뛰어내려 물가로 가더니 손을 담구어본다.

"시원하네요. 물도 굉장히 맑구요."

이리저리 손을 저어 종일 묻은 먼지를 씻어내고, 얼굴까지 가볍게 훔쳐 낸다. 가닥가닥 삐져 나온 머리를 매만지면서 핀잔처럼 다시 입을 열었다.

"정말… 괜한 질문을 해가지구서. 생각나 버렸잖아요. 안 좋은 것."

질끈 묶어 올린 머리를 새롭게 다듬으며 청풍을 바라본다.

"있잖아요, 나는 좋아지고 있는 사람이 있어요."

가슴으로 파고드는 말.

청풍은 자신도 모르게 얼굴이 확 달아오르는 것을 느꼈다.

홍조가 떠올라 있기는 서영령으로서도 마찬가지인가.

하지만 덧붙이는 그녀의 말.

옅게 깃들어 있는 우수(憂愁)가 그녀의 눈을 더욱 아름답게 만들고 있었다.

"그렇지만요. 나는 그 사람을 더 좋아해서는 안 돼요."

웃고 있다.

촉촉하게 젖은 섬섬옥수가 귓가의 잔머리를 쓸어 올리며 물방울 하나를 떨구었다.

"그전에도 곤란했지만, 더 곤란하게 되어버렸죠. 행여 잘되더라도 문제예요. 훗날 어떤 일이 생기게 될지 모르거든요."

노을마저 잦아드는 어둠이다.

서편으로 완전히 넘어가는 햇빛이 마지막 붉은빛을 흩뿌리고는 하늘에 생겨나는 별빛들을 맞이했다.

"그러니까 지금은 이렇게 있을래요. 조금만 더요."

당장이라도 사라질 듯한 느낌.

그러나 옆으로 다가와 앉는 그녀는 아직 그렇게 멀어지지 않는다.

장난처럼 청풍의 행낭을 뒤져 직접 피풍의를 꺼내어 덮는 그녀는 아직까지도 어린아이 같으면서도, 또한 많은 일을 감내하는 성숙한 여인 같기도 했다.

"저만치 떨어져서 자요."

웃음기가 섞여 있는 목소리다.

몸을 일으켜 언젠가처럼 한 그루 아름드리 나무 밑에 주저앉아 등을 기댔다.

바위 위에 누워 있는 그녀를 눈 안에 담아둔 채.

스르르 감겨드는 두 눈 위로, 깜깜해지는 산야(山野)의 달빛이 쏟아지고 있었다.

창공에 빛나는 별.

천도(天道)는 사람이 헤아리지 못하는 조화를 발하여 수많은 운명을 만들고 바꾸어 나간다.

아무도 모르는 새.

서방 백제, 일곱 개의 호성(虎星)이 하늘을 가로질러 두 사람 머무른 산 위를 비출 때.

깊어가는 밤이었다.

곤한 잠에 빠져들어 있던 청풍은 문득, 한줄기 숨결이 얼굴 앞에 어른거리는 것을 느꼈다.

그녀.

곱고 고운 손길이 청풍의 얼굴을 쓸어내리고 있었다.

'꿈인가……'

어깨.

가슴.

허리 쪽으로 돌아든 그 손이 왼편에 묶여 있는 검자루에 다가간다.

백호검.

본능적으로 손을 뻗어 그녀의 손목을 잡았다.

그의 손아귀에 막혀 조용하게 요동치는 손이다. 청풍의 손가락에 힘이 들어갔다.

훅.

입술로 느껴지는 뜨거운 느낌이 있다.

그녀의 입술.

놀랍도록 부드러운 감촉에 한줄기 전율이 등줄기를 스치고 올라갔다.

"……!!"

비로소 깨닫는 청풍.

이것은 꿈이 아니다.

꿈인 것으로만 알았던 아련함과 실제로 느껴지는 놀라움에 눈을 뜨니, 어둠 속에서도 하얗게 빛나고 있는 그녀의 맑은 얼굴이 앞에 있었다.

뭉클.

입술을 타고 넘어온 혀가 청풍의 이빨을 간지럽혔다. 온몸의 힘이 빠져나가는 기분이다. 태어나서 처음으로 해보는 입맞춤은 정신을 온통 허물어뜨릴 정도로 강렬했다.

"……?!"

어찌할 바를 모르던 청풍.

시선을 둘 곳을 찾다가 결국, 그녀의 눈을 바라본다.

그 순간.

스르르 감았다 뜨는 서영령의 눈빛이 그의 경각심을 일깨웠다.

'이것은……!'

언제나 총명하게 반짝이던 그녀의 두 눈이 기이하게 흐트러져 있었다.

일렁이는 눈빛.

본 적이 있다. 이것.

그 까만 눈동자 깊은 곳에서부터 묘한 열기가 솟아 나오고 있다.

마치 귀수무영이 제정신을 잃었을 때와 흡사한 느낌이었다.

꽈악.

그녀의 왼손이 청풍의 어깨를 잡아당겼다.

점점 더 청풍의 품 안으로 파고드는 그녀, 손아귀에 가해지는 힘이 점점 더 강해지고 있었다.
'안 돼……!'
그녀의 손이 이르고자 하는 곳을 알아챘다.
백호검을 향해 뻗고 있는 손, 백호검의 검자루를 잡으려 한다.
탐낸다는 느낌이 아니다.
무엇인가 그녀의 행동을 조종하기라도 하는 듯, 제정신이 아닌 상태에서 갈구하는 몸짓이었다.
"이……!"
정신을 차리라 말하려 입을 열었을 때다.
청풍을 확 밀친 그녀가 그 도톰한 입술로 청풍의 입을 덮어버렸다.
정신이 아득해지는 기분에 이대로 몸을 맡겨 버리고 싶다는 마음이 그의 머리 속을 헤집어놓았다.
'백호검… 백호……'
불쑥 떠오르는 한마디.
만통자가 말했던 백호신의 명운이 생각났다.

"백호는 경신(庚申)의 금신(金神)으로 추(秋) 삼월에 오는 흉장(兇將)일지니, 색정음행을 좋아하고 교행불해하는 신이라 지실응(知失應)하면 세력이 약해지고 난조된다."
"교행불해에 색정음행이라 아직도 그 화가 남았구나."

색정음행(色情淫行).
흉신의 기운이란 것이 이런 식으로 나타날 줄은 몰랐다.
정신을 가다듬어야 했다.

서영령은 좋은 여인이다.

이렇게 무너지게 놔둘 수는 없다고 생각했다.

그러나 세상일이 어디 생각대로만 되는 것이던가.

꾸욱.

뒤로 밀쳐져 엉켜 있던 그녀의 손이 일순간 청풍의 손아귀에서 빠져나오더니, 결국 백호검에 닿고 말았다.

"……!!"

스르릉.

백호검이 검집에서 뽑혀 나오는 소리.

급하게 손을 움직여 검자루를 잡아 힘을 주었다.

화아악.

손을 타고 올라오는 기운.

무작정 잡아 넣으려 했던 것이 실수였을 줄이야.

처음 접해보는 기운이다. 순식간에 팔을 타고 단전을 거쳐 백회로 치닫는 이 힘.

청풍은 직감했다.

빼앗긴다. 서영령과 같은 상태로 변하는 것.

정신이 혼미해지더니 마침내 하얗게 탈색되어 온전한 사고를 할 수가 없게 되어버렸다.

스르릉.

두 사람이 동시에 잡고 있는 백호검이 검집 안에서 빠져나온다.

산속의 밤공기를 마시러 동굴 밖으로 나오는 한 마리 백호처럼.

두 남녀.

달빛 받아 살아 움직이는 듯한 백호검.

한 팔씩 뻗어 땅으로 늘어뜨린 그 검날 위로, 이제 이성을 잃어버린 젊은 육신들이 서로에게 엉켜든다. 목덜미에서 쇄골로 이어지는 곡선 위에 청풍의 입술이 머물다 스쳐 가고, 서로를 거칠게 탐하는 움직임에 한 꺼풀씩 옷가지가 벗겨지고 있었다.

서로가 한 손밖에 쓸 수 없음에도 용케 서로의 육신을 드러내는 손길이다.

서영령을 덮쳐누른 청풍의 입술이 자연스럽게 그녀의 봉긋한 가슴을 배어 물었다.

"하아……!"

들뜬 신음 소리.

파르르 떨리는 입술이다.

서영령.

무공으로 다듬어진 유연하고도 탄탄한 육신은 그야말로 눈부시다 표현할 수밖에 없다.

하나, 청풍의 눈은 이미 그 아름다움을 분간할 수 없는 상태. 색정(色情)에 취하여 그 끝을 찾아가는 몸짓에는 어떤 부드러움도, 어떠한 애정도 없어 보였다.

"하아, 하아, 하아."

찢어내듯 벗겨내는 고의(袴衣).

결국 둘 사이에는 아무것도 남지 않게 되고.

오직 합일(合一)의 본능에 따라 밀어내는 청풍의 몸에 서영령의 숨이 일순간 멈추었다.

"흐읍."

고통을 느끼기는 하는가.

풍랑의 흔들리는 돛단배가 되어버린 서영령의 몸은 처음으로 느끼는 그 아픔을 감내하기라도 하듯, 더욱더 힘을 주어 청풍의 몸을 휘감는다.

끝 갈 데 모르고 올라가는 두 사람의 행위.

어느 순간, 하얀 검신에 비치던 달빛이 뛰쳐나오기라도 하듯 백호검의 검날로부터 아지랑이 같은 금기가 흘러나오기 시작했다. 샘물처럼 솟아 나온 백기(白氣)가 두 사람의 몸을 한꺼번에 휘감아 들어가고……

물감이 번지듯 혈맥을 따라 스며드는 진기의 색깔이 어느 때보다 짙어졌을 때, 비로소 두 사람의 움직임도 최고조에 이른다.

"아아아아!"

마침내 절정에 올라 가쁜 숨을 내쉬는 두 사람의 몸.

희끄무레하게 일렁이던 하얀 기운이 잦아든다.

챙강.

그토록 꽉 잡고 있던 백호검.

두 사람의 손에 머물러 있던 힘이 동시에 빠져나간 듯, 땅으로 떨구어지는 신검이다. 아직도 어스름하게 번져 나오는 백색의 기운은 마치 제 할 일을 다한 신물(神物)의 모습을 보는 듯하다. 물건임에도 스스로 살아 움직이는 의지가 전해져 오고 있었다.

스르르.

서로의 몸을 껴안은 채 누워 있는 두 사람이다.

백호검을 쥐고 있던 오른손과 왼손도 서로가 있을 곳을 찾듯이 부드럽게 움직여 서로의 목을 휘감았다.

아무 일도 없었던 것처럼 평온한 얼굴들이다.

다음날 깨고 보면, 이 일을 믿을 수 없겠지만.

다시는 돌이킬 수 없는 일임에.

그저 여름밤, 산 향기를 머금은 달빛만이 그들의 위를 내리쬘 뿐이었다.

■제6장■
육극신(陸克愼)

비검맹(比劍盟)의 파검존(破劍尊) 육극신(陸克愼)의 무공은 그의 거침없는 성정만큼이나 막강함을 자랑한다고 전해진다.

 장강을 아우르는 비검맹의 영역 구축에 혁혁한 전공을 세우고 맹주도 제어할 수 없는 이인자라 일컬어지면서, 그 무공을 사해에 떨친 남자다.

 칠십이 채라고까지 불려지던 장강의 수많은 수로채(水路寨) 중 그 홀로 박살 낸 것들만도 열 군데가 넘는다고 알려져 있을 정도였다.

 그가 펼치는 대력투형보(大力鬪形步) 육 식과 파검공진격(破劍空震擊) 오 초식은 장강의 물을 뒤엎을 정도이며, 대천마진벽(大天魔振壁) 사 초식과 무적을 칭하는 파검마탄포(破劍魔彈砲) 삼 초식은 가히 천하를 논해볼 무공이라 일컬어진다.

 두 눈으로 확인해 보고 싶은 마음이나 이미 그와 얽혔기에, 팔황의 권속에는 접근할 수 없는 입장이 된 몸인 바.

 청홍무적 대협과의 일전을 놓친 것은 천추의 한.

 보지 못한 것이 아쉬울 뿐이로다.

한백무림서 초안
한백의 일기 中에서

육극신(陸克愼)

청풍과 서영령.

아침 햇살이 비쳐 들기도 전, 새벽의 어스름 속에서 간밤의 일과 마주한 그들은 더할 나위 없는 경악 속에 어떠한 말조차 꺼내볼 수가 없었다.

"아……!"

몸을 일으키던 서영령은 아랫배에서 느껴지는 통증에 몸을 웅크리고 밤새 벌어졌던 일을 확실하게 깨달았다.

널찍한 흰 바위 위에 얼룩진 핏자국.

흐트러진 옷가지를 주워 입는 그녀의 두 눈에 참담한 눈물이 차 올랐다.

주르륵.

기어코 흘러내리는 눈물.

고개를 돌리고 청풍에게 보이지 않는다.

망연자실한 것은 청풍으로서도 매한가지.

이 일을 어찌해야 하는가.

아무런 생각도 할 수가 없다.

대체 어떻게 그럴 수가 있었는지.

도무지 이해할 수가 없었다.

"……."

정신을 잃기 전까지의 일을 떠올렸다.

남녀지사에 대해 무지한 청풍이지만, 바보가 아닌 이상 그 다음에 무슨 일이 있었는가는 지금의 상황으로만 보아도 알 수가 있다.

'백호검…….'

땅바닥에 떨어져 있는 그 매끄러운 검신이 보였다.

원흉이다.

신검(神劍)이 아니라 마검(魔劍)이었다.

이런 일을 초래할 줄이야.

그렇게 휘두르고 있었음에도 감춰진 미지(未知)가 있었다는 것, 충격이라 아니 말할 수 없었다.

"…어쩌다가……."

서영령의 목소리.

화들짝 놀란 청풍이 서영령을 향해 고개를 돌렸다.

"이렇게 되었죠……?"

잠겨 있는 음성이다.

뒷모습이라 얼굴이 보이지 않았지만 흐르고 있는 눈물만큼은 저절로 알 수가 있다.

그처럼 진하게 느껴지는 감정에 무슨 대답을 할 수 있을까.

이럴 수는 없다.

백호검이 원흉이다?

아니다. 모든 것의 원흉은 청풍 자신이다.

처음부터 청풍을 만나지 않았다면 그녀가 이와 같은 일을 겪었을 리 없다. 죄인이 되어버린 기분이었다.

"……."

코를 훌쩍이는 소리.

개울가로 걸어간 그녀가 그대로 물속에 발을 담구었다.

한 발, 한 발.

허리 깊이의 물까지. 옷 젖는 것을 아랑곳하지 않고 들어가더니, 손에 물을 담구어 눈물을 닦아냈다.

씻어내고 싶은 흔적이리라.

맑은 개울물에 어제의 일을 흘려보내려는 그녀였다.

"후우……."

물에 젖어드는 그녀.

엉거주춤 일어난 청풍이지만, 그녀에게 다가가지는 못한다.

발걸음이 떨어지지 않는 것이다.

"어쩌겠어요. 엎질러진 물을 주워 담을 수는 없잖아요……."

다시 입을 여는 그녀의 목소리엔 미세한 떨림이 함께한다.

어쩌겠나. 어쩔 수 없다…….

그것은 그런 문제가 될 수 없다.

여인의 입으로 말하는 그 심정이 얼마나 암담할지, 청풍은 그 마음을 고스란히 전해 받으며 같은 아픔에 젖어들었다.

"개의치 마세요. 어제 일은 없던 것으로 해요."

그녀의 마음을 느낄 수 있다.

이것은 그야말로 뜻하지 않는 불상사일 뿐.

무슨 일이 있었는지 어렴풋한 기억만을 가지고 있는 그들로서는 받아들이기 힘든 일일 수밖에 없는 것이었다.

"하지만… 없었던 일이 아닙니다."

어렵게 한 말.

남녀 사이에 그와 같은 일을 겪고도 없었던 일로 넘기자는 것.

도리에 어긋난다. 청풍으로서는 어떤 방식으로든 책임을 져야만 했다.

"없었던 일이 아니면요? 혼인이라도 하자고요?"

날카로운 감정이 드러나는 말투다.

그럴 수밖에 없을 터.

어떤 심정일지 이해할 수 있을 것 같았다.

"예. 혼인이라도 해야 하겠지요."

"……!!"

청풍은 항상 그렇다.

진심 어린 눈빛.

그녀의 얼굴에 어이없다는 표정이 떠올랐다.

"말도 안 되는 소리 하지 말아요. 그럴 수는 없어요."

"그럴 수 없다니. 이유가 무엇입니까."

"좋아하지도 않는 사람과 평생을 함께하겠다고요? 그래서야 두 사람 모두에게 불행일 뿐이에요."

"아닙니다… 나는, 당신이 좋습니다."

"……."

서영령이 고개를 설레설레 흔들었다.

좋아한다. 사랑한다.

청풍.

그 말뜻을 제대로 알고나 하는 이야기일까.

그의 말이 의미하는 바는 간단하다.

혼인의 의미, 그저 벌어진 일에 도의적인 책임을 지겠다는 뜻이었다.

"아니요. 당신이 좋아한다 해도, 내가 싫어요. 그런 혼인."

그런 것이라면 이쪽에서 사양이다.

몸은 몸일 뿐이다.

이런 식으로 처녀성을 잃었다는 것은 그야말로 슬픈 노릇이지만, 그것 하나로 인생을 책임지라고 말하는 것은 서영령 스스로가 용납할 수 없다.

엉뚱한 놈이 아니라, 좋아지고 있던 남자에게 주었다는 것만으로도 다행이라 생각해야 한다. 미련을 버려야 하는 것이다.

어차피 서로 생각지도 못했던 일이다.

하늘의 장난에 어처구니없이 얽혀 서로에게 부담만을 주게 된다면 그것이야말로 악연이라 할 수밖에 없다. 안 그래도 그와 그녀 사이에는 또 따로 이루어지기 힘든 장벽이 존재하고 있는 바, 굳이 일을 어렵게 만들어갈 이유가 없는 것이었다.

"혼인이 싫다면, 다른 것이라도. 내 할 수 있는 일을 다 하겠습니다."

"역시나 당신은 모르고 있군요. 나는 그것이 싫다는 말이에요."

강한 어조로 말하는 서영령이나 그 목소리 안에는 아픔이 있었다.

차라리 청풍의 이 말을 듣지 않았더라면.

그녀가 눈을 한번 감았다 떴다. 한 방울 맺혀 있던 눈물이 얼굴을 훔쳐 냈던 계곡물에 섞여, 속눈썹에 맺힌 이슬이 되었다.

"나는 강호인이에요. 보통의 규수처럼 생각하면 곤란하죠. 책임지겠다는 말은 하지 말아요. 그런 말을 해야겠다면, 나를 사랑하게 된 후에 하세요. 어젯밤의 일은 사고였고, 거기에는 누구의 잘못도 없는 것이에요."

청풍의 눈에 한줄기 빛이 깃들었다.

그제야 알아챘다.

무슨 실수를 했는지.

책임을 운운하기에는 지나치게 강한 여인이다.

상처가 되었을지언정 불행으로 생각지 않는다. 밝은 쪽으로 생각하고 스스로 감내할 수 있는 여인이었다.

"그래도. 분명, 내 탓입니다. 나를 만나지 않았다면 이런 일도 없었습니다. 게다가 큰 도움도 받고 있지요. 나는 당신에게 해줘야 하는 일이 많습니다."

청풍.

자꾸만 비슷한 이야기를 듣다 보면 짜증이 날 만도 한데, 이상하게도 밉게 들리진 않는다. 그것은 아마도, 그의 말에 언제나 깃들어 있는 진실됨과 순수함 때문이리라.

"끝까지 그러네요."

서영령이 다시 한 번 고개를 저었다.

"정녕 그렇다면……."

서영령이 짐짓 장난스런 표정을 짓는다.

한 번 운 것으로 감정을 수습하고 있는 것일까.

"해줘야 할 일이 많다고 했죠. 천천히 해주세요. 생각나는 대로. 지켜줘야겠다 생각하면 지켜주고, 친근하게 대해야겠다 생각하면 친근하게 대하면 되겠죠. 마음에도 없는 것을 한다고 하면, 다시는 그 얼굴 보지 않을 것이에요."

웃음까지 지어 보이는 서영령이다.

진실로 놀라운 여인이다.

스스로를 돌아보게 만드는 여인.

청풍 자신은 어땠던가.

무당과 명경을 보고 무공의 한계를 실감한 후, 침잠되는 좌절에 한참 동안이나 제정신을 차리지 못했었다.

그녀는 다르다.

청천벽력과 같은 일임에도 스스로의 감정을 다스릴 줄 알고, 농담 같은 말까지 꺼내놓는다.

그릇이 다르다는 이야기일까.

새벽을 제치고 밝아오는 동녘 하늘 빛무리가 유독 그녀의 주변에만 머무는 것 같다.

아름다운 것은 둘째 치고, 그녀는 실로 대단하다. 아니, 그 대단하다 느끼는 성정이 그녀의 주변에 후광을 만드는 것인지도 몰랐다.

책임져야 한다고 생각한 것.

분수를 모르고 한 이야기라고 할 수밖에 없다.

무공이야 어쩐지 몰라도, 청풍은 그녀를 책임질 만한 그릇이 못된다.

'아직은.'

을지백이 말했던 천하와 또 다른 의미의 천하.

그는 더 강해져야 했다.

무공뿐 아니라 모든 면에서.

잠시의 눈물로 많은 것을 털어낼 수 있는 대범함을 지닌 그녀다.

배워야 한다.

오늘의 일. 그리고 그전의 일.

되갚는 것 그 이상을 할 수 있도록.

스스로의 마음에 강인함의 칼날을 더해가고 있는 지금, 여기서 멈추지 말고 더욱더 나아가야 하는 것이었다.

"이상하죠? 내력이… 강해진 것 같아요. 풍랑(風郞)도 그런가요?"

풍랑.

연인들이나 쓰는 호칭임에도 어딘지 어색함이 없다.

그녀가 하는 일은 그처럼 항상 그랬다.

익숙하게 느껴지고, 당연한 듯 생각되도록 만드는 힘이 있었던 까닭이다.

"운기할 때의 느낌이 확실히 달라요. 흡기할 때 들어오는 진기가 훨씬 더 안정되어 있네요. 폐장에 머무르는 양상을 보면 오행 중 금기(金氣)인 것이 틀림없는데……. 외기임에도 본신진기와 상충되는 것이 없어요. 대체 무슨 일이 일어났던 것이죠?"

그녀의 말처럼.

청풍 역시 운기를 해보면서 내력이 증가되어 있음을 느꼈다. 몸이 훨씬 더 가벼워진 기분이다. 항상 외기(外氣)로만 느껴졌던 백호검의 기운이 녹아들어 도도하게 이어지고 있었다. 본신진기에 완전한 합일을 이루었다는 것일진대, 무슨 조화로 그렇게 된 것인지는 그로서도 알 도리가 없었다.

"무슨 일이 일어나긴 했던 모양이지만……."

무슨 일이 있어났긴 했다는 것.

말을 해놓고 보니 이상하다.

문득, 그녀와의 일이 떠올랐기 때문이었다.

순간적으로 말문이 막혀 더 입을 열지 못하는 청풍.

서영령이 그를 돌아보았다가, 그녀 역시 그 일이 생각난 듯 얼굴을 붉히고는 곱게 눈을 흘겼다.

떠올리기 싫은 일이라고는 하지만, 그렇다고 반드시 지워야만 하는 기억은 또 아닐는지 모른다. 몸서리치도록 불쾌한 상대도 아니요, 본래부터 서로에게 매력을 느끼던 그들이었으니. 생각해 보면 절대로 있어서는 안 될 일은 아니었던 까닭이다.

"알고 보면 엉큼한 사람인 것 아니에요? 엉뚱한 말 하지 말고, 좀 생각해 봐요. 그날 밤 저 같은 경우… 잠이 잘 오지 않아서 운기를 하던 도중 이질적인 금기를 느꼈어요. 아마도 그날 백호검을 쥐었기 때문이겠죠. 그리고는 조금 있다가 한순간 정신을 잃었어요. 그… 다음 엔……."

결국 진기에 대해서 이야기하자면 그 일에 대한 이야기를 피해갈 수가 없다. 한숨을 쉬고, 입술을 한번 깨물은 서영령이 재차 말을 이어나갔다.

"…여하튼 그런데… 지금은 금기가 이토록 많이 들어와 있는데도, 이상하게도 이질적인 느낌이 안 들어요. 또 그렇게 정신을 잃어버리면 정말 곤란하겠지만… 다시 그럴 것 같지는 않거든요. 원래의 심법에 융화되어 버린 것 같아요."

"나 역시 같은 느낌이긴 한데……."

말끝을 흐리는 청풍이다.

편하게 말하라고 몇 번이나 핀잔을 들었음에도 여전히 어려웠다.

원래의 말투가 있고, 해오던 태도가 있을진대 일시에 바꾸려니 무척이나 힘이 드는 것이었다.

"같은 느낌이라고요? 풍랑도 금기, 그러니까 백호검의 기운을 얻었단 말이죠?"

청풍이 고개를 끄덕였다.

"그렇다면 둘 다 백호기(白虎氣)를 받아들였다는 것인데요. 여기서 한 가지 의문이 생기네요."

그녀가 청풍을 돌아보고, 이어 백호검을 가리켰다.

"풍랑은 쭉 백호검을 써왔잖아요. 귀수무영이나 나는 그 검에 휩쓸려 정신을 잃게 되었지만, 풍랑은 괜찮았었죠. 무슨 이유에서일까요?"

"그것은… 글쎄……."

처음부터.

백호검을 처음 지니게 되었을 때부터 생겼던 의문이다.

청풍으로서도 정확히 모르는 일. 고개를 설레설레 흔들었다.

"그래요. 뭐, 주인을 선택하는 신검의 공능이라 치죠. 그렇다면 다시 또 하나. 풍랑은 그토록 문제없이 잘 써왔는데, 어제는 왜 그 검에 정신을 빼앗기고 말았죠? 설마 하니… 정신이 멀쩡했던 것 아니에요?"

"그럴 리가! 절대로 아니 될 말!"

청풍이 화들짝 놀라 손사래를 쳤다.

"흥! 안 될 것은 또 뭐죠?"

청풍의 얼굴이 확 달아올랐다.

정말 곤란하다.

서영령의 한마디 한마디는 그에게 있어 더할 나위 없는 파격이라 도무지 감당하기가 힘들었다.

"농담이에요. 그렇게 놀라는 것도 재미있네요. 여하튼… 좋은 것인지 나쁜 것인지 확실히 알 수가 없네요. 내공이 강해지고도 걱정을 해 보는 것은 또 처음인 것 같아요."

그것만큼은 동감이다.

아직도 당혹스런 표정을 감추지 못하는 청풍.

자신도 모르게 운기를 하면서 몸속에 휘돌고 있는 금기, 백호기를 점검해 보았다.

'괜찮겠지. 아니, 괜찮아야지.'

통제 불가의 상황을 한번 겪고 나니, 걱정이 앞설 수밖에 없다. 본신 진기에 완전히 섞여들어 유장한 흐름을 이루어내고 있기는 해도, 분명 그 기운은 백호검에서 나온 기운이다.

미지의 힘을 감추고 있는 신검. 또는 마검.

백호검을 줄곧 써오던 청풍으로서도 일순간에 휩쓸려 스스로를 제어할 수가 없었던 바, 청풍도 그러할진대 누구라도 안심할 수는 없다. 언제 또 그런 일이 발생할지는 그야말로 모르는 일이었다.

"결론은 하나네요. 진기를 다루는 데에 더 신경 써야 되겠어요. 이 기묘한 백호기가 엉뚱한 곳으로 튀지 않도록 내력을 온전히 내 것으로 만들어야 한다는 이야기죠. 심법 수련이 필요하겠어요."

맞는 이야기다.

진기가 불어났더라도 어떤 일을 일으킬지 모르는 진기라면 없으니만 못하다.

그런 일이 생기지 않도록 하려면 그 기운이 함부로 정신을 범접하지 못할 만큼 견고한 내력을 갖추어야만 한다.

다시 처음으로.

금강호보, 백호검 금강탄과 백야참에 전념했었다.

이제는 기본으로 돌아와야 한다.

청풍이 지닌 바 무공의 근간.

모든 것에 우선하는 기(氣).

자하진기로의 회귀였다.

삼 일째.

함녕(咸寧)을 지나 동호(東湖)까지 산길로만 움직였다.

추적자들은 여전히 그들의 뒤를 쫓고 있겠지만 사람과의 접촉을 절대적으로 피하고 있으니 그들의 경로를 가늠하기가 쉽지 않을 것이다.

어느 정도 안심할 수 있는 거리를 확보한 상태, 한층 여유로운 행보였다.

"사부님이 남긴 심법이라고요? 기공을 창안해 내다니, 대단하신 분인가 봐요."

"처음부터 창안한 것은 아니라고 하시지만… 대단하긴 대단하신 분이지."

이제야 편하게 말을 하게 된 청풍이다.

세 살 차이. 진즉에 찾았어야 할 말투였지만, 늦었다.

누구에게나 조심스럽게 말하는 청풍이었음에 더 더욱 오래 걸린 것인지도 모른다.

"저는 무공을 전부 다 아버지한테 배웠어요. 내공은 천지일기공이고, 선법은 백학선법이라 부르죠. 백강환을 내쏘는 지법은 이지선(二指線)이라 하는데, 제가 지닌 무공 중 가장 자신있는 무공이에요."

"그랬군."

과연 자신이 있을 만하다고 느끼며 서영령을 돌아보았다.

총명한 눈빛에 아름답기만 한 얼굴.

그날 밤의 일이 다시 한 번 떠오르는 것은 젊은 혈기로 어쩔 수 없는 일일지.

피차 잊기로 하였지만 그런 것이 그리 쉽게 되는 일은 아니다.

둘 사이에는 어느 이상의 선을 넘어선 남녀만이 지닐 수 있는 묘한 친근감이 함께하고 있으니 더 더욱 그럴 수밖에 없다.

그뿐인가.

종일 붙어 있는 두 사람이라 점점 더 친해지고, 점점 더 가까워지고 있다.

우연한 인연에 이어 단순한 이끌림을 느꼈고 우발적인 관계까지 맺은 두 사람이다.

어긋난 순서라고 할까.

이제는 처음으로 다시 돌아왔다.

비로소 하나씩 분명하게 서로를 알아가는 중. 서로에 대해 나누는 대화 하나하나가 서로에 대한 연정(戀情)을 자연스럽게 키워내고 있었다.

"자하진기 말고, 또 배운 것 있어요?"

"사부님께 배운 것이라면… 그것 하나뿐이라……."

"그것 하나요?"

"그래. 자하진기 하나."

서영령이 놀랍다는 표정을 지었다.

그러고 보면 오직 하나다.

사부님이 주신 것.

백호검을 얻고서 점점 더 소홀해졌던 그것이다. 어찌하여 그럴 수 있었는지. 단 하나 자하진기만이 그의 전부였던 시절도 있었음인데.

"그러면… 그 백호검으로 펼치는 무공은 뭐예요? 화산파에 그런 무공이 있다는 것은 처음 알았어요."

"화산파의 무공인지 아닌지… 사실은 나도 잘 몰라."

"에?"

"하산한 후 얼마 안 되었을 때였어. 한 사람이 나를 찾아왔지. 그분이 가르쳐 주었어. 금강호보, 금강탄, 백야참. 세 가지 무공이었지."

"금강호보… 처음 들어보는 무공인데요. 나머지 두 이름도요."

"아무래도 화산파 무공은 아닌 것 같아. 갈수록 그런 생각이 들고 있어."

"그럼… 누구죠? 그 가르쳐 준 사람은?"

"을지백. 이름밖에 몰라."

"이름밖에 모른다……. 강하죠?"

"그렇겠지."

"신비한 사람이네요. 사부로 모시지는 않은 모양이네요?"

"내 사부님은 오직 한 분이시지. 을지백 그분도 개의치 않더군. 처음에는 거의 억지로 배우다시피 한 무공이라, 배사지례(拜師之禮)를 갖출 겨를도 없었지."

"그렇군요. 절학(絶學)이던데… 그런 경우는 또 처음 봐요."

여태껏 간과했던 또 한 가지 사항이다.

제자로 받아들이지도 않으면서 절학을 전수한다.

세상에 드문 일이기는 하다. 그럼에도 어떻게 그렇게 곧이곧대로 배웠던지.

정말 아무것도 모르고, 아무런 생각도 하지 못했던 청풍이다.

"혹시… 그러니까… 지금… 풍랑을 쫓고 있는 자들이 집법원 검사들이라고 했었죠?"

"그랬지."

"백호검을 가지고 하산을 하게 만든 곳은 원로원이라고 했고요."

"그래."

"원로원은 도문이랑 맞닿아 있지요? 화산은 검문과 도문으로 나뉘어져 은연중 갈등이 있다고 들었는데… 맞아요?"

"아마도 맞을 거야."

"그러면… 도문(道門)의 무공들은 어때요? 그러니까 도문에도 도문만의 무공들이 있나요?"

"음… 도문에도 비전의 무공들이 있다고는 하지. 사부님의 자하진기도 도문의 심법 어딘가에서 영감을 얻었다고 하셨어. 그러나 몇몇 경우를 제외하고는 결국 거의 다 한 뿌리이기 때문에 검문의 무공과 별반 차이가 없다고는 하더군. 원로원이라고 하는 것도 사실, 검문의 노장로님들로 이루어진 곳이라 하니까."

"잠깐. 그렇다면, 분명 검문과 다른 무공도 있다는 이야기죠?"

"그렇기야 하겠지."

"그러면 풍랑이 배운 검법은 그 도문의 무공인 것 아니에요? 백호검을 쓰면서 문제없는 것도 자하진기가 도문에 뿌리를 두었기 때문인 것일 수도 있잖아요."

"그럴지도 모르는 일이지. 나도 처음에는 그런 줄로만 알았고. 하지만 도문의 무공이 열쇠라면, 굳이 백호검을 비롯한 사방신검들을 모두 다 봉인해 놓았을까 싶어. 아, 이야기했지? 사방신검은 전부 오랜 시간 동안 봉인되어 있었다고."

"여하튼요."

"그래. 어찌 되었든 금방도 말했지만, 백호검의 검법과 화산의 무공은… 다르다고 느껴. 아마도… 틀림없이 자하진기 덕분만은 아닐 거야. 백호검을 쓸 수 있는 것은."

"그런가요."

"근본적으로 달라. 서로 부딪치지 않는 것만은 확실한데 같은 근본은 결코 아니야. 구결이나 운용의 문제가 아니라… 근원적인 실체에서 차이가 있는 것 같거든."

무학(武學)의 깊은 곳.

어렴풋이 느껴지는 것이 있지만, 확실하게 말로 설명하기가 어려웠다.

진실한 모습이 다르다는 것.

"자하진기는 자연기(自然氣) 모두를 포용하지만, 백호검의 검법은 그렇지 않아. 금강호보. 금강탄. 백야참은… 한편으로 치우친 무공이지. 방어보다는 공격에 더 특화되어 있어서 항상 전진하지 않으면 그 위력이 반감돼. 넓게 조화를 이룬 것이 아니라 한곳으로 파고들었다는 말이야."

접근하는 방식이 다르고, 펼치는 방식이 다르다.

자하진기가 넓고 넓은 대지라면, 백호는 오직 서방의 금기(金氣)를 발함이다.

"오리무중이군요. 설명이 잘 안 돼요. 그처럼 치우친 무공이면서, 그렇게나 독특한 백호기임에도 다른 진기와 융합이 잘된다는 사실은 정말 이해가 쉽지 않네요. 제가 익힌 천지일기공도 천지간의 모든 기운을 아우른다는 심법이라고는 하지만, 그렇다 해도 지나치게 잘 섞여 들었어요. 풍랑 말마따나, 무엇인가 다른 이유가 있기는 있는 모양이에요."

확실히.

그날 그때 이후로, 아무런 조짐을 느끼지 못했다.

뭔가 사단을 일으키기는커녕 더욱더 몸속 진기의 흐름에 동조해 완연한 한줄기로 흡수되어 버린 백호기다.

처음부터 같은 기운이었던 것처럼.

이제는 확실히 자신의 내력이라 말할 수 있을 만큼 무리가 없어졌다. 무엇인가 알 수 없는 작용이 있어 온전히 본신 내력의 일부가 되어 버린 것이다.

증강된 내력.

청풍은 박차를 가했다.

하루 종일 자하진기의 운기를 소홀히 하지 않았다.

처음으로 사부님께 자하진기를 배울 때처럼, 걸을 때나 설 때나 앉을 때나 자세와 시간을 가리지 않고 내력 연마를 계속했다.

초심으로 돌아가 연련하는 심법이다.

백호기를 유도하여 전신 세맥을 단단히 하고, 불어난 진기의 활용을 최대화했다.

'삼단공의 벽은 확실히 넘어섰다. 사단공, 그것도 막바지에 올라왔어.'

오단공의 장벽을 바라보는 위치.

비약적인 성장이었다.

화산에서 하산할 때까지만 해도 삼단공의 끝 자락을 겨우 붙들고 있던 청풍이다.

그 이후로 지금까지.

하늘이 그에게 수많은 좌절과 어려움을 주었어도 그의 내공, 자하진기는 그를 배신하지 않았던 모양이다. 무공을 익히고 실전들을 치르면서 하단전과 중단전의 그릇이 커졌고, 마음과 영혼(靈魂)에 시련을 겪으면서 상단전의 힘이 불어났다.

어둠 속에 한줄기 빛이라 할 수 있을까.

사부님이 남긴 자하진기는 자신도 자각하지 못하는 동안 꾸준히 성장하여 여기까지 이루어놓았다. 백호검이 선사한 백호기는 그 촉발제 역할을 했을 뿐, 그의 진신무공은 역시 자하진기로부터 나오는 것이었다.

"익주에서 배를 타요. 안휘에 이르기까지는 그 편이 빠르겠어요. 게다가 육극신을 만나려면 이렇게 움직여서는 힘들죠."

도회로 나가면 다시 무인들의 눈에 띄겠지만, 그런 것을 감수하더라도 이제는 산에서 나서야 할 때다.

이렇게 숨어서 이동하는 것만으로는 비검맹의 총단을 찾아낼 수 없으니까.

안휘성이 가까워지는 지금, 파검존 육극신과 접촉하기 위해서는 슬슬 이쪽에서도 정보를 모아야 하는 것이다.

"파검존은 검을 탐한다고 했으니, 이쪽에서 몸을 드러내면 그 편에서 먼저 찾아올 수도 있어요. 산에서 내려가면 더 이상 노숙은 안 해도 되겠지만 오히려 더 험난하면 험난하지, 가볍지는 않을 거예요. 강해진 내력을 믿어볼 수밖에 없겠네요."

청풍이 자하진기의 수련에 힘쓰는 동안 천지일기공을 통해 백호 금기를 온전히 자신의 것으로 만든 서영령의 말이다.

그녀의 말처럼 더욱더 험해질 행보임에.

두 사람의 발걸음은 힘있게 나아가고 있을 뿐이었다.

*   *   *

"익주에 모습을 드러냈다고 합니다."

"그래? 그들 맞아?"

"예, 확실합니다."

"익주… 익주라……. 생각보다 많이 갔어. 사람들을 피하면서 그만큼이나 움직인다라……. 그렇게 철저한 성품으로는 보이지 않았는데 말이지. 역시 동행한다는 여자가 문제인가."

"……."

"…왜 말이 없어. 그 여자에 대한 조사도 지시했었잖아."

"그것이… 명확하지는 않습니다. 짐작 가는 곳이 있기는 한데, 함부로 단정 짓기는 힘듭니다."

"그런가? 요즈음… 후구당(嗅狗堂)의 성과가 영 심상치 않단 말야."

"다 알면서 그러십니까. 말도 마십시오. 코가 열 개라도 모자랄 지경입니다."

"구파의 뒤치다꺼리나 하려니까 그렇지. 숭산(崇山)에 전서라도 넣어야 하겠어. 맘대로 불러 쓰지 좀 말라 그러게."

"소림 방장이 콧방귀나 뀌겠습니까. 용두방주께서 진 빚이 얼만데요."

"그도 그렇군. 여하튼 그 양반은……."

잠시의 침묵.

젊은 용안(龍眼)에 강렬한 빛이 깃들었다.

"그래서. 어디야? 후구당에서 함부로 말할 수 없는 곳이. 숭무야, 단심(丹心)이야?"

흠칫.

후구당 부당주 남진중의 얼굴이 굳었다.

"하기사 삼절(三絕)의 눈을 누가 속이겠습니까. 산서신협의 독문무공이라 짐작되는 흔적이 발견되었으니, 아마도 숭무련 쪽에 가깝겠지요."

"잘하는 짓이군. 이런 시기에 딸 간수도 못하다니. 잘하면 경극(京劇) 거리 하나 또 나오겠구만."

"그렇겠습니다. 철기맹 탁가 놈의 일도 있는 마당에요."

"뭐, 그것은 그렇다 치고… 익주면, 장강을 타고 내려가려는 건가?"

"예. 배편을 구하여 수로(水路)를 이용하려는 모양입니다."

"익주에서 출발하는 배편들이 어디까지 가던가?"

"서진(西津), 안경(安慶), 아니면 장봉포(張烽浦)입니다."

"비검맹에 직접 덤비겠다는 것이로군. 대책없는 친구네."

"육극신이 어떤 자인지 몰라서겠죠. 어찌할까요."

"뭘 어찌해. 일단 그 근처 무인들부터 엮어줘야지. 저번이랑 똑같이 해. 집법원 검사들이 따라잡을 시간은 벌어줘야 할 게 아냐."

"저번처럼 말입니까. 그럼 그렇게 하겠습니다."
"좋아. 그리고……."
"……?"
"두 사람의 행보, 비검맹에도 흘려."
"예?"
"육극신이 직접 나오도록 말이야."
"아니… 대체……."
"그렇게 해. 그러다가 죽으면… 뭐, 할 수 없는 것이고."

　　　　　　*　　　*　　　*

익주에서 배를 타고 장강을 따라 안휘성으로 접어들었다.
내리쬐는 태양 밑에서 시원한 강바람을 받으며 장강 물살을 가르고 있자니, 그야말로 유람이라도 나온 듯한 착각이 든다.
모처럼의 여유로운 시간.
하지만 그것도 잠시뿐이다.
서진(西津)에 이르러 배에서 내린 그들을 맞이한 것은 또 한 무리의 무인들.
예상했던 일이다.
도회로 들어가 배를 구하고 행장을 새롭게 하던 하루, 눈에 불을 켜고서 그들을 찾고 있던 강호인들임에 하루라는 시간은 그리 짧은 시간이 아니었을 것이다.
"짐작대로네요. 어떻게 할까요?"
"싸워서 쫓아내야겠지."

"좋아요."

장강을 오가는 커다란 범선, 내리는 사람들이 심상치 않은 공기를 느끼고 길을 트기 시작했다.

갈라지는 사람들 사이로 걸어나온 서영령이 무인들을 둘러보며 입을 열었다.

"기다리고 있었던 모양이군요."

태연한 신색에 여유만만한 태도를 지니고 있으니 무인들로서도 제법 당황한 것 같다.

병장기를 뽑을 준비를 하는 그들, 서로서로 눈치를 보듯 얼굴을 돌아보더니 한 명이 앞으로 나서며 목소리를 높였다.

"보검을 지닌 자들이 맞으렷다!"

'여기에 당도한 지 오래지 않았군.'

서영령의 총명한 눈이 기광을 발했다.

급조된 무리, 조직적인 움직임이 아니다.

오합지졸.

저번에 보았던 자들만도 못한 이들이었다.

"재미있네요. 그 정도로 다른 사람의 물건을 탐하는 것인가요."

"흥! 간이 배 밖으로 튀어나왔구나! 얌전히 보검을 내놓고 간다면 목숨만은 살려주겠다!"

흉악하게 생긴 자, 입심만큼은 누구 못지않다. 하지만 무공이 받쳐주지 않음에야. 입심은 어디까지나 입심뿐일 따름이었다.

"앞으로······."

그녀가 고개를 돌려 청풍을 보았다.

두 사람의 눈빛이 교차되고 이내 그녀가 발하는 마지막 선고가 장내를 울렸다.

"실력이 되지 않는 자들, 함부로 찾아오지 말라고 전해주세요."

촤르르르륵.

소매에서 뻗어 나온 부채.

그녀의 신형이 화살처럼 쏘아졌다.

파아앙!

엄청나게 빠른 신법이다.

백철선으로 내려친 일격에 첫 번째 무인이 무릎을 꿇고 땅을 굴렀다. 그대로 전진하여 위아래 단타(短打), 두 번째 무인의 몸이 휘청 중심을 잃어버렸다.

채챙!

갑작스런 쇄도에 그제야 병장기를 뽑는 자들.

그러나 햇빛 뿌려내는 살벌한 병기 사이에서도 서영령의 얼굴은 차분하기만 하다. 고수의 반열에 오르지 못한 무공들이라면 그 병장기가 몇 자루가 되었든 결코 그녀를 위협할 수 없었던 것이다.

땅! 퍼억!

또 한 명 쓰러지는 데 이어, 부채살을 접고서는 휘둘러 오는 병기를 튕겨내었다.

유연하게 휘어지는 신체에 부드러운 탄력, 며칠 전과는 또 다른 경지의 무공을 보여주고 있다. 백호기를 받아들인 덕분이다. 강력해진 천지일기공이 불러낸 새로운 조화였다.

위잉! 채채챙!

쏟아지는 도검장창 속에서 서영령의 단아한 움직임은 홀로 외로이 빛나는 별과 같다. 흘려 넘기고 튕겨내는 동작들 바깥, 마침내 그 별을 밝혀줄 한 자루의 검이 더해졌다.

텅!

뒤에서부터 날아든 청풍의 몸이다.

달려올 것을 미리 알고 있었다는 듯 몸을 숙이는 그녀를 뛰어넘어 도약의 끝에 이르니, 잠시 동안 공중에 멈춰 있는 것처럼 보였다.

번쩍!!

천천히.

하늘에서 내려오는 청풍의 허리에서 백광의 금강탄이 뻗어 나왔다.

산중 대호의 광포한 기세 그대로 내려치는 휘황한 검신에 한 무인의 대감도(大欣刀) 한 자루가 밑둥에서부터 뚝 하고 부러져 나갔다.

턱!

날 없는 대감도 위로 무인의 어깨를 밟으며 다시 한 번 몸을 띄운다.

백호 금기가 꿈틀거리며 자하진기의 잔잔한 파도를 멋지게 쳐 받아 올리고 있다. 자하진기가 본체라면 백호 금기는 그 본체의 의지를 실현시키는 한 자루의 검!

그 강렬한 기운이 백호검을 타고 비로소 그 막강한 위력을 십분 발휘하기 시작한 것이다.

쩌엉!

이번에는 검이다.

잘 제련된 청강장검이 유리처럼 깨져 나갔다.

백아참 백색 광망이 깨져 날아가는 검 조각에 비쳐 햇살 속 부서지는 빛무리를 만들었다. 비산하는 검날에 찔려 피투성이로 쓰러지는 무인을 타 넘고 단숨에 휘어 친다. 반원을 그리는 검격에 창봉(槍棒) 하나가 반으로 잘라졌다.

호쾌하다.

그것이 바로 백호검의 본모습이라 할까.

금강호보와 금강탄이 완벽하게 호응하며 응축된 진결이 백야참을 타고 내뿜어졌다.

쩌저엉! 우수수수.

신기(神技)였다.

사람의 육신을 베어내지 않으면서도, 전의를 상실케 만드는 무공.

수숫단을 베어 넘기는 것처럼 부서진 병장기들이 땅으로 떨어진다.

공중에 난무하는 파편들 사이, 가볍게 착지한 청풍이다.

어느 곳으로 튀어나갈지 모르는 힘.

"이야야야얍!"

눈앞에 있던 한 남자가 발악적인 고함을 지르며 무거워 보이는 철추(鐵鎚) 하나를 휘둘러 왔다.

꾸욱.

오른손으로 휘두르던 검자루에 왼손이 대어지고.

양손으로 치켜 올린 백호검 끝에 자하진기의 진력이 흘러든다.

휘둘러 오는 철추에 정면으로 내려치는 검격이다.

검신에 새겨진 비천백호(飛天白虎) 문양(紋樣)이 튀어나갈 듯.

머리 위로부터 번쩍 내려오는 백광(白光)에 무서운 기세가 실렸다.

치리링! 꽈앙!

폭음에 가까운 충돌음이 터져 나왔다.

코와 입에서 피를 쏟으며 튕겨 나가는 남자다.

떨리는 두 손에는 쫙 갈라져 박살난 중병(重兵)이 흉하게 우그러들어 있었다.

"저럴 수가!"

누군가의 경악성.

비로소 깨닫는다.

달려들어 빼앗을 수 있는 수준이 아님을.

젊고 곱상하게 생겼지만, 그것과 별개로 범접하기 힘든 무공을 지녔다.

이미 고수의 반열, 격이 다른 것이었다.

치리링.

백호검을 회수하여 검집 안으로 집어넣는 청풍이다.

검자루를 잡은 손에 내력을 가하여 백호검의 훌륭한 자태를 감추고 있던 천 조각을 부스러뜨렸다.

푸스스스.

손가락을 펴 늘어뜨리는 그 동작에 백호검 검자루를 가리고 있던 천 줄기가 가닥가닥 흩어져 버렸다.

엄청난 내력이다.

이제는 백호검의 주인으로서 백호검을 감추지 않겠다는 의지다.

여기에 백호검주가 있다.

빼앗으려면 빼앗아보라는 것.

터벅.

순식간에 무기들을 파괴하고 굳건하게 땅을 밟아가는 그의 모습에 그처럼 기세등등하던 무인들도 결국 뒷걸음을 칠 수밖에 없었다.

"……."

두 눈에 호안(虎眼)의 강렬함을 담고서 말없이 앞으로 나아간다.

마주치는 시선을 피하는 무인들이다.

감히 그의 눈을 맞받는 사람이 없을 정도.

그의 단전 깊은 곳에서 잠재되어 드러나지 않던 자하진기가 비로소 바깥으로 발산되니, 절정고수의 풍모가 전해지고 있는 것이었다.

타탁.

먼저 앞으로 나섰지만 이제는 뒤를 따르는 서영령이다.

안휘성, 장강을 따라 내려가는 길.

길 위에 막강한 백호검과 철선녀.

두 사람의 이름이 알려지게 되는 그 첫 행보였다.

"여기서 가장 가까운 수채(水寨)가 어디에 있지요?"

비검맹을 직접 이야기할 수는 없다.

안휘성, 장강에 삶을 건 민초들에게 비검맹이란 그야말로 금기(禁忌)의 이름이었던 까닭이다.

"수로채… 는 어인 일로…….."

동부 억양, 경계심이 묻어난다.

불안해 뵈는 표정, 어업(漁業)으로 생계를 꾸려가는 얼굴에는 고된 삶의 그늘이 까맣게 그을려 있었다.

"사람을 찾고 있답니다."

짐짓 절박한 표정을 지어 보이는 서영령이다.

마치 집 나간 동생이라도 찾고 있다는 듯한 어조에, 남자의 눈살이 가볍게 찡그려졌다.

"어인 일로 찾으시는 것인지요."

서영령을 한번 훑어보고는 청풍을 살펴보았다.

범상치 않은 외모들에 검까지 들고 있으니, 두 눈에 서려 있는 불안감이 더욱더 커진 듯하였다.

"중요한 일이에요."

"일없소. 다른 데서 알아보시오."

급기야는 손사래를 치고 만다.

더 이상 한마디도 나누기 싫다는 표정, 강호의 일에는 끼어들 수 없다는 몸짓이었다.

"실은… 집 나간 친지를 찾으려는 것입니다. 집이 가난하게 되었을 때 무작정 산야로 뛰쳐나간 아이인데, 이제 와 형편이 되었으니 제대로 된 생활을 하게 해주고 싶습니다."

"거짓말 마시오. 이 동네 사람도 아니지 않소!"

청풍과 서영령은 누구라도 알아들을 수 있는 북부 억양을 구사한다. 그뿐인가.

겉보기에만도 타향 사람, 남자가 지닌 의심의 눈초리가 더욱더 짙어질 수밖에 없었다.

"얼마 전 이 근처 수로에서 얼굴을 보았다는 고향 사람이 있어서 이렇게 먼 길을 떠나왔습니다. 사정을 이해하실 만도 한데, 가르쳐 주세요."

눈 하나 깜짝하지 않고, 잘도 지어낸다.

그럴듯한 이야기에 남자는 찡그린 얼굴을 미처 풀지도 못한 채로 억눌린 듯 억지로 입을 열었다.

"그럼, 저 사람은 어떤 사람이오? 검을 차고 있으니 영 불안하지 않소."

"아녀자의 몸으로 어찌 험한 길을 왔겠습니까. 저를 지켜줄 분이시랍니다."

짜 맞추었을지라도 그렇게 잘 말하기는 힘들 것 같다.

아리따운 얼굴에 애원하는 표정, 결국에는 어민(漁民) 남자가 지고 말았다.

"도무지 당할 수가 없소. 내 알려줄 수밖에."

말을 뱉어놓고도 멈칫멈칫하더니, 마침내 찡그린 표정 그대로 동쪽을 향해 손을 가리켰다.

"이 근역을 맡고 있는 수로채는 삼교채(三蛟寨)라 불리오. 저쪽 산등성이를 넘어 남쪽을 바라보면 밑으로 내려가는 지류가 있소. 꽤나 물살이 거세니 배를 타고 들어가기는 힘들 것이오."

"고마워요."

가르쳐 줘놓고, 또 그것대로 불안해하는 기색이다.

곤혹스러워하는 표정의 남자를 뒤로한 채 청풍과 서영령은 곧바로 그가 가르쳐 준 방향을 찾아 발길을 옮긴다.

"어때요? 잘했죠?"

청풍의 팔을 잡은 그녀가 두 눈을 반짝였다.

슬쩍 못마땅한 표정을 지어보는 청풍이 꾸짖기라도 하듯 나직하게 입을 열었다.

"남을 속이는 것은 좋지 않아."

"어머! 그런가요? 그럼 곧이곧대로 이야기할 걸 그랬네요."

"그런 이야기가 아닌 것, 잘 알잖아."

"홍! 이렇게라도 안 했으면 한참 걸렸을 것 아니에요. 게다가 그 삼룡채니 삼교채니 가본다고 해도, 또 한바탕 소란이 날 것이고요. 거기 간다고 다 되는 것도 아닌 마당에 처음부터 막히면 곤란하죠."

"그래도. 거짓말은 안 돼."

"풍랑은 그럼 평생 거짓말없이 살 거예요?"
"그래. 그럴 거다."
그녀가 두 손 다 들었다는 듯 고개를 저었다.
"알았어요, 알았어. 어디 두고 봐요."
활짝 웃어넘기는 서영령이다.
거리낌없이 거짓말을 하지만 밉지는 않다.
청풍의 기준을 벗어난 사람.
항상 새로운 얼굴에 예상치 못한 모습들이 가득했다.
"노상 착한 척만 하고. 남자는요, 못된 맛이 좀 있어야 해요."
미간을 좁히는 그녀의 콧날에 잔주름이 졌다.
일부러 더 밝게 행동하는 그녀.
사부님의 원수를 탐색하는 행로라면 침중하고 어두워야 마땅한 일이겠지만, 그녀 덕분에 마음의 부담이 조금은 덜어지는 것 같다.
심적인 압박이 어느 정도를 넘어서면 제 실력을 발휘하지 못하는 것도 당연한 바, 그녀의 존재는 그야말로 청량한 샘물과 같다.
함께하는 그 자체로 힘이 될 만큼 그의 마음속에서 차지하는 비중이 점점 커지고 있는 것이다.
쏴아아아아.
그동안 산을 탄 시간이 얼마였던가.
능선 하나 타 넘는 것은 금방이다.
우거진 숲 사이 장강 줄기가 가지 치는 곳, 협곡으로 접어드는 수로에 거센 물결이 굽이치고 있었다.
"여길 말하는 거, 맞겠죠?"
청풍과 서영령은 협곡 등성이를 따라 아래를 내려다보면서 그 남자가 가르쳐 주었던 수로채의 흔적을 훑어나갔다.

상당히 험한 지형, 과연 수적들이 근거지로 삼을 만하다.

쑥쑥 나아가는 그들, 어느 순간 청풍이 발을 멈추며 서영령의 어깨를 툭, 쳤다.

"잠깐. 저쪽에."

그가 손가락으로 가리킨 곳.

급류 가운데에 솟아난 바위 사이로 몸을 숨긴 한 명의 장한이 자리하고 있었다.

망을 보는 자다.

급류를 타고 있는 수로(水路)를 한눈에 살필 수 있는 위치였다.

"저쪽에도."

청풍이 또 한쪽 방향을 가리켰다.

수로가 아니라 저편 산등성이. 풀숲 사이로 졸고 있는 한 남자가 보인다.

제 기능은 못하고 있지만, 어찌 되었든 이 방향을 경계하고 있는 역할일 게다. 풀에 가려 제대로 눈에 띠지 않는 상태임에도 용케 알아챈 청풍이었다.

"눈도 좋네요."

서영령이 미소를 지으며 엄지손가락을 슬며시 치켜 올렸다.

눈썰미를 말했지만 결국 훌륭한 안력(眼力)의 의미하는 바는 곧 뛰어난 인지력이라 할 수 있다.

이 거리에 기척을 잡아내는 것.

세밀한 감각이다.

어느새 청풍은 그녀 이상의 능력을 갖춰가는 중인 것이었다.

"어떻게 하죠?"

"그냥 들어가면 되겠지."

정답이다.

경계를 서고 있는 자들에게 들키더라도 기실, 별다른 상관은 없다.

숨어서 들어갈 필요가 무에 있으랴.

어차피 비검맹의 위치를 알아내기 위해서 온 것, 다른 볼일 따위는 없는 것이었다.

탁! 타탁.

워낙에 신법들이 날렵하고 표홀한지라, 졸고 있는 경계무인은 그들이 다가오는 것조차 미처 알아채지 못한다. 옆을 스쳐 지나 능선 꼭대기를 넘어선 후 내리막길로 접어들었다.

긴 가지를 치는 나무들이 많았기에 그림자가 짙게도 물들어 있다만, 제대로 찾아온 것은 틀림없었다.

저 밑에 보이는 깃발을 보면 안다.

세 마리의 교어(鮫魚)가 조악하게 수놓아진 그 깃발이야말로 기나긴 장강의 칠십이 수채 중 하나, 삼교채의 상징이었던 것이다.

타탁.

엉성하게 세워놓은 목책에 방만하게 흩어져 있던 수적들이 하나둘 몸을 일으켰다.

청풍과 서영령.

흉험하게 생긴 장정들 사이로 태연하게 걸어 들어갔다.

"이것들은 뭐 하는 연놈들이야."

개중에 힘깨나 쓰게 생긴 녀석이 어깨를 꿈틀거리며 성큼성큼 걸어왔다.

그자를 똑바로 직시하는 서영령.

던져 낸 그녀의 말에 험상궂은 수적들의 얼굴이 확 굳어버렸다.

"비검맹은 어디 가서야 찾을 수 있지요?"

덜컥 멈춰 서는 남자.

서영령의 말을 제멋대로 이해해 버린 그 녀석이 떨리는 목소리로 말을 건네왔다.

"비검맹의 사람들이십니까? 죽을죄를 지었습니다."

단숨에 굽실거리면서 태도를 싹 바꾼다.

비검맹이 장강 일대에서 지니고 있는 위상을 실감할 수 있는 대목이었다.

"죽을죄인 것을 알긴 아는군요. 간만에 왔더니 어디가 어딘지를 잘 모르겠네요. 총단이나 가르쳐 줘요."

서영령의 태도는 진실로 자연스럽다.

오랜만에 장강을 찾은 비검맹의 고수라도 되는 것처럼 행세하고 있는 중.

급기야 한 장한이 목소릴 높이며 삼교채 채주를 불러냈다.

"채주! 비검맹에서 손님이 왔습니다. 어여 나오십시오!"

허둥지둥 뛰어가는 조무래기들이 있고, 쭈뼛쭈뼛 다가오는 장정들이 있다.

대부분의 사람들이 웃통을 풀어헤친 채 수적다운 면모를 보여주고 있었다.

"아니, 어인 일로 비검맹에서……!"

순식간에 튀어나오는 털보 장한이 있다.

비굴해 보이는 모습, 이런 일에 두목까지 나와 허리를 굽힌다는 것은 이 집단이 얼마나 얄팍한 집단인지를 단적으로 보여주는 예였다. 회심의 미소를 지은 서영령이 입을 열려 했을 때다.

앞으로 걸어나간 청풍이 다 된 밥을 엎어버렸다.

"뭔가 잘못 알고 있군. 우리는 비검맹 소속이 아니오."

잠시의 정적.

수로채 시커먼 장한들이 일순 그의 말을 이해하지 못하고서 서로의 얼굴들을 쳐다본다.

이에, 서영령이 청풍의 소매를 잡아채며 서글서글한 눈매를 치켜 올렸다.

"지금 뭐 하는 거예요?"

그녀를 돌아본 청풍.

단호하게 잘라 말했다.

"다른 곳은 몰라도 비검맹을 사칭해서는 안 되는 일이야. 사부님의 일도 있는데."

"……!!"

비검맹이 어떤 곳이던가.

파검존 육극신이 있는 곳이다.

사부님의 원수가 속한 집단, 입에 올리기도 꺼려지는 이름인 것이다.

"다시 한 번 묻겠소. 비검맹 총단의 위치는 어디오?"

자신의 잘못을 깨닫고는 얼굴을 굳힌 그녀를 뒤로한 채, 청풍이 몸을 돌려 재차 질문을 던졌다.

"어이어이, 잠깐. 비검맹이 아니라고?"

상당히 당황한 듯한 목소리.

털보 장한, 삼교채주 방조교(方釣鮫)가 눈썹을 치켜 올리며 되물어왔다.

"그렇소."

태연하게 맞받는 청풍. 방조교의 눈에 불꽃이 튀었다.

"아니, 그럼 이 연놈들이 나를 데리고 사기를 쳤다는 게냐? 이런 흙에다가 뭉개놓을 물고기들 같으니라고. 낚싯바늘에 꿰매어 혓바닥을 찢어버릴 연놈들이!"

입심 한번 대단하다.

침을 튀기며 욕설을 퍼부은 방조교가 울그락불그락한 얼굴로 고개를 돌리며 외쳤다.

"내 삼첨극(三尖戟)을 가져와!"

돌변하는 태도에, 그제야 사태를 파악한 수적들이 험악한 표정들을 떠올리며 청풍과 서영령 주변을 둘러쌌다.

당장이라도 덤벼들 기세.

졸개 하나가 육중한 삼첨극을 둘러메고 달려오니, 삼교채주 방조교가 그것을 받아 들며 큰 소리로 외쳤다.

"내장을 발라주마!"

꾸웅!

땅을 차고 뛰어오른 방조교다.

살집이 붙은 몸매에 의외로 빠른 움직임이라.

천생 신력을 타고난 듯한 일격에 과연, 보통의 수적들 사이에서는 두목 소리를 들을 만할 것 같았다.

콰앙!

금강호보로 슬쩍 비껴선 자리에 커다란 흙먼지가 일었다.

제법 강한 위력이다.

뻔한 궤도에 단순한 공격이라 절대로 맞을 리 없겠지만, 그래도 행여나 허용한다면 사람의 육신으로 버텨내지 못할 일격이었다.

"크합!"

기합 소리도 그 병장기만큼이나 무지막지했다.

내기(內氣)를 발산하여 일합(一合)의 발경을 돕는 것이 아니라, 그냥 무턱대고 소리 지르는 무식함이다. 그야말로 막무가내, 도리어 맥이 빠질 지경이었다.

후우웅! 꽈앙!

일장의 활극이 따로 없다.

무작정 크게 휘둘러 치는 삼첨극 사이로 완전하게 궤도를 읽고 있는 청풍의 움직임은 산중을 산책하는 대호의 진중함을 닮아 있었다.

백호검을 쳐내기에는 마음이 동하지 않는 상대.

십 합이 넘어가도록 피하기만 했다.

"크아! 도망만 다니다니! 이런 똥물에 튀겨 죽일 두꺼비 같으니라고!"

씩씩대면서 지저분한 입담을 자랑하는 방조교다.

아직도 이 싸움의 양상을 인식하지 못한 모양, 그렇다면 직접 깨닫게 해줄 수밖에 없다. 청풍의 손이 백호검 자루에 머물렀다.

"카합!"

후우우웅!

공기를 가르는 파공음이 거세다.

청풍의 정면으로 들어오는 삼첨극.

검집에서 빠져나오는 흰색의 빛줄기가 경쾌한 마찰음을 울렸다.

치리리링!

오른발을 반 보 앞으로.

나아가는 일격에 삼첨극 세 개의 날이 얽혀들었다.

치링! 치치칭! 쩌엉!

삼첨의 끝이 단박에 부서져 나간다.

단 일 격.

손에 느끼는 충격을 고스란히 받으면서 뒷걸음치는 방조교의 얼굴에 불신의 빛이 떠올랐다.

치리링. 챙.

검집에 집어넣는 백호검.

청풍이 방조교의 얼굴을 직시하며 한 걸음 앞으로 나아갔다.

"비검맹 총단의 위치는?"

"니미럴."

마지막 오기나 거기까지다.

본래부터 비굴한 성정일진저.

대답이 나오기까지는 고작 세 걸음으로 충분했다.

"도… 동릉(東陵). 장강을 따라 쭉 내려가다 보면 있소."

"……."

어이가 없다.

십인십색(十人十色). 모든 사람이 각기 다른 성정을 지녔다지만, 이런 자는 또 처음 보았다. 우습다고 느껴질 정도. 다시는 상대하고 싶지 않은 인물형이었다.

"동릉… 이면 그리 멀지 않네요."

뒤돌아 걸어오는 청풍에게 서영령이 머뭇머뭇 어색한 모습을 보인다.
 이내 입술을 한번 깨물고 청풍의 두 눈을 직시했다.
 "풍랑, 미안해요."
 "괜찮아."
 희미한 미소로 받아주는 청풍이다.
 함께 돌아 나오는 길.
 뒤에서 들려오는 고함 소리가 그들의 미소를 더 키웠다.
 "저, 저, 찢어진 잉어 지느러미 같은 연놈들! 모두 뭐 하냐! 가서 잡아! 너! 안 가? 빨리 움직여!"
 뒤에서부터 달려드는 발소리로, 시커먼 수적들이 병장기를 휘둘러 온다.
 백철선을 꺼내 드는 서영령, 그리고 금강호보를 내딛는 오른발에 쑥대밭 되는 삼교채의 뒷모습이 절로 연상될 따름이었다.

 삼교채의 목책이 박살나고, 깃발이 꺾여진 소문은 흐르는 장강의 물을 타고 순식간에 퍼져 나갔다.
 백호검과 철선녀.
 비검맹에 의해 강력한 질서가 짜여진 이후, 한동안 잠잠하던 장강 일대이기에 더욱더 그 소문이 거셌다.
 "이제부터 진짜로군요."
 서영령의 말.
 그렇다.
 이제부터가 진짜다.
 몇 번의 싸움을 겪었고, 이쪽의 실력을 유감없이 보여주었다.

소문이 퍼지면서 백호검주가 고수라는 말이 돌고 있다.

어지간한 놈들은 이제 덤벼들지 못한다는 뜻이었다.

그렇다면 찾아올 놈들은 두 부류로 압축된다.

지금까지처럼 백호검을 노리고 찾아오는 자들이 첫째요, 백호검주의 실력을 보기 위해 비무를 청하러 오는 자들이 둘째다.

드러내 놓고 움직이기 시작했으면, 결국 어느 쪽이나 반드시 감당해야만 했던 상대들이다.

홀가분한 마음으로 발걸음을 옮긴다.

검을 부딪치고 누군가를 쓰러뜨려야 하지만, 숨어서 산속을 다닐 때보다는 훨씬 마음이 편했다.

"역시나 기다리고 있네요."

드디어.

고수들의 출현이다.

뒤에서 헐레벌떡 쫓아오거나 어설픈 매복을 하고서 뛰쳐드는 하수들이 아니라 스스로의 실력을 믿고 기다리는 자들인 것이다.

스윽.

여전히 장강 줄기를 끼고서 움직이는 청풍과 서영령이다.

익숙해진 물 냄새, 강변의 솔길 위에 세 명의 남자가 삼엄한 기운을 내뿜으며 서 있었다.

"백호검주?"

"그렇소."

스스로 백호검주를 칭함이다.

검을 쥐고 앞으로 나서는 청풍의 마음에, 그동안 쌓여진 자신감이 바람처럼 새어 나오고 있었다.

"우리는 소호삼귀(巢湖三鬼)라 불리고 있다. 백호검의 값어치, 그리고 백호검주의 실력이 궁금하여 찾아왔다. 내 이름은 황요(黃搖), 삼귀의 대형이다."

"이귀(二鬼) 종허(鍾許)다."

"삼귀(三鬼) 양전당(楊專撞)이다."

자신의 이름과 신분을 확실히 밝힌다.

소호삼귀. 낭인(浪人)들.

강호를 떠돌면서 돈에 실력과 무공을 판다는 낭인이란 무리들 중에서도 꽤나 이름 있는 자들이었다.

"화산파. 청풍이오."

포권을 취하는 그 모습에 소호삼귀가 서로의 눈빛을 교환했다.

화산파.

철기맹과의 싸움으로 한참 체면이 꺾였다고는 해도, 화산파란 이름 석 자는 확실히 부담스러울 것이다.

아무것도 모르는 무지랭이들이야 겉으로 보이는 것만 보고서 화산파를 업수이 여길지 몰라도, 제대로 강호를 아는 자들이라면 결코 그럴 수 없다. 구파의 이름값이 의미하는 바를 모를 수가 없기 때문이다.

"철기맹과의 싸움이 한창인 지금, 외따로 떨어져 나와 강호를 주유한다. 백호검사, 이유가 무엇이지?"

지금까지의 놈들하고는 확실히 다르다.

소호삼귀의 대형, 황요의 질문.

무작정 덤벼드는 자들이 아니다. 배후에 화산파가 있는지, 청풍을 건드려도 후환이 없을지 가늠해 보려는 의도였다.

"갈 길이 바쁘오. 할 것이오, 말 것이오."

스스로 뱉어놓고도 대담하다고 느끼는 한마디다.

적들이 달라진다?

청풍도 달라졌다. 호승심(好勝心). 비무에서 지고도 헤헤 웃던 오랜 옛날이 생각나는 것은 어째서일런지.

"좋군. 그래야 제 맛이지. 뒷일을 생각하는 것 따위, 어울리지 않아."

차창.

황요의 손에 길쭉한 기형도가 맑은 도명(刀鳴)을 뿌렸다.

"우리는 항상 함께했어. 삼귀는 따로 움직이지 않아. 출수도 함께, 합공을 하겠다는 말이야."

"관계없소."

황요의 얼굴에 떠오른 미소가 짙어졌다.

청풍의 대답이 마음에 든 듯.

그가 뒤에서 병장기를 꺼내 드는 두 남자를 돌아보았다.

"이 친구는 우리 셋이 전혀 두렵지 않은 모양이구나. 귀도님과 손을 나눠본 이후, 간만에 재미있는 싸움을 하겠어."

"귀도님과 비교할 바는 아니겠지요."

텅.

두꺼운 철곤(鐵棍) 하나로 땅을 치며 말하는 이는 삼귀 양전당이다.

말없이 한줄기 채찍을 꺼내 드는 종허.

삼인이 모두 특이한 기병(奇兵)을 사용한다. 숱한 실전을 겪어온 듯, 풍기는 기세가 예사롭지 않았다.

"위험에 처하더라도 도와주지 마."

품(品) 자 형으로 다가드는 삼인을 눈앞에 두며 서영령에게 한마디를 남긴다.

고개를 끄덕이는 서영령. 청풍은 돌아보지도 않았다.

삼엄해지는 삼인의 기세다.

혼자 해야 한다.

상황에 휘둘려 오던 그가, 비로소 제대로 된 싸움에 임하는 순간.

마음이 들끓는다. 이것이 바로 검에 생명을 건 무인을 뜻하는 것인지.

하나하나, 무인으로서의 긍지를 깨달아가는 청풍이었다.

타탓.

쐐애액!

온다. 첫 번째.

황요의 기형도는 빠르다. 경쾌하면서도 틈새를 베어오는 정교함이 깃들어 있다. 낭인의 것이라고 보기 힘든, 그야말로 뛰어난 도법이었다.

피핏!

호보를 밟아 비껴냈다. 한 박자 먼저 움직였다 생각했음에도 옷깃이 잘려 나갔다. 보이는 것보다 더 정밀한 도세였다.

피리리릭! 파팡!

두 번째는 종허의 채찍, 강사(鋼絲)로 꼬아 만든 강편(鋼鞭)이었다. 편법(鞭法)이란 본디 현란함과 투박함을 동시에 갖춘 기예라 할 수 있다. 넓게 휘돌아 거세게 끊어 치는 일격에 강렬한 파공음이 터져 나왔다.

호보는 곧 전진.

자하진기를 최대로 끌어올리며 강편의 움직임을 느낀다.

허리를 옆으로 꺾은 후, 한 발 앞으로.

종허의 강편이 청풍의 발끝에 피어오르는 먼지를 흩어놓을 때.

마지막 세 번째의 공격이 들어왔다.

양전당의 철곤이다.

위이이잉!

두꺼운 철곤이 토해내는 바람 소리가 귓가를 어지럽혔다.

"……!!"

무시무시한 경력이다.

이런 위력. 자칫하면 죽는다.

삼첨극을 휘두르던 방조교도 천생의 신력을 타고났던 것 같았지만, 이 양전당에 비하자면 천생 신력이라 말할 수도 없을 정도였다.

꽈아앙!

움푹 파이는 땅이다.

흙먼지가 짙게 피어오르고 갈대 줄기가 마구 흩날린다.

철곤의 궤도 안쪽으로 파고들어 양전당의 옆으로 돌아 나온 청풍.

등줄기를 타고 흐르는 생명의 위협에 더욱더 눈빛을 빛냈다.

쐐액!

피리리릭!

수레바퀴처럼 멈추지 않는 공격이다.

검자루에 손을 올리고는 있지만 마땅히 뽑을 시점을 찾을 수가 없다.

빠르다.

감각적인 공격들, 싸움으로 다져진 실전 무예였다.

파팟! 터턱.

두 사람의 공격을 피하다가 운신이 어려워짐을 느꼈다.

기형도와 강편의 굴레 속. 막혔다.

촤좌악!

옆구리에 강편의 일격을 허용했다.

비껴 맞았음에도 정신이 아득해질 충격이 전해져 왔다.

멈추어 버린 청풍의 신형.

그렇다면 세 번째다.

어김없다.

양전당의 철곤이 강력한 일격을 뻗어왔다.

꽈앙!

절대적인 위기, 그의 몸을 지켜준 것은 단 하나.

자하진기와 금강호보의 호응이다.

발끝으로 땅을 찍고, 몸을 띄워 올려 한 바퀴 회전했다.

손을 짚으며 몸을 바로잡는 청풍, 스치고 지나간 하체에 찌릿찌릿 느낌이 남는다.

이 공격이다.

승부를 단번에 끝낼 수 있는 위용.

삼귀, 마지막 일인이지만 그야말로 가장 위험한 자였다.

'세 가지. 공격의 핵심은 철곤이다. 앞의 두 가지는 마지막을 위한 준비일 뿐이야.'

첫 번째는 경쾌함으로 상대를 당황케 하고, 두 번째는 강편의 변화를 이용해 상대의 움직임을 한정시킨다.

그리고 결정타.

피하기 힘든 곳에 내려치는 철곤은 마지막 일격으로 더할 나위가 없었다.
　세 기병으로 만들어내는 훌륭한 조화다.
　그렇다면 청풍이 검을 뽑을 순간은 언제인가.
　'승부점은 거기다.'
　검자루를 잡은 손에 힘을 더했다.
　금강탄과 백야참.
　두 검법은 단숨에 이어져야 그 위력이 배가 된다. 두 가지를 단숨에 쳐내려면 그러기 위한 적절한 시점을 잡아야 하는 바.
　그것이 가능한 곳.
　달리 생각할 수 없다.
　하나다.
　그곳밖에 없었다.
　쐐애애액!
　마음을 정한 청풍이다.
　거침없이 호보를 밟아 앞으로 나아갔다.
　예상한 대로.
　다음은 역시나 강편이다.
　줄기줄기 뻗어오는 채찍 속으로 몸을 던졌다.
　위잉! 촤아아악!
　땅을 휩쓸어오는 강편을 뛰어넘으며 그것을 휘두르는 종허의 왼편으로 돌아갔다.
　일순간 멈춘 청풍.
　아직도다.
　백호검 검자루에 올려진 손은 움직이지 않는다.

기형도와 채찍을 피해낸 시점.

세 번째 공격이 들어오는 때.

양전당의 일격.

'지금!'

청풍이 택한 것은 바로 그 순간이었다.

적들이 마지막으로 날려오는 철곤.

결정타를 파훼하는 것이 곧 적을 무너뜨리는 첫걸음인 것이다.

텅!

그의 오른발이 힘차게 땅을 밟아 용맹한 흰 범의 일보를 내디뎠다.

치리리링! 퀴융!

금강탄이 뻗어나간다.

힘 대 힘.

정면 승부!

쩌어어어엉!

호보로 버텨선 청풍의 발밑에서 흙먼지가 숫구쳤다.

경력의 여파가 주변의 갈대를 휩쓸어 몰아치고.

모든 것이 느려지는 정적 속에서 청풍의 왼발이 앞으로 나아가 땅을 밟았다.

번쩍!

이어지는 백색의 광영.

멈춘 것은 양전당의 철곤, 계속 나아가는 것은 백호검이라.

피리리리릭! 스가각!

강사 줄기가 잘린 단면으로 쫙 풀려 나온다.

양전당을 타 넘으며 뻗어내는 백호검에 종허의 채찍이 중간부터 잘려 나간 것이다.

터텅! 치리링!

얽혀든다.

마지막은 소호삼귀의 첫째인 황요의 기형도.

백야참을 뻗어내려 했다.

그 순간.

청풍은 자하진기가 백야참으로 쏟아지는 진기의 흐름에 잠자고 있던 백호 금기가 요동치는 것을 느꼈다.

두근.

심장의 고동 소리.

백야참이 변한다.

치링, 치링, 치리링!

"크윽!"

황요의 기형도가 하늘로 튀어 올랐다.

그래도 끝이 아니다.

더 나아가려는 백호검, 그 끝이 황요의 가슴으로 쏟아졌다.

"……!!"

텅!

오른발을 땅에 박아 넣으며 혼신의 힘을 다해 손을 멈추었다.

두근.

반 치.

황요의 가슴으로 파고든 것은 그것이 전부다.

더 들어갔으면 치명상. 아니, 그것만으로도 충분히 엄중한 상세라 할 수 있다.

중간에 차단하기는 했지만 백호검에 실려 황요의 가슴을 때린 자하진기의 위력은 가벼운 것이 아니었던 까닭이다.

"쿨럭!"

황요가 입에서부터 핏덩이를 뱉어냈다.

한쪽 무릎을 꿇는 황요. 무척이나 고통스러워 보였다.

'죽일 뻔했다……'

멈추지 않았다면 죽이고 말았을 터.

비록 싸움을 걸어온 자들이지만, 그리 나쁜 자들 같지는 않다.

다 이긴 마당에 실수를 쓸 이유가 없는 것, 그럼에도 손속이 과하게 나갔다.

'자하… 진기……'

순간적으로 제어할 수 없던 변화 때문이다.

넓게 베어내는 웅혼함이 백야참의 특질일진대, 황요의 기형도와 부딪쳤을 때에는 뭔가 달랐다.

백야참 깊은 곳, 숨어 있던 무엇인가가 나온 것처럼.

'그것은 마치……'

마지막 백야참.

오래전의 기억이 떠오른다.

화형권과 이형권, 그리고 비형권으로부터 태을미리장을 뽑아냈을 때의 느낌.

그때의 현상과 같은 느낌을 품고 있었던 것이다.

'설마.'

자하진기의 공능.

무공의 진화다.

백야참도 변한다.

그것은 금강탄도, 금강호보도 변할 수 있다는 이야기일까.

무공지로(武功之路). 갑작스레 새로운 길이 열리고 있는 듯한 기분이었다.

치리링.

백호검을 검집에 꽂아 넣었다.

고개를 돌린 청풍, 양전당의 두꺼운 철곤이 동강나 부서진 것이 보인다.

망연자실, 잘려진 강편을 내려다보는 종허도 시야에 들어왔다.

소호삼귀.

몰아치던 것은 분명 그들이나 한순간 입장이 바뀐 것이다.

져버린 것을 믿을 수 없다는 표정들.

"……"

패자에게 무슨 말을 할 것인가.

서영령과 함께 몸을 돌리는 청풍이다.

"…강하군. 백호검. 함부로 덤벼들지 말라고 해야 하겠어. 크크크."

다시 행보를 시작하는 그들.

조금씩 변해가는 청풍의 뒷모습, 그 지나온 발길에 황요의 자조 섞인 목소리가 내리깔리고 있을 뿐이었다.

소호삼귀와의 싸움에서 얻었던 깨달음을 곱씹을 수 있는 시간이 있었다면 좋았을 테지만, 그에게는 그럴 만한 여유가 생기지 않았다.

소호삼귀와 싸운 지 반나절.

갈대밭을 지나, 장강 변 관도 위에 나타난 다섯 명을 시작으로 다짜

고짜 살수를 날려오는 흑의인들이 계속하여 따라붙었기 때문이다.

쐐액!

'이놈들은······!'

피해내는 청풍의 눈에 기광이 번뜩였다.

타타타탓.

달려오는 흑의인의 손에 들려 있는 것은 길쭉한 협봉검이다. 무표정한 얼굴 뒤에 고된 훈련의 흔적이 엿보이는 자들. 청풍은 알고 있다, 이들이 어떤 자들인지.

같은 무공에 같은 수법.

다섯 명이 산개하여 움직이는 방식 또한 눈에 익은 것들이다.

'본산에서 보았던······.'

어찌 잊을 수가 있겠는가.

첫 살인.

처음으로 백호검을 얻었을 때.

본산을 습격해 왔던 무리들과 똑같다.

사방신검 세 자루를 탈취해 갔던 흉수들이 비로소 모습을 드러낸 것이다.

치리링! 차앙!

망설이지 않고 백호검을 뽑아냈다. 협봉검을 튕겨내고, 서영령의 전방을 막아섰다.

이 흑의인들의 살수(殺手)는 사람을 가리지 않는다. 위험한 자들, 서영령도 제 몸 하나 지키는 정도야 문제없겠지만 그래도 앞에 나설 수밖에 없는 것이다.

다섯 자루의 검격을 튕겨내기 수차례.

"혈적(血積)… 검법(劍法)……?"

뒤쪽으로부터 미심쩍은 듯한 서영령의 목소리가 들려왔다.

그리고 그 순간.

청풍은 보았다.

달려들던 흑의인의 눈이 크게 흔들리는 것을.

쩡!

나아가며 쏟아낸 백야참에 협봉검 한 자루가 부러져 날아가 버린다. 당황한 흑의인 뒤로 돌아쳐 오면서 뻗어내는 협봉검에 청풍의 신형이 쾌속하게 움직이며 적들의 쇄도를 차단해 버렸다.

"혈적검법! 혈적검법이 맞구나!"

다시 한 번 들려오는 서영령의 목소리다.

적들의 무공을 말하는 것.

그녀는 어떻게 이들의 무공을 알고 있는 것인가. 무공을 알고 있다는 것은 이들의 정체 역시 알고 있다는 뜻, 궁금증이 절로 샘솟았다.

쩌정!

더욱더 빨리 움직이는 청풍이다.

승부를 앞당길 요량, 서둘러 적들을 물리치고 서영령으로부터 납득할 만한 설명을 들으려는 것이었다.

치칭! 치치칭!

백호검을 휘둘러 쏘아져 오는 두 개의 협봉검을 얽어맸다.

엉키는 검날 사이로 불꽃이 튀었으나 손상당하는 쪽은 오로지 협봉검들뿐이다.

당황한 흑의인들.

튕기고 내려치는 검법에 협봉검 하나가 적의 손을 벗어나고, 한 자루는 그대로 부러져 버린다.

'이자들…….'

본산에 쳐들어왔던 자들보다 무공이 약하다.

그때보다 청풍이 강해진 것도 있겠지만 그것만으로는 설명이 되지 않는 차이가 있었다. 자하진기를 겨우 깨달아가던 때, 첫 살인을 경험케 했던 그들의 인상에 비추어보자면 이들은 그야말로 수준 이하라 할 수 있었다.

텅!

호보를 전개하여 발을 딛고, 찔러오는 협봉검을 쳐낸다.

있는 힘을 다해 뛰쳐 들어오는 상대임에도, 그 검법을 파훼하는 데에 무리가 없다.

무공의 차이가 여실히 드러나는 싸움.

화산에 쳐들어왔던 자들이 가리고 가려낸 정예들이라 한다면, 이들은 그중에서도 평범한 실력을 지닌 일반 무인들이라는 느낌이 들었다.

채챙! 빠악.

백호검으로 협봉검 하나를 막아내고 몸을 근접시켜 상대의 무릎을 차냈다.

휘청 흔들리는 흑의인, 훌쩍 뛰어올라 금강호보로 어깨를 찍어 눌렀다.

터엉!

땅을 뒹구는 흑의인을 박차고는 하늘로 솟구친 청풍이다.

위에서 아래로 쳐내는 백야참에, 아래를 노리고 날아드는 협봉검이 그대로 동강났다.

챙강.

땅으로 튀어 비산하는 협봉검 조각들이다.

병장기를 잃고서 포기할 만도 하건만, 그러지 않는다. 겁을 줘서 쫓아낼 수 있는 오합지졸들과는 확실히 다른 것이다.

퍼엉!

한 발 나아가 태을미리장을 전개했다.

내상을 입고 비틀거리는 동료 옆으로 제 몸을 가리지 않는 흑의인들이 저돌적인 쇄도를 보여주었다.

안 된다.

검을 쳐낼 수밖에.

치링! 촤아악!

선연한 핏줄기가 튀어 오르고 만다.

방울지는 선혈이 후두둑 떨어지는 가운데, 갈라진 가슴을 움켜쥐고 넘어가는 흑의인의 신형이 비쳐 들었다.

털썩.

'깊었어.'

손끝에 느껴지는 감촉이 서늘하다.

치명상.

죽는다. 급소까지 깊이 베어내어 쓰러지니, 생명을 돌이킬 수 없는 중상이었다.

두근.

다시 한 번 시작된다.

심장의 고동 소리.

자하진기가 꿈틀꿈틀 움직이면서 백호검으로 흘러 들어가고 있다. 베어 넘기는 백야참이 한 바퀴 원을 그렸다. 쭉 뻗어나가는 일격. 금강탄의 내침과 비슷하다.

퍼억.

쿵.

흑의인 한 명의 어깨가 쫙 벌어졌다.

내쏘기 시작한 살수를 제어할 수 없다. 심장을 옥죄는 이 기분. 숨이 차는 느낌. 심폐에 머무는 금기가 질주하고 있다. 호흡이 가빠지고 있었다.

터텅.

성큼 나아가는 청풍의 손에서 백호검이 요동을 칠 듯 무서운 움직임을 발했다.

호왕(虎王)의 참된 모습이다.

순식간에 달려들어 급소를 짓이기고 목덜미를 물어뜯는 산중 제왕의 사나움이 거기에 있었다.

퀴융! 퍼벅!

살공(殺功)이다.

상대를 죽이려는 의지.

무공을 전개함에 있어 필요한 또 한 조각이 맞추어진 지금, 백호검을 막을 수 있는 것은 어디에도 없다. 심지어는 청풍 그 자신조차도.

"후우, 후우, 후우……."

순식간에 쓰러진 다섯 흑의인이다.

언제 이렇게 강해졌던가.

더운 피로 땅을 적시고 있는 그들을 둘러보려니, 몰아쉬는 숨에 가슴이 답답해져 온다.

자하진기를 끌어올리며 폐장에 박동하는 백호 금기를 가라앉혔다.

들끓는 진기를 어렵사리 가라앉히고 서영령을 돌아보았다.

피 튀기는 싸움, 새로운 청풍의 모습에 놀랐을 만도 하건만 딱히 그래 보이지는 않는다. 혈전(血戰)이 익숙한 것일까. 싸움의 흉험함보다는 쓰러진 흑의인들에 대해 더 관심을 가지는 것 같다.

서영령의 말, 싸움 중에 들었던 무공의 이름에 생각이 닿았다.

"혈적… 검법? 아는 무공인가?"

흠칫.

서영령의 얼굴에 당황한 기색이 떠올랐다. 하얀 이빨로 고운 입술을 깨물었다.

"혈적검법은… 성혈교(聖血敎)의… 무공이에요."

"성혈교? 철기맹이 아니라?"

철기맹.

서영령의 눈동자가 미세하게 흔들린다. 한번 눈을 감았다 뜬 그녀가 서서히 입을 열었다.

"…철기맹이 아니고, 성혈교가 맞아요. 혈적검법은 성혈교의 호교무인(護敎武人) 묵신단(墨神團)의 호교검법(護敎劍法)이지요."

"묵신단… 이들을 말함인가?"

"아마도요."

성혈교. 묵신단. 호교검법.

무슨 말인가.

그렇다면 모든 것이 달라진다.

사방신검을 탈취해 간 자들. 철기맹일 것으로만 생각했었다.

한데, 다른 집단이라니.

신여에 공격을 나갔을 때 철기맹의 무인들을 보며 약간의 의구심이

들기는 했었지만, 그렇다고 철기맹이 아닐 것이라 단정 내릴 수는 없었던 바다. 같은 집단이라도 소속된 곳에 따라 구사하는 무공이 다를 수 있는 법, 설마 하니 전혀 다른 곳이라고는 생각지도 못했던 것이다.

"그것을… 어떻게 알고 있지……?"

저절로 의문이 들 수밖에 없다.

성혈교.

화산 장로들조차 잡아내지 못했던 이름이다. 목영 진인의 깊은 안목으로도 알아채지 못한 집단일진대, 검공(劍功)만을 보고서 분간해 내는 것은 분명 예사롭게 넘길 만한 일이 아니었다.

"성혈교… 무공에 대하여 들을 기회가 있었어요. 그 초식 구사나 움직임이 특징적이라 했었는데……."

가볍게 말을 이어가던 서영령이 돌연 말을 멈추고 고개를 숙였다.

다시 얼굴을 드는 그녀. 촉촉함이 그녀의 두 눈에 깃들어 있었다.

"미안해요, 풍랑. 풍랑에게는 거짓말을 할 수가 없네요."

고개를 저으면서 입을 여는 그녀다. 머뭇거리는 기색이 역력했다.

"휴우… 그래요. 실은… 들은 것이 아니라 보았죠. 일부는 직접 배워보기도 했어요."

충격적인 사실이다.

하지만 잠자코 기다린다. 고백과도 같은 서영령의 이야기. 섣부른 짐작으로 판단을 내리고 싶지 않았다.

"하지만요. 그렇다고 성혈교 교인이라는 것은 결코 아니에요. 아버지… 는 세상 온갖 무공에 정통하신 분이라… 살검의 대표적인 예로서 성혈교의 혈적검법에 대해 가르쳐 주셨죠."

청풍을 바라보는 서영령의 눈은 더 이상 흔들리지 않고 있었다.

순수한 눈빛.

숨기고 싶지 않다는, 하지만 모든 것을 말하지는 못하는 그녀의 마음이 진하게 전해져 왔다.

"아버지 역시 성혈교에 몸담고 계신 것은 아니에요. 그런 곳에 들어가실 분이 아니시죠. 다만… 아버지는 성혈교와 적지 않은 관계를 맺고 있어요. 그것이… 바로 풍랑과 함께하기 힘든 이유 중 하나죠."

드러나는 진실이다.

그녀의 태도.

사방신검을 탈취해 간 자들의 정체.

하나하나 짜 맞춰져 가는 진실의 윤곽은 청풍이 생각했던 것과 너무도 다르다.

직접적이지는 않다지만 흉수들과 관련이 있는 여인.

서영령.

그녀와의 관계가 순탄치 않을 것이란 사실을 피부로 실감할 수 있었다.

"먼저… 이야기하지 못한 것, 미안해요. 자꾸 싫어질 일만 생기고 있네요."

"아니. 그렇지 않아."

마음에 직접 다가가는 마음이다.

개의치 말라는 청풍의 눈빛.

따뜻함이 머무르는 얼굴이 거기에 있었다.

"하지만……."

항상 앞으로 나서기만 하던 그녀지만, 이 순간만큼은 무척이나 작아 보인다.

또 다른 모습.

무엇인가를 덧붙이려는 그녀나 갑작스레 굳어진 청풍의 얼굴이 그녀의 입을 막고 말았다.

"이것은……?!"

청풍이 뒤쪽을 바라보았다.

전해오는 기파.

다가오는 무인들이 있다.

고수들.

날카로우면서도 고고한 검기, 매화 향이 맡아지는 듯 익숙한 느낌이었다.

"집법원 정검대……!"

한동안 잊고 있었던가.

집법원의 추격. 모르는 새에 계속하여 거리를 좁혀오고 있었던 모양이다.

"가야 해."

청풍이 서영령의 손을 잡아끌었다.

오는 자, 피하지 않고 맞서겠다 마음먹었지만 이번만큼은 예외다.

싸울 수 없다.

사문의 집법원, 함부로 검을 겨누지 못한다는 이유도 있었지만 무엇보다 문제인 것은 제어할 수 없는 백호검이었다.

성혈교 무인들과 싸웠던 것처럼 언제 살수가 뻗어나갈지 모른다. 행여나 정검대 검사를 죽이기라도 한다면 그보다 큰 문제는 있을 수 없는 것이다.

'더 강해진 후에…….'

집법원과 부딪치는 것은 나중으로 미뤄둔다. 무공을 온전히 내 것으로 만든 후에 싸운다.

멋대로 발동하는 무공으로가 아니라 완성된 무도로서.

죽이지 않고 무릎 꿇릴 수 있다면, 그때는 달라질 것이다.

백호검주로의 자격을 확고하게 보여줄 수 있다면 장문인께서도 인정할 수밖에 없을 터.

이번까지는 충돌을 피하기로 한다.

서영령과 함께 몸을 날리는 청풍.

또 하나의 목표를 가슴에 담아두는 것이었다.

파아아아.

청풍과 서영령은 전속력으로 경공을 전개했다.

피하기로 했으면 철저하게 피한다.

집법원의 추격.

정검대 무인들이라면 쓰러진 흑의인들을 보고 청풍과 서영령의 흔적을 쫓아 순식간에 따라붙을 터.

한번 따돌려 본 전적이 있었다지만 이번에도 잘되리라는 보장은 없다. 최대한 서둘러야 했다.

"몇 명이죠?"

"넷… 다섯. 확실하지 않아."

청풍의 대답.

서영령의 미간이 곱게 좁혀진다. 확실하지 않다라. 청풍의 감각으로도 잡아내지 못했다는 것은 곧, 그만큼 추격해 오는 이들이 뛰어나다는 사실을 의미한다.

그토록 강해진 청풍임에도 만면에 긴장감을 떠올리고 있을 정도.

아무래도 지금 쫓아오는 자들은 그때의 그 정검대 검사들이 아닌 모양이다. 그들 이상의 고수들, 맞서 싸우기가 곤란한 상대들임에 틀림이 없었다.

"따라오지 않는 것… 같은데요?"

한참을 달리던 서영령의 한마디다.

앞서 나아가는 청풍이 고개를 설레설레 저었다.

"아니야. 오고 있어. 기척을 감추었다. 굉장히 빨라. 무슨 수를 내야 해."

청풍의 굳은 얼굴.

완연한 무인의 얼굴이다.

다급하게 발해지는 그의 말에 달리는 와중에도 빠르게 주변을 훑어보는 서영령이다.

"강을 건널 수 있으면……!"

한수에서의 추격전을 떠올린다.

물을 통해 도주하는 것은 이쪽이 훤히 노출되는 일이기는 해도 먼저 건너는 만큼의 시간을 확실히 벌 수 있는 장점을 지닌다.

게다가 이쪽에는 서영령이 펼치는 이지선이 있다.

백강환으로 내쏘는 중장거리 공격을 시도할 수 있으니 추격의 견제에도 유리한 면이 있는 것이다.

문제는 어떻게 건너냐는 것.

좁게 굽이쳐도 장강(長江) 줄기다.

전설 속 달마 대사는 일위도강을 이야기하며 넓은 장강을 단숨에 날아서 건넜다지만, 청풍과 서영령으로서는 그런 것이 될 리 만무한 일이었다.

그때였다.

"저기!"

서영령의 눈이 반짝 빛났다.

거짓말처럼 나타난 한 척의 배.

강변을 따라 유유자적 움직이고 있는 하나의 나룻배가 보였다.

"태워달라고 부탁해요!"

서영령이 먼저 방향을 틀었다.

쫓기고 있는 자들에게 호의를 베풀어주기는 할까. 억지로라도 얻어 탈 기세, 그러나 분명 지금은 그 방법이 최선인 듯하다. 옆으로 발을 돌려 서영령을 좇았다.

파라락.

강바람에 흩날리는 옷깃 소리가 시원하다.

점점 더 확대되는 나룻배.

두 사람이 타고 있다.

죽립을 눌러쓴 자와 백의무복을 입은 젊은 남자다.

강변에 가깝게 흘러가고 있어 얼굴이 보이는 거리까지 왔다.

순간.

청풍의 얼굴이 싹 굳어졌다.

"령매(玲妹), 잠깐!"

'위험해!'

서영령을 잡아 세우는 청풍.

배 위의 두 사람은 이미 청풍과 서영령 쪽으로 고개를 돌리고 있는 중이다. 이 두 남자, 어쩌면 그들이 달려오는 것을 보고 배를 가까이

대왔을지도 모른다는 생각이 들었다.

'고수!! 그것도 엄청난……!'

영준하게 생긴 백의무복의 남자는 눈에 들어오지 않는다.

청풍의 시선이 머무르는 곳은 오직 죽립의 남자.

잘 갈무리되어 있으나 그 안에 감춘 힘은 그야말로 압도적이다. 굉장한 무공, 무당파의 명경 이후 다시금 느껴보는 충격이었다.

"어쩐 일이신가?"

백의무복의 남자가 나룻배의 난간 쪽으로 몸을 기울여 오며 입을 열었다.

웃음기가 깃든 눈.

무공은 대단치 않아 보이지만 두 눈에 깃든 빛이 범상치 않다. 놀라운 자들이었다.

"저… 장강 저편까지만 태워주실 수 있겠어요? 좀 곤란한 상황이거든요."

서영령 또한 배 위의 두 사람이 예사롭지 않은 자들이라는 것을 눈치 챈 상태다.

그러나 그녀는 확실히 대담하다.

두 사람의 진의를 알 수 없음에도 부딪치고 본다. 사람과 사건을 마주하는 방법, 청풍이 지니지 못한 과감함이었다.

"곤란하다? 그래 보이긴 하는군."

백의무복의 남자.

즐거움이 함께하는 목소리다.

그가 손을 들어 청풍과 서영령의 뒤쪽을 가리켰다.

멀리서부터 모습을 드러낸 정검대 검사들이 있다.

여섯 명.

하나같이 엄중한 기세를 뿜어내며 빠르게 거리를 좁혀오고 있었다.

"후후. 사해는 동도라 하였소. 어서 넘어오시오. 괜찮겠죠, 두목?"

백의무인이 죽립을 쓴 남자에게 묻는다.

고개를 끄덕이는 그다.

서영령은 망설이지 않았다.

"그럼. 신세를 좀 지겠어요."

허락이 떨어지자마자 곧바로 몸을 날려 가뿐하게 배 위로 내려앉았다.

막무가내로 움직이는 것 같지만 언제라도 출수할 수 있도록 오른손을 소매 안에 감춘 그녀다. 그녀가 청풍을 돌아보며 손짓했다.

"뭐 해요. 서둘러요."

어쩌겠는가.

이미 그녀는 배 위에 있다.

뒤를 한번 돌아본 청풍이 백의무인과 죽립사내에게 포권을 취하고는 결국 몸을 띄워 나룻배 위에 올라섰다.

"슬슬 가죠."

죽립을 눌러쓴 고수는 한마디 말이 없다.

촤악.

백의무인이 먼저 널따란 노(櫓)를 물 위에 드리우니 죽립의 고수 역시 물속의 노를 움직이기 시작한다.

한 번, 두 번.

빠르게 나아가는 나룻배다.

그사이, 암향표의 쾌속한 신법으로 강변에 이른 정검대 검사들이 있다. 검사 두 명이 달려오던 기세 그대로 땅을 박찼다.
파라라락!
강물을 뛰어넘어 날아드는 도약력이 굉장했다.
눈으로 보고 있자니 분명하게 알 수 있는 바, 이들은 무척이나 강하다.
저번에 보았던 정검대 검사들이 아니다. 아니, 저번에 보았던 얼굴도 있기는 하다.
같은 사람이되 무공이 다르다는 말. 연선하가 해준 이야기가 떠오른다. 집법원의 원로께서 무공 전수를 핑계로 붙잡아두고 있었다더니 정말로 무공을 다듬어주었던 듯, 먼 거리 강물을 뛰어넘으며 검을 뽑는 기세가 진실로 대단했다.
"이크! 바로 뽑아? 에누리가 없구만!"
백의무인이 경호성을 발하며 몸을 낮추었다.
난간 아래쪽으로 몸을 숨기는 모양새, 싸움에 끼어들기 싫다는 몸짓이 어딘지 희극적이었다.
치리링! 쿠웅!
백의무인이야 싸움이 싫겠지만, 청풍은 그처럼 가만히 있을 수 없었다.
난간을 밟으며 금강탄을 쏘아낸 그다. 검끝으로 마주 받는 검격에 휘청, 몸이 뒤로 쏠렸다. 상대가 펼치는 검법은 천류신화검법, 얽히는 검날에서 정검대 검사의 정심한 내력 수준이 전해져 왔다.
'역시!'
상상했던 대로다.
뛰어난 무공.

악양에서 지금까지 손속을 나누었던 어떤 추격자들보다도 높은 무공을 지녔다. 사문의 추격자들이 가장 위험한 존재라는 것에 대해 자부심을 느껴야 할지, 아니면 곤란함을 느껴야 할지 알 수가 없었다.

쩌정!

휘리릭. 턱.

청풍의 검에서 떨어져 나온 정검대 검사 하나가 몸을 휘돌려 나룻배의 난간 위에 섰다.

훌륭한 균형 감각이었다.

서영령과 공방을 치른 정검대 검사도 순식간에 나룻배 위로 안착한다. 저번처럼 물에 빠지는 추태는 없다. 검을 거두는 한 명의 입에서 냉랭한 목소리가 흘러나왔다.

"집법원의 행사로부터 도주, 장문인의 귀환 명령에 대한 불복. 이미 중죄인(重罪人)이다. 본산으로 돌아간다. 따르지 않겠다면 즉참(卽斬), 집법원의 재량대로 처리하겠다."

저번보다 훨씬 강경한 태도다.

싸워야 하는가.

청풍의 손에 힘이 들어가는 순간.

그때였다.

"어이쿠, 무서워라."

싸늘한 공기, 그 엄중한 분위기를 여지없이 깨뜨리는 목소리가 좁은 나룻배 한 켠에서 흘러나왔다.

"거기 두 사람. 여보라구, 배 위에 오르려면 배 주인의 허락을 맡아야지. 당신들은 초대받지 못했어."

이 삼엄한 기도가 보이지도 않는가.

정검대 검사 두 명의 살벌한 눈빛이 백의무인을 향하여 박혀들었다.

"어라? 뭘 쳐다봐."

점입가경.

정검대 검사 한 명의 검이 쭈욱 움직여 백의무인에게 겨누어진다. 더 이상 입을 놀리지 말라는 경고였다.

"허허. 이제 검까지 들이대네. 뒈질라고. 두목, 그냥 놔둘 겁니까?"

엄청난 언사다.

백의무인이 말하는 두목.

죽립을 눌러쓴 남자가 서서히 몸을 일으켰다.

"그래, 그냥 놔둘 수야 없지. 무례함이 과하군."

나직하고 굵은 목소리다.

그저 평범하게 말하는 음성에도 충만한 내공이 엿보인다.

죽립을 슬쩍 치켜드는 밑으로 검상이 새겨져 있는 젊은 입매가 드러났다.

"화산파 집법원이라. 그 정도로 그만한 무례라면, 화산도 다했군."

넓은 어깨.

큰 키에 바위처럼 단단한 체격이다. 찢어진 천으로 팔꿈치부터 손끝까지 감아놓은 주먹에 광대 무비한 권법(拳法)을 연상할 수 있었다.

"이만 내려야지, 내 배야."

화아아악!

가볍게 휘두르는 손짓.

정검대 검사들의 안색이 크게 변했다.

"대력금강장(大力金剛掌)! 소림(少林)?!"

천 근의 힘을 품고서 느릿느릿 뻗어가는 장력이다.

정검대 검사 하나가 난간을 박차며 천류신화검을 전개했다. 진중하게 압력을 가해오는 경력을 흩어내기 위한 것. 그러나 흩어낼 수 없다. 활처럼 낭창 휘어지는 검날, 당장이라도 부러져 버릴 것 같았다.

파라라라락!

죽립의 남자가 선 자세 그대로 세차게 팔을 휘둘렀다. 헐렁한 소매가 커다랗게 부풀어 오르며 격한 떨림을 발한다. 기력(氣力)을 모아 떨쳐 내는 공격, 날카로운 바람이 하늘에 떠 있는 정검대 검사를 향해 뻗어나갔다.

"반선수(盤禪袖)!"

다시 한 번 발하는 외침은 경악성에 가깝다.

대력금강장. 반선수.

어느 하나만 익혀도 대번에 고수 소리를 듣는다 전해지는 소림 최고의 절기들이다. 대력금강장에 손속이 어지러워져 있던 정검대 검사가 공중에서 뒤쪽으로 크게 튕겨 나갔다.

첨벙!

물기둥이 치솟았다.

정검대 검사를 단번에 물리치는 무위(武威), 천하에 숨어 있는 와룡(臥龍)이 어찌 이리도 많은 것인가.

태산 같은 기도로 움직이는 죽립인의 주먹에 무서운 내력이 담겨들었다.

퍼펑! 퍼퍼퍼퍼펑!

굉장한 속도다.

진중한 대력금강장에 날카로운 반선수까지. 특질이 다른 무공들을 자유자재로 구사한다.

아라한신권(阿羅漢神拳)이다.

소림의 무적권법 중 하나, 반격의 여지를 앗아가면서 순식간에 허점을 파고들었다.

"큭!"

나룻배의 좁은 공간, 거리를 내지 못하니 권격을 사용하는 죽립인에게 훨씬 더 유리한 조건이다. 거기에 무공까지 앞서니 어찌할 도리가 없다. 이십사수매화검법을 전개하다 막히고, 결국 강물을 향해 몸을 날릴 수밖에 없었다.

처엄벙!

이 정체를 알 수 없는 죽립인은 진정 놀랍다.

내리라더니, 정말로 배 위에서 내쫓아 버렸다. 그것도 화산파 집법원 검사들을.

경지를 추측할 수 없는 무공.

이자는 명경과 같은 부류의 인물이다. 천하를 바라보는 자, 이미 완성을 향해 달리고 있는 절정의 고수였다.

촤아아악.

언제 무공을 전개했었냐는 듯, 노를 집어 들어 물을 저어간다.

웅혼한 내력, 네 사람을 태운 배이건만 바람을 탄 쾌속선처럼 빠르게 앞으로 나아가기 시작했다.

"포기하지 않는군! 계속 쫓아올 모양이야."

저번처럼 헤엄을 쳐 오지는 않는다.

물에 빠졌던 두 사람이 강가로 올라오는 옆으로, 나머지 네 사람이 배가 나아가는 방향을 따라 경공을 전개하고 있는 광경이 눈에 들어왔다. 지나가는 배 한 척이라도 있으면 빼앗아 타서라도 따라붙을 기세다. 먼 거리였지만 달려가는 모습에서 악착같은 의지를 느낄 수가 있었다.

"어떻소, 우리 두목. 강하지 않소?"

히죽 웃는 백의무인이다. 이 남자, 이제 보니 이 상황을 줄창 즐겁게 여기고 있었던 것 같았다.

"내 이름은 강청천(姜淸刋)이오. 장강의 동도들은 장강신추(長江神鰍)라 부르고 있지."

"신추(紳鰍)? 미꾸라지?"

"핫하. 그렇소, 어여쁜 아가씨. 내가 바로 장강 공근(公瑾:주유의 자(字)), 강물 위의 주유(周瑜)를 자처하는 이오."

"하지만 주유 공근은 미남(美男)으로 유명한데."

정곡을 찌른 것일까.

"핫하. 이분은! 우리 두목이오!"

손을 휘저어 죽립인 쪽을 가리킨다.

말을 돌려 서영령의 한마디를 강물 속에 던져 넣는 강청천이다.

죽립을 쓴 남자.

그가 죽립을 조금 들어 올리더니 예의 굵은 목소리로 입을 열었다.

"백무한(白無限)이다."

"어이, 두목! 그게 뭐요. 장강일통을 행하는 무적권신(無敵拳神)! 천하를 굽어보는 장강의 신룡(神龍)! 좀 멋지게 소개해 보시구랴."

"시끄럽다, 청천."

백무한의 한마디에 강청천의 입이 꾹 다물렸다.

신나게 짖고 까불지만, 분명한 주종(主從)의 모습이다. 서영령의 얼굴에 재미있다는 듯한 미소가 떠올랐다.

"소녀의 이름은 서영령이라고 합니다. 이쪽은 신추(神鰍) 대협의 표현을 빌려, 천하를 질주하는 하얀 범이자 서방의 신검을 다루는 백호검주! 청풍이라 하지요."

직접 자신을 소개하는 것이 아니라 누군가가 대신 소개를 해준다는 것은 그만큼의 이름값을 의미한다.

곤란한 표정을 짓기는 해도 포권을 취하는 청풍은 그녀의 행동으로 인해 마치 백무한과 같은 위치에 있는 사람처럼 받들어진 느낌을 들게 했다.

"청풍이라 하오."

"그 백호검주인가. 장강을 떠들썩하게 만드는."

"……"

한마디.

청풍을 쳐다보다 이내 고개를 돌려 장강 저편을 바라본다. 별반 큰 흥미를 느끼지 못하는 듯한 모습이었다.

'똑같군.'

역시나 그 남자와 같다.

명경처럼.

그저 잠시 시선을 줄 정도. 그 정도다.

아직까지는 어쩔 수 없다. 청풍의 능력이 그만큼이니까.

그러나 모멸감을 느낄 이유 따위는 없다.

부족한 것이 사실이기 때문이다.

그 이상이 되려면, 감히 시선을 떼지 못하게 만들려면 더 강해지면 되는 것이다.

위에서 내려다보면서 쫓아오는 것을 지켜보는 것보다는 아래에서 위를 보고 올라가는 편이 훨씬 편한 입장이라 할 수 있다. 적어도 역전당할 걱정은 안 해도 되는 것이 아닌가.

명경 때는 좌절했지만, 백무한에게는 아니다.

좌절 대신 앞으로 나아가자는 의지다.

더 강해져야 한다는 강력한 동기가 또 하나 부여되고 있었다.

"거의 다 건넜군. 건너는 것으로 충분하긴 한 거요?"

강청천이 빙글빙글 웃으며 물었다.

몇 마디 대화를 나누지도 않았는데 벌써 이만큼이나 왔다. 굉장한 속도, 그러면서도 흔들리지 않으니 배 다루는 솜씨를 절로 알 수 있다. 장강일통을 농담처럼 이야기하는 것처럼, 장강을 휘젓기에 모자람이 없는 모습들이었다.

"예. 일단 저기서 내려주세요. 아, 혹시 동릉까지 가는 길을 아시나요?"

"동릉? 동릉에 가는 길이었소?"

강청천이 안색을 굳혔다.

강물 저편 어딘가에만 시선을 두고 있던 백무한마저도 다시 고개를 돌려 청풍과 서영령을 쳐다보았다.

"예, 비검맹을 찾고 있어요."

"핫하. 이거야……."

고개를 갸웃거리며 미간을 좁히는 강청천이다. 이제까지의 유쾌한 얼굴이 일순간에 달라져 있었다.

"비검맹은 왜 찾는 것이지?"

이번에 들려온 것.

백무한의 목소리다. 굵고 낮은 저편에 기이한 분노가 실려 있다. 비검맹의 이름이 나온 순간부터. 건드려선 안 될 것을 건드린 느낌이었다.

"찾아야만 할 이유가 있기 때문이오."

펄럭.

저편에서 불어온 바람이 청풍의 옷깃을 스치고 지나갔다.

백무한을 바라보는 청풍.

백무한이 죽립을 위로 한껏 치켜 올렸다.

코와 뺨을 수평으로 가로지르는 기다란 검상이 보인다.

이마에 보이는 것은 여덟 개나 되는 계인(契印).

잘렸다 길기 시작하는 짧은 머리카락 아래로 청풍의 눈을 직시하는 날카로운 눈이 있었다.

"비검맹주인가?"

들끓어오르는 용암과도 같은 백무한의 눈빛이다. 맞받는 청풍의 눈빛은 한줄기 타오르는 바람과 같을진저.

두 사람의 눈이 허공에 큰 부딪침을 만들었다.

"아니오."

청풍의 대답.

백무한이 고개를 끄덕인다.

비검맹주가 아니라면 상관없다? 청풍이 육극신에게 볼일이 있다면, 백무한은 비검맹주와 얽혀 있는 것이 분명하다.

누구에게나 각자의 사정은 있는 법.

먼저 시선을 거두며 죽립을 내려 쓰는 백무한이다. 그가 다시 노를 잡아 들었다.

촤아아아악.

굽이치는 장강을 가로지르는 배.

묵직해진 공기다.

한참 동안 누구도 입을 열지 않은 채 비로소 강변에 가까이 이르렀다.

"후우. 일단 다 왔소. 동릉까지 가시는 길은 오직 하나요. 여기서 동쪽으로 쭉 나아간 후, 북쪽으로 꺾여지는 모퉁이에 나루터가 하나 있소. 대천진(大川津)이라고 불리지. 거기서 동쪽으로 곧장 가시면 되오. 다른 곳도 아니고… 비검맹으로 가신다 하셨으니 뭐, 다시 보기는 힘들겠구려."

"아니요. 다시 뵐 수 있을 거예요."

"핫하. 물론, 이 장강 공근도 그러길 바라오. 아, 그리고 삼교채 방조교를 건드려 놓은 것이 두 사람 맞소?"

"예."

"그 자식, 더럽게 지저분한 놈이오. 조심하시는 것이 좋을 것이오."

배에서 훌쩍 뛰어 뭍에 이른 청풍과 서영령이다.

방조교 따위에 무슨 조심하라는 말을 하는지 모르겠지만, 허튼소리로 들리지는 않는다. 포권을 취하는 두 사람. 청풍이 배 쪽을 바라보며 깊이 고개를 숙였다.

"호의에 감사드리오. 이 은혜는 결코 잊지 않겠소."

진심 어린 목소리다. 강청천의 대답이 바로 뒤를 이었다.

"핫하. 그래야지. 절대 잊지 마시오."

청풍이 미소를 지었다.

재미있는 사람. 강청천.

그리고 놀라운 고수. 백무한.

백무한이 고개를 한번 숙이더니 다시금 노를 움직인다.

부드럽게, 그러면서도 빠르게 나아가는 나룻배.

'다음에는……'

기연(奇緣)을 겪으며 늘어가는 다짐이다.

그 다음에는 대등한 위치에 서서 만난다.

마음의 준비. 백무한과의 만남은, 그토록 강하다는 파검존 육극신을 대면하는 것에 앞서 더할 나위 없는 자극이라 할 수 있다.

천하를 바라보는 고수가 또 하나 있음을 알았고, 백무한을 통해 그들이 바라보는 천하에 한 걸음 다가선 것 같은 자신감을 얻었다.

의지를 최고조로 끌어올린 지금이다. 이제는 더 이상 천하에 짓눌려 마음을 가누지 못하는 나약함 따위는 그에게 없는 것이었다.

강청천이 일러준 대로 좁게 뻗은 길을 따라 빠르게 발걸음을 옮겼다.

오후의 따가운 볕이 조금씩 그 색을 지워가는 때, 두 사람은 동릉으로 가는 유일한 길목이라는 대천진에 이르렀다.

장강의 큰 물줄기에 접해 있는 커다란 나루터.

수많은 어선(漁船)과 쾌속선(快速船)들이 정박해 있는 그곳의 규모는 상상 이상이다. 꽤나 많은 민가들이 즐비하게 늘어선 그곳, 청풍과 서영령은 뜻밖의 난국에 직면하고 만다.

"……!!"

비검맹.

각오를 다지며 달려온 청풍과 서영령일진대, 비검맹 총단은 미처 구경조차 못했음에도 엄청난 숫자의 무인들이 그들을 기다리고 있었던 것이다.

"이제야 오는군! 뜯어버릴 붕어 내장 같은 것들이!"

걸걸한 목소리.

되도 않는 욕설을 내뱉으며 나서는 자는 다른 누구도 아니다.

삼교채의 채주였던 방조교, 그토록 당하고도 겁도 없이 나타나 있었던 것이다.

"장강의 동도들이여! 수로의 법도를 얕보는 썩은 생선 같은 놈들이오! 이 연놈들에게 대강(大江)의 위대함을 보여줍시다!"

반신에 감은 붕대에 왼팔에는 부목까지 대어놓았으면서 그 몰골을 하고도 기세등등하게 외치는 뻔뻔함을 보여주고 있다.

방조교의 외침에 따라 다가들기 시작하는 수적들만도 수십여 명.

성정과 행동이 특이하기 짝이 없음에도 장강 수적들 사이의 인맥이 상당한 모양이었다.

"이것 보통 일이 아닌데요."

"그렇군."

기실, 그의 외침에 따라 다가오는 수적 패거리들은 그다지 위협적이지 못했다.

문제는 다른 자들이었다.

눈에 보이는 사람들의 숫자만도 백여 명을 거뜬히 넘어가는 바, 수적 수십 명을 제외하고는 다들 다른 차림새의 일반 무인들이다.

백호검과 철선녀가 동릉으로 향한다는 정보.

그것을 퍼뜨린 것은 아마도 이 방조교의 소행이리라.

동릉, 비검맹의 영역까지 들어갈 수는 없으니 유일한 길목이라는 대천진에 모두들 진을 치고 기다리고 있었던 것이 틀림없었다.

"풍랑, 저쪽에……."

서영령이 눈짓한 방향으로 시선을 돌린 청풍이다.

이 사태가 심상치 않음을 다시 한 번 깨닫게 만드는 인물들이 거기에 있다.

협봉검을 장비하고 있는 흑의무인 삼십여 명.

이제는 어디서라도 분간할 수 있을 것 같은 자들이다.

"성혈교……."

성혈교 호교무사들. 묵신단.

삼엄한 기세를 풍기는 그들이다. 곱게 넘어가긴 그른 것이다.

"저쪽 무인들도 만만치 않아요."

성혈교뿐이 아니다.

낭인으로 보이는 무인들이 상당수. 몇몇 무리는 똑같은 복장에 군소 문파들에서 조직적으로 움직인 기색들이 엿보인다.

고수들의 숫자도 적지 않으니 난감함이 먼저 밀려들었다.

"그래도 해야지."

청풍이 한 발 앞으로 나섰다. 그러자 서영령이 그의 팔을 잡으며 입을 열었다.

"아니요. 안 돼요. 이것을 정면으로 돌파하는 것은 쉽지 않아요."

청풍을 막아두고 앞으로 나선 그녀다.

그녀가 다가오는 적들을 바라보며 목소리를 높였다.

"백호검을 노리고 온 무인들에게 묻습니다. 여기에 수많은 사람이 모였는데, 행여 백호검을 가져간다 한들 무사히 가져가는 것이 가능하겠습니까? 하나가 손에 넣으면 또 다른 자가 노리고, 또 그자가 손에 넣으면 다음 사람의 공격을 받게 될 것입니다. 어차피 서로서로 싸워서 죽음을 결하는 혈전을 겪을 수밖에 없다는 말이지요."

여인의 몸임에도 대단한 존재감을 발한다.

워낙에나 출중한 기도라 접근하던 수적들이 멈칫, 그 자리에 걸음을 멈추고 말았다.

"그런 결과를 바라는 사람은 아무도 없을 겁니다. 그럴 바엔, 여기에 백호검주가 있으니 일 대 일 승부로 나오십시오. 강호무인으로 검에 생명을 걸었으면, 정정당당한 승부에 모든 것을 거는 것이 옳습니다."

말로써 사람들의 마음을 흔드는 것에는 무공 외의 타고난 천성이 필요하다.

서영령의 실제 실력이 어떻든 이 순간 그녀의 말은 이곳에 모인 모든 무인을 단번에 압도하고 있었다.

"그토록 자신이 있단 말이렸다. 하지만 일단 우리 장흥방이라면 누가 달려들더라도 다른 문파에게 절대로 빼앗기지 않을 자신이 있다. 군이 일 대 일 승부를 치를 이유가 없어!"

얼마든지 나올 만한 대답.

한쪽에 있는 무인 패거리들 사이에서 거친 음색이 튀어나온다. 그쪽을 바라보는 서영령이 희미한 미소를 떠올렸다.

"문파를 들먹이는군요. 그렇다면 백호검주가 어느 문파 출신인지는 다들 알고 있겠지요."

웅성웅성.

무인들 사이에 술렁임이 번져 나간다.

그러고 보면 또 그렇다. 화산파. 구파의 이름값이 어떻던가. 한 여인만을 대동하고 강호를 돌아다닌다지만, 백호검주의 출신은 분명 화산파라 알려져 있다. 백호검을 탐내는 강호무인들에게 있어 백호검주가 화산 제자라는 사실은 모두가 알고 있으면서도 무시하려던 진실 중 하나라 할 수 있었다.

"홍! 화산파를 말함인가! 화산파는 기껏 강서성 철기맹 하나도 못 당하는 허명뿐인 구파다. 두려울 것은 하나도 없어!"

다른 패거리의 누군가가 외친 언사다.

동조하는 무인들. 보물에 눈이 어두워진 사람들의 속성이란 역시나 그렇다. 일단 손에 넣고 보는 것, 그 다음 일은 그들에게 별반 중요한 것이 되지 못할 따름이었다.

"과연 그럴까요. 그렇지 않다는 것을 모를 리가 없을 텐데요."

"시끄럽다! 냄새 나는 계집! 닥치고 네 서방 놈의 물건이나 내놓아라!"

목소리가 들려온 방향.

참을 수 없는 언사.

서영령의 손이 가볍게 돌아갔다.

파아아앙!

공기를 가르는 파공음!

사람들을 가르고 단 한줄기의 백색선이 나아간다.

퍼억.

"끄으윽."

털썩 쓰러지는 무인 하나.

찬물을 끼얹은 것과 같은 정적을 선사하고 있었다.

"입을 함부로 놀려서는 안 되지요. 전부 덤벼도 아쉬울 것은 없습니다. 다만 피를 적게 흘리고 싶을 따름이에요."

장내를 지배하는 것은 이제, 서영령의 목소리 하나다.

상상을 훨씬 뛰어넘는 철선녀의 무위와 기도.

철선녀가 그러할진대, 정작 백호검주는 어떻겠는가. 모두의 마음속에 심리적인 압력이 깃든다. 서영령의 언변은 무공 이상의 힘을 발휘하고 있었던 것이다.

"가장 자신있는 자가 먼저 나오시지요. 백호검이란 범접할 수 없는 물건임을 장강 천하에 보여 드릴 겁니다."

서영령이 뒤로 물러섰다.

청풍의 옆을 스치며 속삭이는 말.

"풍랑 차례에요. 처음부터 힘을 아끼지 마세요."

고개를 끄덕이며 백호검 검자루에 오른손을 올린다.

수많은 무인을 앞에 두고, 그 홀로 나아가는 발걸음에 서영령이 만들어놓은 공기가 정점에 이르고 있다. 떼거지로 덤벼들려야 덤벼들 수 없는 분위기. 한 명이 일 대 일로 나서야만 할 것 같은 흐름이다. 강호인들의 심성을 정확하게 이용한 결과였다.

"계집의 치마폭에서 나오는 주제에. 어디 얼마나 강한지 보자."

가장 먼저 나선 것은 체면이고 뭐고 거칠 것이 없어 보이는 한 명의 낭인이었다.

"하남(河南), 광산(光山)의 광산비검(光山飛劍)이다. 나는 사실 그 검에는 별반 관심이 없어. 자네 실력에만 관심이 있다."

그런 낭인들이 있다.

돈이나 이득보다는 비무행(比武行)에 목숨을 거는 부류.

느껴지는 기도는 소호삼귀 이상이다.

전에도 느꼈었지만, 낭인들이란 예상외의 실전적인 능력을 갖춘 족속들인 바. 전해지는 내력이 대단치 않더라도 가볍게 보아서는 안 된다. 방심은 절대 금물이었다.

쐐애액.

청풍이 포권을 취하며 자신의 이름을 밝히려고 했을 때다.

틈새를 노려 검을 내쳐 오는 광산비검.

치사한 수법이다.

예의와 법도는 이만큼도 생각지 않는 공격, 무조건 이기고 보면 되는 것이 또한 낭인들의 대표적인 습성인 것이다.

피핏.

옷깃을 스쳐 지나가는 감촉에 다시 한 번 정신이 번쩍 났다. 방심하지 말아야 한다고 생각했으면서도. 얼굴을 맞대는 순간 곧 그것이 싸움의 시작인 것을. 청풍의 발이 호보를 밟으며 앞으로 쏘아지고, 이어 단숨에 치켜 올린 금강탄이 눈부신 백광을 발했다.

쩌엉!

최고조로 끌어올린 자하진기다.

튕겨 나가는 광산비검. 그의 몸이 추풍낙엽처럼 흔들렸다.

터텅.

힘을 아끼지 말라는 그 말대로.

온 힘을 다해 백야참을 내뻗었다.

무서운 기세. 얼떨결에 치켜든 광산비검의 검이 중간부터 뚝 부러져 나갔다. 땅에 박혀들어 부르르 떠는 검날에 광산비검의 얼굴에는 경악이 깃들었다.

"이런… 말도 안 되는……!"

단 이 격(二擊)으로 나버린 승부다.

처음부터 전력을 다했다고는 했지만, 그 효과는 상상 이상이다.

광산비검이라면 하남 남쪽에서는 제법 알려진 이름.

모여든 모든 무인 사이에 다시 한 번 술렁임이 일었다.

"또 있나요?"

서영령의 목소리가 사람들의 마음을 다시 한 번 격동시켰다.

대단한 화술.

그때였다.

잠시 동안 침묵하던 방조교가 움직인 것은.

"웃기는 것들이다. 뱀 만난 개구리마냥 오그라들어 버렸군! 기껏 말라빠진 계집 한 년과 허멀쩡한 애송이 하나일 뿐이다!"

언변과 화술이 먹혀드는 것도 상식이 통하는 사람들에게까지만이다. 방조교에게는 그런 것이 없다. 뭐가 어떻게 되든 개의치 않는다. 예의와 법도가 없기로는 낭인들의 수십 배 이상이란 말이었다.

"어차피 달려들어서 때려잡으면 그만이다! 강호동도들의 간덩이는 송사리 간덩이 크기도 안 되는가! 검인지 뭔지 죽여 버리고 빼앗으란 말이다!"

수적들을 앞으로 돌려두고 사람들 사이로 숨어든다. 마구 침을 튀기면서도 서영령의 지법이 날아올까 봐 두려워하는 것이다.

비굴하기 짝이 없는 행태. 그러나 그의 말이 빚어낸 효과는 지금까지 보여주었던 서영령의 시도들을 무위로 만들기에 충분했다. 수적들이 달려들면서, 움직이지 않던 다른 무인들까지 한꺼번에 몸을 날리기 시작했던 것이다.

"비겁한!"

"비겁하기는! 나는 그냥 네 연놈들이 뒈져 버리면 그만이야!"

우르르 몰려드는 수적들이다.

뭐가 좋다고 방조교의 말을 따르는지는 모르겠다만, 수적들에게는 또 수적들만의 무엇인가가 있는 모양이다.

달려드는 수적들에 둘러싸이는 청풍과 서영령.

서영령이 소매로부터 백철선을 꺼내 들었다.

쩌엉! 쩌저정!

앞서 나아가는 청풍의 백호검에 수적들이 뻗어내는 작살과 수창(水槍)들이 짚단처럼 부러져 나갔다. 백호검의 신기, 그러나 적들은 수적들뿐이 아니다. 뒤로부터 달려드는 수많은 무인이 이 싸움을 거대한 난전으로 만들어 버렸다.

"최악이군요."

서영령의 한마디처럼, 순식간에 아수라장으로 변해 버린 대천진이다.

어차피 이렇게 될 일이었다? 그렇더라도 어떻게든 피했어야 할 사태다. 이렇게 되면 필연적으로 심각한 상황이 발생한다. 보물을 노리는 탐욕의 천성으로 피를 부르는 혈전이 도래하는 것이다.

"비켜!"

"어딜!"

누구부터였을까. 달려드는 무인들이 부딪치고 시비가 붙는다. 급한 마음에 병장기를 휘두르니, 막아내는 무기들에 또 다른 싸움이 시작된다. 걷잡을 수 없는 방향으로 번져 나가는 것이다.

채챙! 차차창!

청풍과 서영령.

사방천지에 병장기 소리뿐이다. 그 가운데에서 수적들을 물리치니, 그들 뒤로부터 달려드는 무인들의 공격이 흉험하게 쏟아져 왔다.

"풍랑! 놈들이!"

"알아! 조심해!"

또 있다.

드디어 움직인다. 처음부터 어떤 반응도 보이지 않던 성혈교 흑의무인들이 협봉검을 뽑아 들고 있었다. 넘쳐흐르는 살기, 삼십여 묵신단이 동시에 땅을 가로질렀다.

스각! 스가각!

"크억!"

"무… 무슨!"

서로 간에 병장기를 휘두르더라도 죽이고자 하는 살기가 짙지는 않았다. 보물에 눈이 앞서거니 뒤서거니 견제한다지만, 거기서 죽는 것이 얼마나 미련한 짓인지는 모두가 잘 알고 있기 때문이었다.

"이놈들은 뭐야!"

"크윽!"

성혈교 묵신단은 다르다. 눈앞에 거슬리는 것은 무차별로 베어 넘긴다. 청풍과 서영령을 향해 일직선으로. 이곳에 있는 무인들 따위, 그들에겐 필요없는 장애물일 따름이었다.

"크악!"

"피해!"

아수라장을 넘어선 아비규환이다. 협봉검이 선연한 핏방울을 튕겨내고, 길을 열어가는 사이로 애꿎은 무인들의 시신이 넘어지고 있다. 순식간에 쇄도하는 자들. 청풍이 물리친 무인 하나를 뒤에서부터 베어 넘기면서 첫 번째 흑의인이 협봉검을 뻗어왔다.

쩌엉!

만반의 준비를 하고 있었던 만큼.

청풍의 백호검이 호쾌하게 뻗어나가며 흑의인의 협봉검을 쪼개놓았다. 그대로 휘어 치는 백야참, 협봉검 안쪽으로 흑의인의 가슴이 쫙 갈라지며 선연한 핏줄기를 뿜어놓았다.

'또다시……!'

시작된다.

자하진기와 백호기가 요동치고 있다. 백호검 검끝에서 발해지는 새로운 검결이 다시금 그 모습을 드러내고 있었다.

쩌정!

호보와 금강탄이 하나로.

그 줄기가 백야참에 이어지면서 장중하고도 유장한 흐름을 만들어낸다. 몰아치는 흑의무인들에 맞서 나아가는 백호검이 협봉검 세 개를 단숨에 분질러 놓았다.

터텅!

몇 명씩 덤벼드는 데도 밀리지 않는다. 백호검이 지닌 장점들을 완전하게 살려내는 청풍의 솜씨에 갈수록 강해지는 무공 수위가 확연히 드러난다. 물러나지 않는 의지, 망설이지 않고 뻗어내는 검결, 이제는 진정한 무인의 모습이었다.

쩌정! 쩡!

벌써 열 명째.

간간이 검을 내쳐 오는 무인들을 막아내면서 흑의인들을 베어 넘기는 중. 쏟아지고 부딪쳐 흩어지는 병장기 가운데 서영령을 향한 공격들이 일순간 거세졌다.

'이런!'

그만한 무인들에 둘러싸이고도 잘도 버텨내는 서영령이다. 그녀의 무공 역시 눈부신 수준, 그러나 청풍과 같이 일격에 상대를 무력화할 수 있는 강병이 없어 숨을 돌릴 틈이 부족하다. 유연하게 움직이는 그녀의 백철선 사이로 허점을 노린 공격들이 날카롭게 흘러들었다.

"하아아압!"

터엉!

범의 울부짖음과 같은 기합성이다.

서영령 쪽으로 몸을 날려 백호검을 뿌려냈다. 백야참 백색 휘광(輝光)이 어느 때보다 화려하게 뻗어나갔다.

쩌정! 쩌저정! 쩌정!

구환도 하나. 창봉 하나. 협봉검 하나.

세 개의 병장기가 일격으로 깨져 나갔다.

엄청난 신위. 그러나 무리한 움직임에 청풍도 무사하지 못하다. 그의 뒤를 따라붙은 성혈교 흑의인의 협봉검 한 자루가 그의 옆구리를 뚫고 깊게 박혀 버린 것이다.

"풍랑!"

서영령의 경호성을 귓전으로 흘러들으며 멈추지 않고 뒤쪽을 향해 검을 휘둘렀다.

째앵!

옆구리에 박힌 협봉검을 중간부터 부러뜨려 버렸다.

부서지는 검날에 느껴지는 진동이 끔찍한 고통이 되어 등줄기를 타고 올라왔지만, 꾹 눌러 참고 백야참을 전개했다. 반 토막 난 검날을 옆구리에 박아둔 채. 내치는 그의 백호검이 흑의인의 말을 어깻죽지부터 잘라내 버렸다.

"후우. 후우."

흘러나오는 숨소리가 마치 상처 입은 범의 그것과 같다.

달려드는 흑의인들. 달려나가는 청풍의 검이 더욱더 사나워졌다.

쩡! 카가각!

성혈교 흑의무인들이 하나둘 쓰러져 갈 때다.

한쪽에서부터 훅 끼쳐 드는 세 줄기의 기운. 빠르게 움직이면서도 주변 정황을 담아두는 청풍의 눈이 무인들의 수라장을 타 넘는 검은 그림자들을 발견했다.

'저것들은······!'

잊을 수 없다.

성혈교 무인들처럼 흑포에 창백한 피부. 생기라고는 조금도 느껴지지 않는 일그러진 얼굴. 화산 본산을 습격했던 자들 중 가장 괴이했던 존재인 흑포괴인들이었다.

"신장귀(神將鬼)!"

혈적검법을 알아보았던 것처럼, 서영령은 이 흑포괴인들의 이름까지도 알고 있다.

신장귀.

인간 같지 않은 그들의 움직임을 보며 청풍은 백호검을 더욱더 굳게 쥐었다. 이길 수 있을까 하는 의문 따위는 품지 않았다.

백호검을 얻고도 무력했던 과거에 대한 청산이다. 그 자체로 백호의 화신이 된 양 청풍의 몸이 장쾌한 도약을 이루었다.

두근!

심장 뛰는 소리에, 백호검을 둘러싼 자하진기도 큰 맥동을 보인다. 검결에서 새로운 검결이 뽑혀 나오고, 금강탄과 백야참의 비결이 하나가 되었다. 연쇄적으로 발생하는 변화, 검의 진화가 끝 갈 데를 모르고 이어졌다.

쩌어어어엉!

흑포괴인, 신장귀의 팔에 묶인 족쇄가 백호검과 부딪치며 굉음을 울렸다. 동강나는 족쇄지만 팔은 잘리지 않는다. 역시나 대단한 신체, 더할 나위 없는 강적이었다.

텅! 터텅!

청풍의 발끝이 땅을 박차고, 공중을 일 장이나 가로지른다.

두 손으로 굳게 잡아 내려치는 일격. 금강탄도 백야참도 아니다. 처음 펼쳐 보는 전혀 다른 검격이면서도, 그 위력은 지금까지의 어떤 무공들 이상이다. 그토록 무지막지했던 신장귀임에도 청풍의 백호검을 감히 맞받지 못한 채 옆쪽으로 몸을 피해 버렸다.

파르륵! 파라라락!

흑포가 바람을 가르는 소리가 연이어 들려왔다.

세 신장귀가 모두 청풍에게 달려든 것이다.

삼 대 일.

벅찬 싸움이 틀림없다. 하지만 그렇다 해도 전진한다. 청풍은 진실된 용맹으로서 이 난국에 정면으로 맞서 나갔다.

쩌정! 촤아악! 파라라락!

광풍이 분다. 하늘을 나는 듯한 세 개의 검은 그림자와 그 안에서 백색 광휘의 신검을 휘두르는 청풍의 모습은 전설 속 협객의 그것과 같다.

작은 범위의 싸움이나 그것만으로도 장관.

서영령의 분투와 주변의 아수라장이 빛을 바랠 정도로 압도적인 격전이었다.

'이대로는 안 된다. 필패야. 한쪽을 내주고, 하나를 찍어낸다.'

실전적 무인의 판단력이다.

호보로 나아가고, 방어를 포기했다.

왼쪽 어깨를 내주며 오른손에 쥔 백호검에 온 단전의 내력을 모조리 쏟아 부었다.

퍼어엉!

"크윽!"

신장귀의 장력을 받아내는 충격은 실로 엄청났다. 뼛속까지 울리는 느낌, 침투해 오는 서늘한 진기를 자하진기로 막아내며 가슴속에서부터 터져 나오는 장대한 기합성을 내질렀다.

"하아아아압!"

쿼유유융!

직선으로 뻗어나가는 백광. 뜯겨 나간다. 신장귀의 흑포가 부스러지며 콰드득 소리를 내는 왼쪽 반신이 폭약을 맞은 것처럼 터져 나갔다.

"크읍!"

쓰러지는 흑포괴인.

하지만 아직도 둘이나 있다. 양쪽에서 들어오는 공격에 모자란 진기를 끌어올리며 다급히 뒤로 물러났다.

"후우. 후우……."

파락! 파라락!

누구의 접근도 불허하는 싸움이다.

진기를 가다듬으며 서로의 허점을 탐색하는 시점. 다시금 백호검을 곧추세우려던 때.

바로 그때였다.

"……!!"

가슴을 짓누르는 느낌.

무엇인가가 접근하고 있었다.

쏴아아아아아.

물살을 가르는 소리.

대천진 옆으로.

싸움을 멈춘 무인들이 장강의 물 위를 향해 고개를 돌린다.

보이는 것은 세 척의 배.

대천진 나루터로 들어오는 두 척의 배 사이로 핏빛으로 붉게 칠해진 중형의 전선이 깊숙하게 다가왔다.

촤르르르르르.

닻을 내리는 붉은색의 중형선(中型船).

날렵한 군선(軍船)의 형태를 지니고 있다.

곡선이 부드럽게 이어지는 예술적인 선체다. 아로새겨진 검 다섯 자루의 문양이 멋졌다.

"비검맹 제일전선(第一戰船)……!"

누군가의 침음성.

가장 먼저 반응을 보이는 이들은 장강을 삶의 터전으로 하는 수적들이다.

온 얼굴에 떠오른 것은 공포의 감정들. 주춤주춤 물러날 수밖에 없다.

붉은 선체에 오검(五劍) 문양, 그것이야말로 비검맹 산하, 무적의 전선(戰船)을 말함이었으니까.

배의 이름은 검형(劍馨).

죽음의 그림자가 햇빛을 가리며 수많은 무인의 머리 위로 드리워졌다.

'나타난다……!'

검형의 위용을 홀린 듯 바라보는 청풍이다.

비검맹 깃발이 흩날리는 커다란 돛 아래, 검형의 갑판으로 나타나는 자.

퍼얼럭.

넓게 퍼지는 옷이다.

거친 주홍색 물결에 검은색의 칼날 무늬가 화려했다. 왜인(矮人)의 복식에 가까운 전포(戰袍)였다.

"파… 파검존! 육극신……!"

뒷걸음치던 수적들이 경악의 외침을 발했다.

그렇다.

이자가 바로 파검존 육극신이다.

선수로 걸어와 아래를 굽어보는 기파. 나타난 순간부터 온 세상을 지배할 듯한 존재감이 퍼져 나간다. 이런 자가 어찌하여 비검맹의 이인자란 말인가. 누군가의 수하로 들어갈 사람으로는 도저히 생각할 수가 없었다.

화악.

한 걸음. 그대로 허공에 발을 내뻗으니, 뱃전에서부터 떨어질 수밖에 없다.

왼쪽 어깨로부터 길게 내려가는 비단 장식이 강바람을 만나 날개처럼 펼쳐져 휘날렸다.

파라라라락.

백발이 섞여 회색으로 빛나는 머리카락이 사자의 갈기처럼 흩날린다. 바로 그 아래는 장강의 수면. 물 위로 떨어져 내리다니 무슨 생각인지 알 수가 없었다.

"……!!"

우웅. 촤아악.

'저… 럴 수가……!'

믿을 수 없는 광경이다.

장강의 수면 위. 그 위로 내려섰지만 가라앉지 않는다.

단단한 대지 위에 선 것처럼 물 위에 내려서는 모습은 이미 신기(神技)란 표현조차 무색하다. 그뿐인가. 서 있는 것이 다가 아니다. 출렁이는 수면 위를 한 발 한 발 걸어오기 시작했다.

턱.

수면을 걸어와 땅 위에 발을 내려놓는 그 소리가 모두의 가슴을 철렁 내려앉게 만든다.

이런 자는 없다.

그 누구에게서도 받지 못했던 느낌.

무당파 명경이나 소림 무공을 사용하던 백무한도 이자에 비하자면 아래일 듯하다.

이런 존재와 싸우려 했었다니.

그토록 키워왔던 전의가 회의감으로 변해 버릴 정도였다.

끼리리릭.

육극신의 출현.

전함, 검형으로부터 일곱 척의 소선이 내려왔다.

삼엄한 기운.

일곱 척 소선을 탄 비검맹 무인 삼십 명이 더해진다. 동룽의 앞마당, 비검맹의 지척에서 시끄럽게 군 것을 징벌하기라도 하겠다는 기세였다.

터벅. 터벅.

성큼성큼 내딛는 육극신의 발걸음에 얽혀 있던 무인들과 수적들이 우왕좌왕 밀려났다. 가는 걸음에 저절로 길이 열린다. 누가 그의 앞을 막을진가. 천천히 걷던 그가 한쪽에 얽혀 있는 성혈교 묵신단의 흑의 무인들에게 잠시 시선을 주었다.

터벅.

그대로 주변을 둘러보는 눈빛.

날카로운 눈매에 가늘게 잡힌 주름이 강자의 연륜을 엿보이게 한다.

깎아지른 듯 조각같이 뚜렷한 윤곽, 초로에 가까운 나이에 수염은 기르지 않았다. 무인들을 훑어가는 그의 시선.

비로소 청풍의 젊은 얼굴에 머물렀다.

"……!!"

감히 받아내기가 힘든 눈빛이다. 선악을 초월한 강함이 그의 눈 안에 있었다.

"백호검인가."

그의 입에서 대지를 긁는 진득한 목소리가 흘러나왔다.

청풍은 대답하지 않은 채 고개만을 끄덕였다.

크다.

그리고 강하다.

태산처럼 보여지는 육극신임에, 그가 커 보이면 커 보일수록 스스로는 더욱더 작아짐을 느꼈다. 이래서야 싸워보기도 전에 질 수밖에.

그때였다.

육극신의 기파는 그 괴이한 신장귀들에게마저도 강력한 영향을 미치고 있었는지.

신장귀 하나가 참을 수 없다는 듯 난데없이 땅을 박차고 육극신을 향해 날아들었다.

파라라락.

신장귀 쪽을 향해 고개를 돌린 육극신. 그의 입에서 짧은 한마디가 새어 나왔다.

"거치적거리는군."

그의 입꼬리가 살짝 올라간다.

보아라.

이것이 파검존이다.

파아아아!

육극신의 검이 뽑혀 나온다. 파검존. 그 자신의 검 역시 반으로 부러져 있는 파검(破劍)이다. 직선으로 뻗어진 일격. 그 검의 궤적에 맞닿은 공간이 격렬하게 요동쳤다. 몰아치는 경력, 그 안에 들어온 모든 것을 사정없이 비틀고 있었다.

콰직, 푸하아아아아악!!

부수어 터뜨렸다.

박살난 육신이 땅바닥에 흩뿌려질 때.

누군가의 낮은 침음성이 진한 여운을 남겼다.

"파검… 공진격……!"

경이와 공포가 함께하는 광경이다.

파검공진격.

장강 전체에 이름 높은 육극신의 절대무공을 말함이다.

태연하게 청풍을 돌아보는 육극신.

가볍게 쳐낸 일격으로 그 본신 실력을 만천하에 보여준 것이다.

"오라. 그리하여 그 검의 날카로움을 보이거라."

명령과도 같은 말이었다.

청풍은 자하진기를 있는 대로 전개하며 백호검을 들어 올렸다. 육극신의 출현이 가져다준 위압감도, 그의 무공이 보여준 충격도 모두 다 잊었다.

검, 땅, 그리고 사람.

육극신과 그 사이에는 오직 그것뿐이다.

그의 의지가 곧 자하진기가 되고 백호의 정기가 되어 그의 검끝에 머물렀다.

텅!

사부님의 죽음을 이 검으로 묻는다. 자하진기와 백호기. 금강호보와 금강탄. 백야참과 미지의 검결이 한데 뭉쳐져, 마침내 하나의 검무(劍舞)로 승화되었다.

백호무(白虎舞).

그 첫 번째.

백호출세(白虎出世)의 일초가 기나긴 세월의 시공을 격하여, 비로소 여기에 모습을 드러낸다. 백호검, 백색 광채 안에 승천하는 백호 문양이 선명한 빛을 발했다.

우우우웅.

백호검의 진정한 실체에 맞서 육극신의 파검이 움직이기 시작했다.

뻗어내는 공간에 일그러지는 경력. 파검공진격 일초 공진투(共震透)였다.

파아아아아앙!

두 검 사이에 격한 기(氣)의 소용돌이가 생겨났다.

금강호보, 앞으로 전진하는 청풍과 대력투형보, 대지를 가르는 육극신, 두 사람의 손에서 강력한 내력이 뻗어 나온다.

백호무 이초.

백호탐천(白虎貪天).

아래에서 위로 휘몰아치는 백광에 육극신의 파검이 만천(滿天)을 가르는 방어식(防禦式)을 만들었다.

대천마진벽(大天魔振壁) 일초, 개천진벽(開天振壁)이다.

뚫을 수 없다. 자하진기 오단공의 진결을 최대한 운용하고 있음에도 내공의 부족을 확연하게 느낀다.

믿을 수 없이 견고한 장벽이다.

완전한 방어. 그대로 서 있는 육극신의 일검은 그 자체로 무너지지 않는 철벽(鐵壁)이었다.

백호무 삼초.

백호금광(白虎金光).

쑥쑥 빨려 나가는 자하진기를 느꼈다. 검을 휘두르는 팔이 흘러드는 내력으로 인해 부서져 버릴 것 같다. 팔이 부서져도 내쏜다. 의지를 넘어선 무공의 흐름. 백호무의 진결은 이미 그가 제어할 수 없는 위치까지 와 있었다.

쿵.

대력투형보 일보가 큰 진각을 발했다.

파검을 뒤로 치켜들며 내리찍을 기세. 형용할 수 없는 폭발력이 깃들어 있다. 내려친다. 백호금광의 일 섬을 갈라내는 일격.

무적을 칭한다는 파검마탄포의 일초였다.

"안 돼!"

서영령의 경호성이 들려왔다.

파앙! 파아앙!

두 발의 이지선 소리.

청풍이 펼쳐 내는 진경들을 모조리 깨부수면서 나아가던 육극신의 파검마탄포가 멈추었다.

두 줄기 뛰쳐드는 백선에 육극신의 고개가 그쪽으로 돌아갔다.

'……!!'

고개만 돌린 것이 아니다. 파검의 방향도 바뀌고 있다.

파검마탄포를 전환하여 파검공진격으로.

일 대 일 비무를 방해하는 자에게 가해지는 죽음의 징벌이었다.

터엉!

청풍의 몸이 다급하게 뻗어나갔다.

온 힘을 다해서 몸을 날리는 청풍이다. 그녀가 날린 백강환이 파검공진격의 경력에 휩싸여 공중에서 맴돌다가 하얀 가루로 부서져 나가는 것이 보였다.

콰아아아아.

서영령의 앞을 아슬아슬하게 막아선 청풍이다.

무시무시한 위력, 청풍의 백호검이 격렬하게 흔들렸다.

파아아아아.

떨리는 검이 튕겨 나갈 것 같다. 요동치는 그 서슬에 기력이 들끓고 내력이 뒤엉켰다.

"쿨럭!"

청풍의 입에서 핏줄기가 뿜어졌다.

아찔해지는 정신. 하지만 몸을 추스를 여유 따위는 없었다. 육극신의 공격이 곧바로 이어지고 있었던 까닭이다.

우우웅.

곧게 겨누어진 파검의 끝에서 그 무공의 이름과 같은 공진음(空震音)이 울려 나왔다.

"막는다."

내상을 억누르고 자하진기를 끌어올려 물러서지 않는 의지를 담아냈다.

절대로 그녀를 건드리지 못하도록 하겠다.

공격할 길을 열어주지 않겠다는 기세로 버텨선 청풍, 한순간 뇌리를 스치는 기이한 느낌에 몸을 돌려 서영령 쪽을 바라보았다.

"설마……!"

그렇다.

잘못 알았다.

육극신의 무공은 이미 일반적인 상식을 벗어나 있다.

앞에서 막는다고 되는 것이 아니다.

공간을 뛰어넘어 흐르는 진기. 파검공진격의 기운이 청풍이 있는 곳을 건너뛴 채, 서영령의 바로 앞에서 발동하기 시작한 것이다.

"물러나!!"

청풍의 외침.

서영령도 불길한 낌새를 눈치 채며 백철선을 꺼내어 들었다.

육극신(陸克愼) 231

뒤로 물러서는 그녀.
파아아아아아.
하지만 늦었음인가.
한순간 덜컥 충격을 받고 뒤로 튕겨 나가는 서영령의 모습이 청풍의 두 눈에 무섭도록 아로새겨졌다.
"령!"
비무가 문제가 아니다.
뒤로 뛰어 서영령의 몸을 받아 들었다.
입가에 흐르는 핏물, 죽지는 않았지만 기식이 엄엄했다.
'왜 나서서……!'
그의 위기를 보고 출수한 결과다. 그의 목숨을 살리고자 이런 상처를 입다니, 안 되는 일이다. 그래서는 안 되는 일이었다.
"이지선. 백학선법. 서자강의 여식인가."
입을 여는 육극신의 오연한 모습이 거기에 있다.
그녀의 어깨를 잡아 든 채, 자책과 분노의 눈빛을 보이는 청풍. 육극신은 개의치 않고 서영령의 얼굴에만 시선을 주고 있었다.
"서자강, 숭무련이라면 다른 사람의 싸움에 끼어들라고는 배우지 않았을 텐데."
서영령의 무공과 출신을 알고 있는 듯하다.
어찌 된 일일까.
그런 그가 한 바퀴 주변을 둘러보고는 천천히 말을 이었다.
"신장귀. 성혈교. 서자강. 숭무련. 거기에 비검맹까지. 삼황(三荒)이 여기에 모여 무엇을 하자는 것인가."
그의 시선이 닿은 성혈교 묵신단 무인들이 움찔 뒤로 물러났다.

엄청난 존재감이다.

누구도 거역하지 못할 기파가 온몸에서 뭉클뭉클 솟아 나오고 있었다.

"백호검, 일 다경을 주마."

다시 청풍을 바라보는 육극신이다.

일 다경.

무슨 말인가. 청풍의 눈에 의아함이 깃들었다.

"서자강의 여식인지 몰랐다. 살리고 싶다면 어디 한번 도망쳐 보아라. 난 참을성이 그리 많지 않아. 그 정도 기회를 주었다면 서자강도 뭐라 하지는 못할 것이다."

서자강.

서영령의 아버지를 이야기하는 것.

살아날 기회를 주겠다고 말하고 있는 것이다.

"단, 일 다경 후에는 내가 직접 나서겠다. 다시 만나면······."

잠시 멈춘 그가 선언과도 같은 마지막 한마디를 내려놓았다.

"죽겠지."

육극신의 날카로운 얼굴에 냉정한 미소가 깃들었다.

"도망친다······!"

청풍의 얼굴에 복잡한 감정이 스쳐 갔다.

결국 그렇게 되는 것인가.

그의 눈이 대천진 사방을 훑었다.

성혈교 묵신단.

신장귀.

수적들.

백호검을 노리는 강호무인들.

그리고 새롭게 나타난 비검맹 무사들.

'도주(逃走)라니…….'

싸우고 장렬히 죽는다?

그 혼자라면 그럴 수 있다.

하지만 그녀는, 서영령은 어찌해야 하는가.

여기서 그녀가 죽기라도 한다면, 그것은 전적으로 청풍의 책임이다. 여기서 청풍 때문에 죽게 놔둘 수는 없다. 청풍 그 자신이 죽는 것은 두렵지 않았지만, 그녀가 죽는 것은 그야말로 두려울 수밖에 없었던 것이다.

치욕의 도주다.

다시 싸운다 하더라도, 그녀만큼은 안전한 곳에 데려다 놓아야 한다. 여기서 싸울 수는 없었다.

'일단 피한다.'

청풍은 결정을 내렸다.

육극신을 돌아보니, 정확히 일 다경을 재겠다는 듯 파검을 늘어뜨린 채 눈을 감고 있다. 모든 것을 마음 가는 대로 할 수 있는 자. 이자와 싸우는 것은 아직 이르다. 너무나 무모한 짓이었던 것이다.

텅!

서영령을 안아 든 채, 몸을 날렸다.

장강 하류 쪽. 동쪽으로.

남은 자들이 육극신의 눈치를 보았다. 쫓아가도 되는지를 가늠하고 있는 것이 틀림없었다.

그때였다.

타다다다닥.

비검맹 무사들이 먼저 달려나가며 청풍을 추격하기 시작했다.

일 다경을 주겠다는 것은 오직 육극신 본인에게만 국한된 이야기였던 듯하다. 비검맹이 먼저 추적에 나섰다면 다른 이들이 여기에 멈춰 있을 이유가 없었다.

성혈교 묵신단부터.

일제히 몸을 날리며 청풍의 뒤를 따랐다.

파검존 육극신보다 먼저 백호검을 빼앗아 멀리멀리 도망치려는, 그야말로 허황된 꿈을 꾸는 자들이었다.

텅! 터텅!

금강호보는 격한 보법이다.

흔들리는 서영령임에, 내상이 심해지고 있음을 한 몸처럼 느낀다.

따라잡히더라도 속도를 줄여야 할 마당, 내력을 끌어올리고 최대한 정신을 집중하여 달리는 신법에 안정감을 더할 수 있도록 애썼다.

'죽지 마.'

속으로 몇 번씩 되뇌이는 말이다.

죽어서는 절대로 안 된다.

갚을 것이 얼마인데.

받은 것이 얼마인데.

달리는 신형, 길 옆의 장강은 그의 다급한 마음을 알지도 못하는 듯 도도하게 흘러가고 있을 뿐이었다.

파파파파.

뒤에서 들려오는 파공음이 움직이는 그의 발을 더욱 빨리하게 만들었다.

'벌써……!'

따라잡히는가.

육극신은 아니다.

다른 자들.

그러나 서영령을 안은 상태로 어찌 싸울 텐가. 급박함에 고통도 잊었지만, 옆구리에 꽂힌 반 토막 검 또한 움직임을 더디게 하는 요인이다. 난감함이 물밀듯이 밀려왔다.

파팍. 쐐액.

삼엄한 공격. 성혈교도, 수적들도 아니다.

처음 보는 무공과 신법이다.

비검맹, 육극신과 함께 검형에서 내려왔던 자들이다.

'어찌해야…….'

몸을 숙이면서 다시금 땅을 박찼다.

위험하다.

공격을 막을 방도가 없다. 몸을 돌릴 수도 없는 지금, 이대로 등 뒤의 공격들을 피해내기에는 역부족이었다.

'호보. 금강탄. 백야참…….'

청풍의 두 눈에 기광이 스쳐 지나갔다.

돌아서지 않고, 뿌리친다.

자하진기를 끌어올리며 허리를 한번 튕겼다.

치리리링!

발검이란 것을 굳이 오른손으로만 해야 할 필요는 없다.

신체 어느 부위라도 검집을 흔들 수 있는 것이면 된다. 튀어나온 백호검 검자루가 청풍의 왼손에 감겨들었다.

퀴융!

팔을 뒤로 떨쳤다. 백호검 끝에 머무는 자하진기. 상궤를 벗어난 금강탄임에도, 자연스럽게 뻗어나간다. 펼치는 동작이 곧, 공격법. 백호무의 재현이었다.

쩌엉!

등에 눈이라도 달린 듯, 짓처오는 검을 비껴냈다. 감각이 극대화된다. 자하진기의 공능, 팔방 모든 방위에서 벌어지는 일들이 손바닥 위에 그려지듯 뚜렷하게 느껴지고 있다. 다시 한 번 쳐들어오는 검. 뒤로 뻗은 그대로 손목을 회전시켜 지척에 이른 검날을 쳐냈다.

터엉!

무리하게 펼쳐지는 동작임이 분명한데도, 별반 무리하는 것처럼 보이지 않는다.

놀라운 응용력이다.

육극신의 막강한 무공이. 이 급박한 상황이. 서영령을 걱정하는 마음이.

그를 둘러싼 모든 것이 그의 진화를 촉발시키고 있는 것이었다.

쩡! 쩌쩡!

이제껏 어느 때보다 발전된 모습을 보여주고 있다지만, 한 사람을 품에 안은 채 이 많은 자들의 추격을 뿌리치는 것은 역시나 쉽지 않았다.

하나둘, 옆으로 따라붙는 자들.

강변에 펼쳐진 수림길을 지나, 바람을 타고 흐르는 갈대밭에 접어들었다.

어렵다.

옆으로 뒤로 따라붙는 자들이 점점 많아진다.

싸워서 베어 넘기지 않으면 안 될 만큼, 도주의 한계점에 이르고 있었다.

'안 되는가……!'

검을 잡은 왼손에 힘을 더하고, 마침내 땅을 박차 몸을 돌릴 때였다.

사사사사삭!

다섯 방향.

갈대밭이 갈라지고 있다.

빠르게 모여드는 신법. 이 은밀하고도 짙은 매화 향.

암향표.

그들이다. 왼쪽 어깨에 검 문양, 그토록 그를 쫓아오던 정검대 검사들이었다.

'여기서까지……!'

청풍의 앞에서 검을 뽑아 드는 자들.

뒤에는 추격해 오던 자들이 난데없는 이 일에 멈칫 경공들을 멈추었다.

"도주라니. 화산 제자로서 실격이다."

냉혹한 목소리.

역시나 집법원 정검대다.

휙 검을 휘두르는 예기에 갈대 잎이 잘려 나가 너울너울 흩날렸다.

"즉참을 해야 옳겠지."

검을 치켜드는 선두의 검사.

그가 청풍을 향해 몸을 날렸다.

어쩔 수 없이 백호검을 고쳐 드는 청풍.

하지만.

"……!!"

파아아아.

그대로 스쳐 지나간다.

청풍을 지나쳐 검을 휘두르는 집법원 정검대.

이어, 나머지 네 명의 검사 역시 흔들리는 갈대밭을 갈라 청풍의 뒤쪽으로 달려간다.

"어서 가라!"

차창! 차차차창!

화산파 검법절기가 화려하게 피어난다.

기적과도 같은 놀라움이다.

집법원 정검대.

선두의 외침. 그것이 청풍의 가슴을 뜨겁게 만들었다.

"여기는 우리가 막아주마! 대신, 마지막으로 말하겠다. 그것. 산으로 가져가라."

알 수 없는 신뢰다.

적들에게 줄 바에는 청풍에게 맡기겠다?

그 의도야 어떻든, 이 순간의 교차는 청풍에게 있어 전율일 수밖에 없다.

그렇게나 마음을 압박하던 자들이 막강한 조력자가 되어 그의 앞길을 열어주고 있는 광경.

검을 맞대고 추격과 도주를 거듭했지만 결국 한 산의 사람들, 그래도 청풍에겐 어떻게든 화산(華山)이 함께하고 있었던 것이다.

"어서!"

다시금 외치는 자.

물에 빠지기를 두 번이나 했던 정검대 검사다.

교차하는 눈빛들.

재촉하는 그의 얼굴에 청풍이 그 눈 가득 고마움을 담았다.

터텅!

달려가는 청풍의 뒤로.

추격자들을 압도하는 화산절기다.

다섯 명이 하나하나가 일당백의 고수들.

청풍, 그의 발에 정검대 검사들이 전해주기라도 한 듯 무한한 힘이 들어가고 있었다.

산등성이 하나를 넘어, 적들과의 거리를 한껏 벌려놓았다.

한참이나 달리던 청풍.

파파팍.

난감한 표정을 지으며 신법을 멈추었다.

'이런……!'

그가 멈춘 것은 힘이 다했기 때문도, 추격자들이 따라붙었기 때문도 아니었다.

다름 아닌 서영령의 상세 때문이다.

심하게 움직이고 있었으니 내상이 더욱더 악화되고 있었던 모양이다.

백지장같이 하얀 얼굴, 말라서 갈라진 입술에 당장이라도 숨이 멎을 것같이 가늘고도 가쁜 숨을 몰아쉬고 있었다.

'안 돼……!'

부드러운 풀밭에 서영령을 내려놓았다.

급하게 뒤를 돌아본 청풍. 추격자들이 올 때까지 얼마나 걸릴지.

모른다.

살리는 것이 먼저다.

명문혈을 찾아 자하진기를 조심스럽게 불어넣으면서 그녀의 기혈을 점검했다.

'큰일이다……!'

위중하기 짝이 없는 상세다.

이미 몇 군데 혈도가 완전히 막혀 있고, 심맥까지도 손상을 입었다.

한줄기 단전을 관통하는 진기가 용케 목숨을 부지하고 있었지만, 그것도 언제 끊길지는 알 수가 없었다.

'천지일기공인가…….'

천지일기공.

그녀가 지닌 내공심법의 이름이다.

미약하게 이어지고 있는 그것이 없었다면 그야말로 큰일이 났을 터.

가늘고도 가는 생명을 그 진기가 이어나가고 있다 해도 과언이 아니었다.

'이것을…….'

그렇게 중요한 만큼, 어떻게 건드려야 할지 조심스럽기만 하다.

자하진기와 상충하여 더 사태를 악화시키기라도 한다면 어쩌는가.

고민이 될 수밖에 없었다.

'위험해. 위험해…….'

그녀라면 어떻게 했을까.

그녀라면.

아마도 늦기 전에 수를 냈을 것이다.

그것이 돌이킬 수 없는 결과를 불러온다 할지라도. 이미 최악의 상태다. 더 나빠질 일도 없는 상황, 그녀였다면 할 수 있는 모든 것을 하고 보았을 것이다.

'그래. 일단, 혈도부터 타통시키고 보자.'

끌어올린 자하진기를 아낌없이 불어넣었다.

천지일기공이 제 힘을 찾을 수 있도록.

흘러드는 자하진기가 명문혈을 타고서 움직인다. 음양조화, 무상(無上)의 자연기(自然氣)가 서서히 단전으로 모여들어 갔다.

'받아들여라.'

염원하는 마음.

되뇌이며 불어넣는 진기다.

하지만 천지일기공은 까다롭기만 했다.

새로이 들어오는 외기(外氣)를 견제하기라도 하는 것처럼, 쉽게 그 합일(合一)을 허락하지 않는다.

부딪치고 엉키기를 수차례.

청풍의 얼굴에 굵은 땀방울이 맺혔다.

'제발……!'

어느 순간.

청풍의 자하진기를 탐색하듯이 움직이던 천지일기공이, 이윽고 자하진기 속에 깃든 동질의 기(氣)를 찾아낸다.

같은 기운이다. 하얗고 단단한 진기. 두 사람 모두 가지고 있는 기운, 백호기를 만난 것이었다.

'된다!'

똑같은 기운, 백호기를 접점으로 하여 마침내 자하진기와 천지일기공이 섞여들기 시작했다. 천천히 단전을 채워가며 일주천을 시도하는 진기다. 나아가는 진기에 막힌 혈도들이 조금씩 열려져 나갔다.

울컥.

서영령의 입에서 검게 죽은 피가 흘러나왔다.

창백한 얼굴에 혈색이 돌아오고 있다. 위험한 고비는 넘긴 것이다.

"휴우……."

땀을 닦아내며 몸을 일으켰다.

기진맥진이다.

고비는 넘겼지만 앞으로도 계속된 운기가 뒤따라 줘야 한다.

자하진기를 새롭게 일으키며 내력을 보충하고 있을 때다.

확 끼쳐 드는 기운.

터벅.

들려오는 발소리가 청풍의 가슴을 철렁 내려앉게 만들었다.

"고작. 이만큼 왔는가."

청풍의 얼굴이 크게 굳어졌다.

그가 돌아본 곳.

서영령의 내상을 돌보는 데 걸린 시간이 생각보다 길었던 모양이다.

정검대가 나서준 것이 무색하게도.

결국 이렇게 잡히고 마는가.

물 위를 걸을 만큼의 신법.

확실히 그 누구도 따라오지 못할 속도를 보였으리라.

처음부터 예정되었던 일인지. 어쩌면 파검존 육극신은 그저 명목상으로만 시간을 준 것이었는지도 몰랐다.

"다시 오라. 아직 그 검의 날카로움을 보지 못했다."

오연한 얼굴.

육극신의 눈은 만인의 위에 올라선 군림자의 눈이다.

이제는 정말 끝이다.

"그녀는, 죽이지 마시오."

백호검 검자루에 손을 올리며 단호한 한마디를 남겼다.

곧바로 쳐다보는 젊은 범의 눈빛에 육극신의 입가가 다시 한 번 올라갔다.

"그런 것을 이야기할 입장이었던가."

통하지 않는다.

이자는, 모든 것을 내키는 대로 하는 자다. 세상천지에 거칠 것 없이 살아온 무적자의 기도가 그의 온몸에 넘쳐흐르고 있었다.

"죽인다고 했으면. 죽인다."

무서운 자.

집법원 정검대 검사들이라도 무사해야 할 텐데.

이 육극신이 그냥 지나쳐 왔기만을 기원할 수밖에.

그도, 그녀도.

여기서 죽을 운명인 것 같다.

사활을 건 마지막 싸움인 것이다.

'그래도.'

오른발을 앞으로.

몸을 슬쩍 숙이고 뒤에 둔 왼발에 강력한 탄력을 모은다.

'싸워야지.'

죽더라도, 긍지로서 죽는다.

이길 수 없더라도 백호검주, 아니, 사부님의 제자로서 장대한 모습을 보여주어야 하지 않겠는가.

그의 마음이 의지가 되고, 진기가 되어 뽑히지 않은 검끝에 머물렀다.

스릉.

치켜드는 파검. 가볍게 뻗어내는 파검공진격에 청풍의 백호무가 큰 한 발을 밟았다.

터어어어엉!

강력한 진각, 아직도 검은 뽑히지 않는다.

공진격의 소용돌이에 이르러 금강탄 백광이 백호무의 첫 일격을 발한다. 일그러지는 공기, 청풍의 검격에 무지막지한 충돌음을 울렸다.

콰아아아앙!

청풍의 도복이 제멋대로 찢겨 나갔다. 날카로운 검에 베인 듯 온몸에 새겨지는 상처, 그럼에도 전진한다. 상처 입은 범의 마지막 몸부림이었다.

화악. 웅웅웅웅.

청풍의 백호검이 커다란 검명(劍鳴)을 울렸다.

백호무.

백호천후(白虎天吼).

무아지경으로 떨쳐 내는 검격에 휘몰아치는 금기가 눈에 보일 듯한 백색 기운을 만들어냈다.

쾅! 콰콰콰콰콰.

흩어낸다.

파검마탄포다.

왼손을 앞으로 내뻗고, 오른손으로 몰아치는 파검포(破劍砲)에 회심의 일격이 무산되고 있는 것이다.

꽈앙! 터어엉.

튕겨 나가 비척비척 몸을 가누는 청풍이다.

또다시 울컥 뿜어낸 핏덩이가 제법 크다. 중한 내상, 단숨에 나버린 승부였다.

비틀.

흔들리는 몸을 억지로 세우며 가슴을 폈다. 죽는다. 이번에는 진정 끝이었다.

절망에 빠져드는 그의 눈.

그때.

바로 그 순간을 기억한다.

"아니지. 그래도 끝까지 해봐야 되는 것이다."

이 목소리.

청풍의 고개가 확 돌아갔다.

다가온다. 백의에 백관. 긴 머리.

을지백, 을지백이 거기에 있었다.

"하지만… 그 꼴로는 무리겠군."

웃음을 보이는 을지백.

그가 청풍에게 손을 내밀었다.

"백호검을 넘겨라."

홀린 것처럼 백호검을 건넨다.

부드럽게 움직이는 백호검, 을지백이 쥔 그것은 그제야 제 주인을 찾아가기라도 한 듯 진중한 울림을 울렸다.

"백호무까지 뽑아냈더군. 잘했다. 가르치길 잘했어."

귀를 의심토록 만드는 말.

을지백의 얼굴, 다시 볼 수 있을까.

불안한 예감이 청풍의 머리 속을 스치고 지나갔다.

"무당파, 청안의 명왕공을 기억하라. 그와 같은 자가 곧 모든 검[萬劍]의 사랑을 받는 자, 만검지련자(萬劍之戀者)다. 만검(萬劍)에 기꺼운 존재가 되어라. 그와 같은 경지에 오른다면, 이자도 이길 수 있을 것이다."

백호검을 비껴들고, 파검존을 향해 움직인다.

이제 청풍에게 보이는 것은 오직 을지백의 뒷모습뿐.

"가거라. 남쪽, 구자산에 청룡이 있다. 청룡검을 얻는 것이야."

을지백의 목소리엔 거역할 수 없는 위엄이 담겨 있었다.

정신이 혼미해지는 느낌.

서영령을 들쳐 안고, 달리기 시작했다.

내상으로 인해 온몸에 들끓는 진기가 눈앞이 캄캄해질 만큼의 고통을 선사하고 있었다.

'을지백. 을지… 사부……'

울컥 넘어오는 것은 진기의 역류가 만들어낸 핏덩이만이 아니다.

많은 것을 가르쳐 주고, 많은 것을 준 을지백.

그는 또 한 명의 사부에 다름이 아니었다.

이렇게 다시 만났더니, 이렇게 멀어진다. 육극신에 맞서는 을지백, 과연 괜찮을 것인가.

알 수 없다.

육극신은 강하다. 이렇게 등을 보이고 도망쳐야 할 만큼.

또 볼 수 있기를. 그가 원한 진경을, 그가 원한 모습을 보여줄 수 있기를.

언젠가.

그가 말한 만검지련자(萬劍之戀者)로서 진정한 검사의 힘을 갖추기를 새기고 또 새겨둘 뿐이었다.

■제7장■
재기(再起)

사방신검의 이름이 강호에 알려지던 때를 기점으로 하여 잊혀졌던 신병이기들이 속속 그 모습을 드러내기 시작한다.

명부마도 명왕지검이라는 흑암이 세상에 나왔고.

무적신병이라는 금마광륜이 출현하였으며.

사방신검 이외에 세외사신병(世外四神兵)이라는 기병(奇兵)들도 하나씩 나타나게 된다.

제천검에서 양영귀까지.

사패 시절의 전설적인 장인, 도철이 제작하였던 일곱 기병의 전설들도 다시금 강호사를 장식하고, 그의 유작이던 미완(未完)의 태검(太劍)이 파천(破天)의 의지 위에서 천하를 내달린다.

병장기의 강철 날은 신기(神器)가 아닐지언정 제 주인의 신기(神技) 아래 그 이름을 빛내니, 때는 영웅 속출의 난세라…….

화산에는 질풍검이 있고 무당에는 마검이 있으니, 소림에는 신권이 있어 구파의 영명을 드높인다. 육가에는 잠룡인 파천과 오호도가 있고, 낭인들에는 그들만의 왕이 있어 천지에 각자의 힘을 뽐내도다. 겁난의 시대에 장강에서 교룡이 승천하니, 법술의 환신이 하늘을 날고, 광륜의 주인이 지상을 배회하며, 천룡의 의지와 살문의 유업이 강호를 누빈다.

천하 열 명의 제천이, 도래하는 팔황에 맞서 십익의 날개를 드높이고…….

구주가 좁다한들, 대지는 끝없이 펼쳤구나.

한백무림서 초안.
강호난세사 中에서.

재기(再起)

죽은 듯 늘어져 있는 서영령을 안아 들고 정신없이 달려간 길이다.

뉘엿뉘엿 저무는 해가 서쪽 지평선에 걸려갈 때다. 지쳐 버린 몸을 가누지 못하고 비틀거리다가, 겨우겨우 서영령을 땅에 눕히고는 땅으로 쓰러지고 말았다.

"하아……."

하늘을 보고 누운 그다. 얇게 펼쳐지는 붉은 노을이 핏빛처럼 쏟아지는 것을 느끼며 자책의 한숨을 내쉬었다.

'몰랐다. 그 정도로 강할 줄은…….'

굉장한 고수일 것이라고는 예상했었지만, 그 정도일 거라고는 미처 생각하지 못했다. 상상을 넘어선 강함이다. 상대의 실력을 정확하게 알지 못하고, 자신의 실력조차 제대로 가늠하지 못했다.

충분히 할 수 있는 실수다.

와호장룡이라, 세상에는 미처 알지 못한 고수들이 수두룩한 법이니까.

문제는 다른 것이 아니다. 안일했던 사고방식이 가장 큰 실책이었다.

그 정도 고수라면 예와 법도를 지녀, 대화가 가능할 것으로만 생각했다. 악양루 앞에서도 그렇지 않았던가. 철기맹의 탁무양이라는 자와 화산파에는 그토록 깊은 골이 있음에도 서로를 입증하는 대화를 벌임으로써 무력 충돌이 빚어지지 않았었다.

고수에 걸맞는 성품.

육극신도 그처럼 말이 통할 수 있을 상대라고 무작정 믿어버린 청풍이다. 대화를 먼저 하고, 검을 겨루는 것은 그 다음일 것이라 생각했던 것이다.

하지만 아니었다.

세상 모든 사람들의 면면이 다르듯, 성품도 다른 법인 것을.

육극신은 나타남과 동시에 실력 행사에 들어갔고, 마주쳐 검을 뽑지 않을 수 없게 만들었다.

피 튀기는 싸움을 즐겁게 생각하고, 검을 겨루는 것에 기쁨을 느끼는 자다.

그런 자를 본 적이 없기에 그런 품성을 지닌 자가 있다는 사실도 몰랐다. 아니, 알고 있었더라도 간과했을 것이다. 한창 무공이 늘어가고 있었던 때이기에 어떤 상대라도 해볼 만하다 느끼고 있었기에.

'결국…….'

무지(無知)가 가져오는 폐해는 그와 같다.

무공에 빠져 주변을 둘러보지 못했다. 장현걸에 이어 서영령까지 끊임없는 경고를 발했음에도 대수롭지 않게 생각했다. 백호의 용맹에 휩쓸려 무모함까지 나아가 버린 결과였다.

'이럴 때가 아니야.'

상념에 시간을 소비할 때가 아니었다.

육극신의 일격에 심해진 내상을 회복시키고, 다시금 안전한 곳으로 서영령을 피신시켜야 할 때다.

어렵사리 몸을 일으켰다.

아직도 옆구리에 반 토막 난 검이 박혀 있는 것을 발견하고 얼굴을 찌푸렸다. 고통조차 느끼지 못했을 정도로 급박했던 상황이라는 것을 다시금 깨닫게 해주었다.

'아직 뽑아서는 안 된다.'

이만큼 움직인 것도 기적이다. 어떻게 맞물려 박힌 것인지는 모르지만, 다행히도 출혈이 심한 것 같지는 않았다.

'내력을……'

자하진기의 구결을 외우면서 내력을 끌어올렸다. 하지만 워낙에 망가진 몸이어서 그런지 모여드는 진기의 양이 시원치 않다. 기혈이 뒤엉켜 가슴이 꽉 막혀왔다.

'어서 회복해야 하는데…….'

조급한 마음이다.

정검대 검사들이 적들을 막아주고 을지백이 육극신을 잡아놓았다지만, 결코 위험이 사라진 것은 아니었다. 더욱이 기력이 쇠진하여 힘을 쓸 수 없는 지금, 다시 한 번 추격자들이 따라붙는다면 그야말로 죽음을 당할 수밖에 없는 것이었다.

'검까지 없으니…….'

재기(再起) 253

검.

백호검.

백호검까지 없는 상황이다. 또 그러고 보면 백호검도 없는 마당에 적들이 예까지 쫓아올까 하는 생각도 든다. 모든 것의 시작은 백호검, 분명 청풍에겐 그들이 찾아올 만한 구실이 더 이상 남아 있지 않았다.

털썩.

다리에 힘이 풀린다.

그리된 것, 서영령에게 다가가 그녀의 상세를 살폈다.

아주 약간 더 화색이 돌고 있는 그녀. 천지일기공이 청풍의 자하진기를 받아들여 제 주인의 신체를 되살리고 있는 모양이었다.

'괜찮아야 할 텐데.'

청풍의 내상도 심하지만, 그녀의 내상은 더 심하다. 지금 당장 좋아지고 있다고 해도 미약한 수준, 회복되려면 아직 멀었다. 행여나 악화되기라도 한다면 이제는 되돌릴 만한 능력이 없다. 조금이라도 힘을 보태줘야 할 때였다.

'내 내력이라도……'

없는 진기를 끌어올려 손끝에 담았다.

명문혈을 짚고 내력을 쥐어짜 낸다. 청풍 자신의 몸을 돌보지 않더라도 그녀만큼은 살려내겠다는 굳은 의지였다.

"후우……."

얼마나 지났을까.

서영령의 코에서 깊은 날숨이 새어 나왔다.

흡기와 호기가 제자리를 찾아간다는 증거다. 안정을 찾아가는 천지일기공. 이대로만 된다면 어느 정도 안심이라 할 수 있었다.

울컥.

서영령이 좋아진 만큼.

청풍은 얼마 남아 있지 않던 기운마저 모두 소진해 버렸다. 이제는 될 대로 되라는 마음. 누가 와도 그에게는 줄 것이 없다. 제 몸뚱어리 하나밖에 없는 그에게 무엇을 바랄 것인가. 백호검이 없다면 그에게 볼일이 있을 턱이 없다.

하지만.

여기서도 청풍은 잘못 생각했다.

백호검이 없이도 그들에게 볼일이 있는 자가 남아 있었던 것이다.

촤아아악.

"이 등 터진 자라 같은 연놈들. 잘 만났다, 뒈질 것들아."

장강 강변.

물길을 따라 내려오는 세 척의 쾌속선이 있다.

지저분한 입심을 자랑하며 붕대 감은 몸을 뻣뻣하게 내세운 자. 다름 아닌 방조교다. 결정적인 순간에 죽음의 위협으로 나타났다. 이 또한 예측하지 못했던 악운이었다.

"내 이쯤까지 왔겠다 싶었지. 이 장강 물길에선 내 손바닥을 피하지 못해!"

기세등등한 방조교의 목소리 위에 청풍과 서영령을 끊임없이 살피고 있는 작은 두 눈이 있다. 저항이 어려운 상태라는 것을 눈치 챈 듯, 만면에 만족 어린 웃음을 짓는다. 빠르게 강변으로 다가와 수적들을 뭍으로 올리고는 큰 소리로 외쳤다.

"잡아라!"

난감하다.

수적들.

차라리 무공이 뛰어난 강호의 무인들이라면.

이와 같은 오합지졸에게 당한다면 그와 같은 수치가 어디 있을까. 그럴 수는 없다. 이렇게 개죽음을 당할 수는 없는 것이다.

"하압!"

달려오며 작살을 휘두르는 수적에 맞서 탄탄하게 다져진 금강호보를 밟았다.

내력이 없어도 뛰어난 형(形)이 있고, 힘이 실리지 않아도 날카로운 감각이 있다. 금강호보에 이어지는 것은 태을미리장이다. 곧게 나아간 태을미리장에 얻어맞은 수적이 '컥' 소리를 내면서 앞으로 꼬꾸라졌다.

쐐액!

수창(水槍)을 찔러오는 수적을 맞이하여 땅을 박찬 청풍이다. 부드럽게 몸을 꺾으며 각법을 발출한다. 휘어 치는 일격, 창을 놓치고 엉덩방아를 찧었다.

"오라!!"

크게 외치는 청풍의 일갈은 내력이 제대로 담겨 있지 않음에도 온 강변을 울리며 달려드는 수적들을 주춤하게 만들었다.

지닌 바 힘이 아니라, 의지로 만들어내는 기세다.

내력과 무공이 얼마만큼인가는 중요한 것이 아니다. 청풍이 발하는 기세가 곧 강력한 무력이 되어 강력한 기파를 일으키고 있었다.

"저, 저."

끊임없이 눈치를 살피던 방조교가 눈살을 찌푸렸다.

삼교채와 대천진에서 보여준 청풍의 실력이라면 감당할 수 없음을 잘 알고 있는 방조교다. 부상 정도를 계산하고서 겁없이 덤벼든 것인데 의외로 강한 기세를 뿜어내고 있다. 눈동자를 굴리던 방조교, 그의 눈이 한순간 한쪽에 쓰러진 서영령에게 닿았다.

"계집! 계집을 먼저 잡아라! 달려들면 죽여 버려!"

청풍의 안색이 굳었다.

치사하기 짝이 없는 명령. 제아무리 수적들일지라도 이 명령만큼은 꺼려지는지 곧바로 움직이질 않는다. 그러자 방조교가 또 한 번 욕설을 내뱉으며 배를 박차고 뒤뚱뒤뚱 달려나왔다.

"빨리! 저 회 쳐 먹을 연놈들을!"

몇몇 놈이 결국 서영령을 향해 달려가기 시작한다. 청풍에게 뛰어드는 것보다는 그녀 쪽이 쉽다고 생각한 것인지. 비겁하기 그지없는 수작. 몸을 날리는 청풍의 눈에서 불같은 분노가 타올랐다.

파팡!

달려간 청풍이 그녀의 앞을 막아서며 일장을 날렸다.

흐르는 내력이 원활하지는 않았지만, 온몸에서 뿜어내는 기백으로 힘의 부족을 메꾸었다. 결코 비켜줄 수 없다. 그녀를 건드리는 것은 절대로 안 되는 것이다.

퍼억! 파앙!

초식도 투로도 제대로 따르지 않는 병장기들이지만 수적들의 거친 외모만큼 찔러오는 기세가 사납기 그지없다. 맨손 박투로 상대해야 하니 효과적인 거리를 잡는 것이 먼저다. 서슬 퍼런 창날을 비껴내며 적들의 품 안으로 몸을 날렸다.

위잉! 쐐애액!

귓전을 스치는 소리들이 선명했다.

내공과는 별개로 곤두선 감각이 적들의 사각을 찾고 허점을 발견한다. 쫓기고 도망치는 나날이었을지언정 언제나 생사를 건 느낌으로 싸워왔으니 공격에 대한 반응만큼은 최고조에 이르러 있었다.

짧은 시간이나마 육극신이라는 절대고수의 무공을 체험했던 청풍이다. 그에 비해 수적들의 공격은 지나치게 느리고 단조롭다. 몸만 정상이었다면 순식간에 끝낼 수 있었으리라.

"큭!"

하지만.

기백이 아무리 뛰어나다 해도, 힘이 부족한 것은 어쩔 수 없었다.

어느 정도 크게 보일 수는 있으나 거기까지다.

점차 파탄을 드러내는 동작, 태을미리장이란 본디 화산에서도 절기로 치는 굉장한 상승무공인 바, 자하진기를 운용하지 않고서는 그 묘용을 제대로 살리기 힘들기 때문이었다. 초식의 정묘함으로 버텨보았지만 그것도 점차 한계에 달하고 있었다.

"저놈! 힘이 다 빠졌다. 허세일 뿐이야! 축 늘어진 오적어(烏賊漁) 꼴을 하고서, 힘센 교어인 척하지만 안 통한다. 어서 쓰러뜨려라!"

방조교의 눈치는 실로 알아줄 만한 수준이었다.

청풍의 기력이 떨어지고 있다는 것을 알아채고 수적들을 독려한다.

거듭되는 위기.

적들의 공격이 더욱더 거세지고 있었다.

퍼억!

마침내 휘둘러진 수창(水槍) 자루에 일격을 얻어맞고 말았다.

날을 피했으니 망정이지, 제대로 찔렸다면 큰 상처를 입었을 것이다. 휘청 흔들리는 청풍의 몸 위로 적들의 공격이 쏟아져 내렸다.

'위험하다.'

땅에 닿을 듯 허리를 꺾고 손으로 땅을 치며 몸을 회전시켰다.

몇 줄기 공세가 아슬아슬하게 눈앞을 스치고 지나간다. 믿는 것은 오직 생사를 건 실전으로 갖추게 된 날카로운 감각밖에 없었다.

엉키고 후려치는 가운데에 청풍이 다시금 신형을 곧추세웠다.

나아가려는 일보.

순간적으로 금강호보 대신에 다른 보법이 나갔다.

어찌 된 일일까.

의아함을 느낄 겨를도 없이 적의 무기들을 타 넘고, 빠르게 삼 권(三拳)을 내쳤다.

'화형권?!'

퍼퍼퍽!

정확하게 격중시켜 수적 하나를 쓰러뜨려 놓았다.

얼마 만에 펼치는 화형권인가. 그러고 보면 보법도 화형권에 상응하는 화형보다. 태을미리장을 연성한 이후 한 번도 시전해 보지 않았던 화형권이나 이 순간 뻗어 친 권격은 너무도 시의적절하여 그 하나만으로 상승무공의 위력을 보여주었다.

'갈라진다?'

합쳐져 있다가 분열되는 태을미리장이다.

내력이 모자란 만큼.

소모가 덜한 수법으로 자연히 변화된다. 의도한 바를 넘어서 꿈틀꿈틀 그 자체로 살아 움직이는 무공이었다.

퍼퍽!

이번에는 이형권이다.

재기(再起) 259

긴 작살을 찔러오는 수적의 옆을 돌아 짧은 일 타를 박아 넣었다. 허리를 꺾으며 넘어지는 수적, 금강호보 대신에 이형보다. 이어지는 비형권이 허공을 갈랐다.

빠악!

어렵게 태을미리장의 구결을 따라가는 것보다 훨씬 더 부드럽게 움직이고 있으니, 펼치는 스스로도 신기하게 느껴질 정도다. 주먹에 느껴지는 충격이 시원했다.

태을미리장에서 화형권, 이형권, 비형권으로.

발을 내딛는 그의 몸속에 미처 감지하지 못했던 미약한 진기가 느껴졌다.

'다시……!'

마침내 솟아나기 시작하는 것.

자하진기다.

석양이 곱게 물드는 저녁이라서일까.

신비로운 움직임이다.

아낌없이 퍼부어주고도 어느새 기력을 되살려 나가는 자하진기, 청풍의 무공이 또 한 번의 전환점을 겪고 있는 것이었다.

빠악! 우직!

이형권, 바깥쪽으로 휘두르는 이권에 수창의 장대가 분질러져 날아갔다.

팔목에 시큰거리는 통증이 찾아왔지만 참지 못할 정도는 아니었다. 백호검이 없어도 그는 약하지 않다는 것, 아니, 백호검이 없으니 비로소 더욱더 자유롭게 살아나는 무공이었다.

"합!"

청풍의 주먹이 수적 하나의 다리를 부숴놓았다.

더 이상 위태롭지 않은 움직임이다. 점차 기세를 올려간다.

달려드는 수적들이 하나하나 튕겨져 나가고 있었다.

"이, 무슨!!"

방조교의 눈이 휘둥그레하게 커졌다.

하얗게 질려가던 방조교의 얼굴, 그가 땅을 박차며 미친 듯 소리를 질렀다.

"여자를 잡아! 여자를!"

수적들도 이제는 사태가 심각해지고 있는 것을 깨달은 모양이다.

금방이라도 쓰러질 듯 비틀대던 청풍이 한순간에 난공불락의 고수로 변모하는 것을 보면서 위기감을 느꼈을 터, 체면이고 뭐고 내팽개친 채 일제히 서영령을 향하여 달려드니 빠르게 움직이던 청풍의 신형도 더욱더 다급한 기색을 띠어나갔다.

뻐억! 퍼벅!

청풍의 손속이 점점 더 거칠어졌다.

하나둘, 쓰러지는 수적들.

뻗어내는 권형이 급박하고 움직이는 신형이 불안정한 듯 보이지만, 위력만큼은 어떤 권사의 권법에 못지않다. 일 타 일격, 화산권각술의 기본형을 나름대로 완벽하게 구사하고 있는 것이다.

팡!

마침내.

삼십에 달하던 수적들이 거의 다 쓰러지고, 서 있는 자들도 공격을 멈추었을 때.

청풍은 결국 절체절명의 위기를 그 두 눈 앞에 마주하고 만다.

"크헤헤헤헤. 잡았다."

주저앉아 서영령의 목에 소도를 겨누고 회심의 웃음소리를 발하는 방조교다.

"한 발짝만 더 오면 이 계집을 죽여 버리겠어."

실책이라기보다는 어쩔 수 없는 상황이다.

이만큼이나마 막아내고 쓰러뜨린 것만으로도 기적이다.

제때에 드러난 화산 무공이 아니었다면 불가능했으리라.

"어! 이놈, 다가오지 말랬지!"

서영령의 목에 댄 소도가 떨리고 있다.

겁을 내면서도 끝까지 비겁한 행동을 보여주는 방조교다. 청풍의 발이 멈칫 그 자리에 서고, 그의 눈동자가 가늘게 흔들렸다.

"……"

더럽고 지저분한 술수를 쓰는 만큼 무슨 짓을 저지를지 모르는 자였다.

차라리 보통의 강호무인들이라면 도의(道義)라도 들먹여 보겠지만, 이자에게 그런 것이 통할 리가 없다. 인의없는 자에게 무엇을 바랄까. 절망적이라고밖에 표현할 수 없었다.

"저 뒈질 놈을 잡아라! 잡아서 무릎을 꿇게 만들어!"

서 있는 수적 세 명에게 고래고래 소리를 지른다.

주춤주춤 다가오는 수적들.

분노로 가득한 청풍의 눈빛에, 방조교가 그녀의 목을 험악하게 추켜올렸다. 목에 닿은 소도에 붉은 노을빛이 비쳐 눈을 아리게 만들었다.

"움직이지 말라니까!"

주먹을 꽉 쥐는 청풍이다. 소도가 닿은 서영령의 목에서 붉은 핏물이 가늘게 비쳐 나왔다.

쾌악!

청풍이 움직이지 못한다는 것을 확실하게 알아챈 수적들이 다가와 청풍의 팔과 어깨를 잡았다.

눈을 한번 감았다 뜨는 청풍이다.

서영령까지의 거리, 목에 겨누어지는 소도, 옆에 붙은 수적들.

뛰쳐나가 소도를 쳐내고 방조교를 쓰러뜨리기까지.

가능할 것인가.

내력이 완전하다면.

한순간의 틈이라도 찾아낼 수 있다면.

퍽!

수적 하나가 청풍의 다리를 차며 욕지거리를 내뱉었다. 휘청 몸이 꺾였지만 청풍의 눈은 공격할 수 있는 방도를 가늠하고 달려들 순간을 포착하기 위하여 끊임없이 빛나고 있다. 아직 포기할 수는 없는 것이다.

'앞으로 한 발짝. 폭발력이라면 누가 뭐래도 금강호보다. 그 다음은 세 권법 중 가장 빠른 비형권으로 나아간다.'

생각을 정리했다.

그러나.

방조교는 그 눈치만큼 조심성도 대단했다.

청풍의 이글거리는 눈빛에 서영령을 질질 끌다시피 하고 뒤로 물러난다. 일 보, 이 보. 거리가 멀어지고 있었다.

'안 돼.'

이렇게 되면 안 된다.

틈이 있어도 불가능한 거리였다.

그때였다.

청풍의 귀로 익숙한 파공음이 들려온 것은.

파앙! 파앙! 파아앙!

탄법. 공기를 가르는 소리.

갈대들이 우거진 옆쪽으로부터 두 줄기의 흑선(黑線)이 날아온다. 일순간 느릿느릿 느껴지는 시간 속에서, 청풍의 몸이 본능처럼 앞으로 튕겨 나갔다.

'지금!!'

남은 내력을 모조리 끌어올려 앞으로 전진했다.

땅을 밟는 감촉, 얼굴에 부딪쳐 흘러가는 바람이 세밀하게 느껴지고 있었다.

퍽! 퍼억!

흑색의 구슬. 흑강환에 맞은 두 명의 수적이 나뒹굴고.

깜짝 놀라는 방조교의 얼굴과 목에 대어진 소도로 힘이 들어가는 것이 보였다.

빠악!

마지막으로 날아온 흑강환 하나가 방조교의 팔꿈치를 때렸다.

찌익, 하고 찢어지는 서영령의 옷깃.

비껴갔다.

청풍의 주먹이 그 순간을 놓치지 않고 공기를 갈랐다.

순식간에 들어가는 비형권 일초!

빠아아아악!

방조교의 머리가 한껏 뒤로 젖혀졌다. 핏방울이 하늘로 튀어 오르며 온몸이 통째로 치켜 올려진 방조교다.

　비형권 두 번째 주먹이 드러나는 그의 옆구리로 깊숙하게 박혀들었다.

　"커억!"

　부러진 젓가락마냥 허리를 꺾는다.

　숙여지는 방조교의 상체.

　비형권 세 번째 주먹이 방조교의 얼굴을 향해 맹렬한 속도로 짓쳐들었다.

　뻐어억!

　옆에서 아래로 강타한 일격에 방조교의 머리가 땅으로 처박혔다.

　온몸이 땅을 뒹굴고, 부들부들 경련을 일으켰다.

　완벽하게 들어간 세 번의 권격.

　청풍은 방조교를 돌아보지 않았다. 곧바로 서영령을 향해 몸을 낮추며 그녀의 상세를 확인했다.

　"으음……."

　그 서슬에 정신을 차리려고 하는지.

　그녀의 입에서 조그만 신음성이 흘러나왔다.

　"령매!"

　안아 올려 든 후, 먼저 그녀의 목을 살펴보았다. 작은 상처, 다행히 깊지는 않다. 지혈만 된다면 큰 문제는 없을 것 같았다.

　깨끗한 천 부위를 찾으려 허둥댈 때다.

　툭.

　찢겨져 드러난 목덜미에서 무언가가 떨어져 나왔다.

　소도를 들이댄 와중에 끊어진 것일까.

청풍의 발치에 떨어진 그것.
한 개의 목걸이었다.
'이것은……'
목걸이 줄 가운데, 우윳빛 옥석이 고운 석양빛을 반사시킨다. 청풍이 지니고 있는 것과 쌍으로 만들어진 물건이었다.
"풍… 랑?"
"령매!"
흐릿흐릿 눈을 뜨는 서영령이다.
청풍의 얼굴 가득 반가운 빛이 어렸다. 기쁨이 드러나는 얼굴, 걱정이 드러난다.
다행이라는 표정이 만면을 채우고 있었다.
"아직, 움직이면 안 돼."
청풍의 옷소매를 잡고 몸을 일으키려는 그녀다.
정신을 차렸다는 것만으로도 어찌하여 이렇게나 짙은 감정이 몰려드는 것일까. 청풍의 눈에 그녀를 향한 깊은 우려의 마음이 드러났다.
사박사박. 처척.
그런 청풍의 뒤로.
석양 아래, 길게 드리워지는 그림자들이 있었다.
청풍은 애써 그쪽을 향해 고개를 돌리지 않았다.
그저 그녀의 얼굴만을 바라볼 뿐. 돌아보면 이 기쁨도 끝이다. 조금이라도 더 그녀의 얼굴을 담아두려 애썼다.
"아가씨를 넘겨라."
냉막한 음성.
날아온 흑강환의 주인들이다.

홍의무복의 무인들, 서영령을 본 문으로 돌려보내기 위해 추적해 오던 그들이었다.

'어쩔 수 없는가.'

강한 자들이다.

청풍에겐 이들을 물리칠 능력이 없었다. 백호검을 지니고 자하진기가 충만했을 때라면 모르되, 비형권이나 화형권으로는 싸울 수 없다. 태을미리장이라도 펼칠 수 있으면 좋겠지만, 그것도 다섯이나 되는 홍의무인들을 이겨내기엔 역부족일 것이었다.

터벅.

"사부님께서 걱정하신다. 그만 하고 돌아오거라."

"……!!"

새로운 목소리. 기척을 전혀 느끼지 못한 청풍이 놀란 얼굴로 고개를 돌렸다. 홍의무인 다섯 명 뒤쪽으로 석양을 등진 헌칠한 남자가 서 있었다. 굉장한 무공이 느껴진다. 어둡게 가라앉는 두 눈에 다섯 무인을 훨씬 뛰어넘는 힘이 깃들어 있었다.

"막… 사형인가요?"

"그래."

고개를 들지도 않은 채 입을 여는 서영령이다. 친숙한 말투, 그녀에게도 사형제가 있고 가까운 사람이 있다는 사실은 청풍에게 생소한 느낌으로 다가오고 있었다.

"어쩐 일이죠? 여기까지 다 오고."

"여러 가지가 궁금해서 왔지. 대체 어떤 놈인지 보고 싶기도 했고."

청풍의 팔을 잡은 서영령의 손에 힘이 들어갔다.

"안 돼요, 막 사형."

"글쎄……."

막 사형이라는 자. 그가 빙긋이 웃었다. 굉장히 흥미로운 것을 발견했다는 표정이었다.

"안 된다니까요. 풍랑은 손대지 말아요."

청풍을 꽉 잡고 상체를 일으킨다.

힘들어 보이는 얼굴로 그 아름다운 봉목에 강한 빛을 담았다.

"후후. 이것이 그 사매가 맞나 모르겠군. 이 막위군에게 애원이라. 재미있다. 재미있어."

막위군.

그가 한 발자국 더 다가왔다.

"백호검이라 했는데, 검을 들고 있지 않다라. 어디에 놓고 오기라도 한 겐가."

청풍을 직시하는 눈빛에 위험한 기운이 서렸다.

뭉클뭉클 솟아나는 진기, 청풍도 자하진기를 끌어올리기 시작했다.

"풍랑, 그만."

서영령의 얼굴이 굳었다.

말리려고 해도 말릴 수 없는 싸움. 막위군의 얼굴에 새겨진 미소가 더욱 짙어졌다.

"눈빛만큼은 쓸 만하다. 과연 그 실력도 그럴까?"

온몸을 타고 흘러 힘을 불러일으키는 자하진기다.

청풍의 입에서 나직한 목소리가 흘러나왔다.

"실력이야, 보면 알겠지."

물러나지 않는다.

단단하게 연마되어 강해진 정신이다. 무력에 맞서 기세를 일으킬 줄

아는 강한 무인의 모습이 청풍의 전신에 머물러 있었다.
"풍랑."
몸을 일으키려던 청풍이다.
갑작스레 강한 힘으로 그를 붙잡는 서영령. 그녀가 다급하게 입을 열었다.
"막 사형, 알았어요. 내가 갈게요."
그녀의 한마디에 막위군의 눈이 서영령에게로 돌아갔다.
단호한 얼굴의 서영령이다.
그녀가 청풍의 품 안을 박차고 나오더니 당당하게 몸을 일으켰다.
"안 돼."
아직 이렇게 움직일 수 있는 상태가 아닌 그녀다. 청풍이 벌떡 일어나 서영령의 옆을 부축했다.
"풍랑, 가야 돼요."
'위험하니까.'
"지금 내 상세가 어떤 줄 잘 알죠? 본 련(本聯)으로 돌아가야만 완전히 고칠 수 있어요."
'그대로 있어야 해요.'
청풍은 그녀의 눈에서 그녀의 진심을 읽었다.
그렇기에 더욱 보내줄 수 없다. 그녀를 지키는 것은 그다. 다른 사람의 손에 맡길 수는 없었다.
짧은 시간.
길게 그의 눈을 들여다보던 서영령이 현기증을 느끼기라도 하듯, 휘청 다리를 꺾었다.
"령매."

재기(再起) 269

그녀를 붙잡아 안은 청풍이다.

그 순간.

투툭. 파박.

서영령의 손이 빠르게 움직여 청풍의 마혈을 짚었다.

"미안해요."

털썩.

청풍의 몸이 크게 흔들리더니 앞으로 꼬꾸라졌다. 점혈을 한 것만으로도 무리를 느끼는지, 서영령의 입가에 한줄기 핏물이 흘러나온다.

그녀가 막위군을 향해 몸을 돌렸다.

"무련에서는 쓰러진 자와 손속을 나누지 않아요. 어기는 자는 어찌 되는지 알고 있겠죠?"

서영령을 뚫어지게 바라보던 그가 감정이 드러나는 목소리로 입을 열었다.

"사매는, 언제나와 똑같군."

"아니요."

서 있는 것만으로도 힘에 부칠 그녀. 그런데도 일말의 내색을 하지 않는다. 그녀가 막위군 쪽을 향해 성큼성큼 걸음을 옮겼다.

"언제나와 같을 수는 없지요."

막위군을 지나치는 그녀.

계속 지워지지 않던 미소가 사라지고 처음으로 얼굴을 굳히는 막위군이다.

싸늘하게 식은 그의 눈이 쓰러져 있는 청풍에 머물렀지만, 이내 몸을 돌려 서영령의 뒤를 따랐다.

"부축은 필요없어요."

가까이 다가오는 막위군을 돌아보며 말한다.

감히 범접하지 못하도록 만드는 눈빛. 숭무련 일등호법 철혈의 무상 서자강의 피를 이은 그녀다.

석양에 비치는 긴 그림자를 남기며 멀어지는 그녀.

이지선 점혈법에 당해 움직이지 못하는 청풍은 드리운 그녀의 그림자를 좇으며 그녀가 남긴 목걸이에 눈길을 준다.

또다시.

해가 지고 새롭게 내려앉는 깊은 어둠이다. 떠오르는 동녘 일곱 별이 가라앉은 청풍의 얼굴을 비추기 시작할 때.

한바탕 꿈을 꾸기라도 한 듯, 그의 눈에 담겨졌던 용맹의 백색 기운이 걷혀간다.

강을 타고 흐르는 갈대 바람이 청풍의 몸을 스쳐 가며 이제 와 다시금 나아가는 푸르름을 비쳐 주고 있었다.

　　　　　　＊　　　　＊　　　　＊

"그래서, 육극신에게 넘어가 버린 건가?"
"예, 그렇답니다."
"제길. 그렇게 쉽게 빼앗길 것으로는 생각 안 했는데."
"그렇습니까? 그 친구, 별로 높게 보지 않았었잖습니까."
"물론 높게 보지는 않았었지. 하지만 가능성만큼은 확실했단 말야."
"흐음, 그랬나요. 확실할 정도까지는 아니었을 텐데요."
"만통 늙은이 알지?"
"만통자, 천하제일 복자(卜者)라는 그 늙은이요?"

"그래. 그 늙은이가 관심을 가지더란 말이지."

"그러니까, 후개의 안목이 아니라 만통자의 안목이란 말이네요."

"뭐, 말하자면 그럴 거야. 내가 보기에도 강해질 느낌이야 충분했지. 알잖아? 내 평가는 원래부터 박하다는 거."

"그렇다고 칩시다. 그래도 육극신에게 빼앗기는 거야 당연한 것 아니었나요."

"너무 간단히 당했어. 정검대도 있고, 숭무련도 있는데."

"시간이 안 맞았던 거겠죠."

"아니야. 다시 생각해 봐야 해. 정검대와 숭무련이 제때에 도착했었어도 결과는 바뀌지 않았을 것 같거든. 육극신의 무공, 재검토가 필요하겠어."

"……."

"그래서, 그 철선녀란 여인은 숭무련으로 돌아갔다고?"

"예. 거의 확실한 것 같습니다."

"그 친구, 혼자서 고생하겠군. 백호검도 없고 완전 거덜났네."

"거덜났죠. 개방에나 들어오라고 할까요."

"아니. 별로 받고 싶지 않은데."

"……."

무시당한 느낌. 한동안 말이 끊겼다.

"되었고, 그것은 어떻게 되었나?"

"무엇을 이야기하시는 겁니까?"

"어이구? 그 정도 가지고 심통이 난 게야? 다 알면서 왜 그래."

"모릅니다."

"후구당 밥벌이를 반으로 줄여 버린다."

"사천성 장강 상류, 어부(漁夫) 한 명이 처음으로 발견하여 그물로 건져 올림. 사천 삼합상회로 넘겼으나 제 값어치가 드러나지 않은 채 여타 귀중품들에 섞여 동쪽으로 운송되었습니다. 현재는 안휘성, 검을 수집하는 석(滿) 검노(劍老)의 수중에 들어가 있다지요. 여기까지입니다."

"즉각 이야기할 거면서 뻗대지 말라구. 그나저나 석 검노라……. 잠깐, 석 검노, 석 노인, 석대붕?!"

"예 그 석대붕입니다."

"그 구두쇠 영감이라니. 안 좋군. 매우 안 좋아……."

"안 좋죠."

"그래, 그 정보는 얼마나 알려졌지?"

"알려질 만한 데는 다 알려졌을 겁니다."

"성혈교에도?"

"물론입니다."

"난리가 나겠군."

"예. 이미 움직이기 시작했다는데요."

"몰려든다라. 숭무련은 가만히 있나?"

"숭무련도 손을 쓰겠죠."

"흐음. 그렇다면… 우리도 껴볼까?"

"우리가요?"

"그래. 낄 만하니까. 백호검 때는 어쩔 수 없었더라도, 이번에는 노려볼 만하잖아?"

"그도 그렇군요. 그럼 그 친구에게도 알릴까요?"

"그 친구? 청풍? 아니, 가만 놔둬. 대신…… 화산파를 끌어들여 보

재기(再起) 273

자구."

"화산… 파요?"

"그래. 성혈교와 숭무련이라면 우리가 직접 나서서 싸우기엔 좀 골치가 아프잖아. 화산파가 나서주면 편하겠지."

"화산파가……. 이런 시기에 나설까요? 철기맹이랑 박 터지게 싸우고 있는 마당에?"

"물론, 적극적으로 나서기엔 어렵겠지. 매화검수 하나나 둘, 그 정도면 족해. 구색은 갖춰야지. 이왕 판을 벌리기로 했다면 크게 벌여보는 거야."

*　　　*　　　*

사박. 사박.

늦은 밤.

홀로 걷는 발소리가 달빛 비치는 강변에 조용히 울려 퍼져 나간다.

강둑의 풀밭을 스치고 지나가는 느낌은 가벼웠지만, 옮기는 발걸음은 결코 가볍지 않았다. 그토록 큰 무게로 다가왔던 백호검이 손에 들려 있지 않음에도 짓누르던 마음의 짐은 조금도 덜어지지 않았던 까닭이다.

'없구나.'

홀린 듯한 기분으로 서영령과 함께 달려왔던 길을 되짚어 돌아가 보았다.

육극신에게 당했던 곳.

나타나 주었던 을지백은 온데간데없고, 어두운 달밤에 격전의 흔적마저 제대로 보이질 않는다.

더 돌아가 집법원 정검대 검사들이 길을 터주었던 갈대밭까지 왔다.

여기도 마찬가지다.

정검대 검사들이 길을 막아주던 당시의 열기가 아직까지 가슴을 울리지만, 지금은 그 무엇도 남아 있지 않다. 백호검을 잃었으니, 그를 쫓던 모든 무인도 사라져 버린 것일까.

한바탕 꿈을 꾸기라도 한 기분이다.

그 순백의 검 없이는 결국 가치가 없는 사람인 것인지.

눈을 감은 청풍의 주먹이 꾹 쥐어졌다.

'아니다. 그렇지 않아.'

몸을 돌리고 고개를 숙인다.

백호검 없이는 아무것도 아니다?

결코 그렇지 않다.

그는 강해지고 있었고, 그것은 백호검 덕분만이 아니다. 물론 백호검이 없었더라면 여기까지 오는 것도 불가능했을지는 모르지만, 그를 진정 강하게 만들었던 것은 백호검이 아니라 자하진기였던 것이다.

자하진기. 그리고 서영령의 존재.

그가 강해야만 했던, 강해질 수 있었던 이유다.

따로 떨어지게 된 그녀였지만 영영 잃은 것이라고는 생각하지 않았다. 되찾아온다. 그래서 갚는다. 모든 것을 원점으로 되돌리고 그녀의 마음을 기껍게 해주겠다.

청풍이 두 눈을 떴다.

정광이 번뜩이는 눈이었다.

손을 내려다보니, 아직까지도 꾹 쥐고 있던 서영령의 목걸이가 들려 있다. 끊어진 줄을 묶고, 목에 걸었다.
　품속에 손을 넣어 그 자신이 지니고 있던 목걸이도 찾아냈다. 목걸이 두 개를 나란히 걸어놓자, 강인한 목 선 위에 두 개의 옥석이 고운 빛을 발했다.
　'힘이 모자란 것은 사실이다. 하지만 물러나지 않아. 이번에 졌으면 더 강해져서 이기면 되는 것이다.'
　육극신의 가공할 무위를 떠올렸다.
　두려운가.
　물론 두렵다. 그런 무공을 눈앞에 두고, 두렵지 않다면 거짓말일 게다.
　그렇다고 좌절할 것인가.
　그럴 수는 없다.
　그는 무당파 명경을 보고 자괴감에 빠지던 그때의 청풍이 아니다.
　만검지련자.
　을지백은 만검지련자를 말했다.
　만검의 연인. 모든 검이 그 주인을 사랑하여 그 손에 쥐어지고 싶도록 만들 수 있는 자.
　강해져야 한다.
　그것도 최대한 빨리.
　무당파 명경. 장강의 백무한. 그리고 육극신. 모두 다 저만큼이나 앞서 나가 천하에 이르러 있는 자들이다.
　청풍은 한참이나 늦었다.
　지금도 강해지고 있을 자들, 그런 자들을 따라잡으려면 그들보다 배의 속도로 성장해야 하고, 배의 속도로 고강한 무공을 갖추어야만 했다.

빠르게 강해지려면 어찌해야 하는가.

자하진기다.

자하진기를 다듬어야 한다. 자하진기를 발전시키고 무공도 새롭게 연련한다.

백호검의 금강호보, 금강탄, 백야참은 버려야 할까.

아니다. 그만큼 훌륭한 무공들을 버리는 것은 미련한 짓이다. 자하진기와 함께 더욱더 강하게 키워내야 한다.

화산 무공. 그리고 백호검의 무공.

무공의 순수함도 중요하지만, 서로 보완한다면 더 뛰어나질 수 있다. 일부러 그 장점을 잃어버릴 이유가 없었다.

터벅.

청풍의 발이 힘찬 발걸음을 시작했다.

가지고 있는 무공.

그것만으로도 충분할지 모른다. 어느 하나도 절기가 아닌 것이 없다. 자하진기와 화산의 무공만으로도 얼마든지 뛰어난 위력을 보일 수 있지 않았던가.

하지만.

거기서 멈추지 않는다. 얻을 수 있는 것이 있다면 무엇이든 가리지 않는다. 그동안의 강호행에서 배운 바, 일부러 생각의 한계를 둘 필요는 없다.

직접 찾아가서 얻는다.

무공의 성장을 더 빠르게 만들 수 있는 방법.

청풍은 이미 알고 있기 때문이다. 을지백이 제시해 준 길을 뜻함이었다.

'청룡검. 청룡검을 얻겠어.'

더 강해지기 위해.

신병이기를 얻고, 청룡기(靑龍氣)를 손에 넣는다.

청풍의 걸음이 빨라졌다.

사방신검을 찾아오라는 사문의 명.

이제는 사문의 명 때문에 찾는 것이 아니다. 스스로의 목표를 찾아 자신의 것으로 만들기 위해 나아간다. 사명이 의지로, 타인의 강요가 스스로의 뜻으로 바뀌는 순간이었다.

남쪽으로.

청풍의 행보는 빨랐다.

구자산을 찾으라는 이야기, 청풍은 그의 말을 들으며 그곳이 그리 멀지 않다는 인상을 받았었다.

게다가 청룡, 주작, 현무검이 사라졌던 시기를 떠올려 보면 그렇게 오래된 시간도 아니다. 화산에서 여기까지만 해도 굉장한 거리, 청룡검이 아무리 많이 움직였다 해도, 그렇게나 멀리 왔을 리가 없다는 이야기였다.

"구자산이라는 곳을 아십니까."

"구자산? 모르겠는데."

문제는 길을 따라 물어본 사람들이 구자산을 모른다는 사실이었다.

청강장검 한 자루를 사 들고, 노상(路上)의 모든 밤을 수련으로 보내면서 어느새 안휘성 남쪽 경계까지 오고 말았다.

"구자산이라고 들어보신 적 없나요?"

"구자산? 구자산, 글쎄……."

어디에서나 같은 대답이다.

여기까지 왔는데도 찾을 수 없다는 사실.

청풍은 기이한 느낌에 휩싸였다. 무엇인가를 놓치고 있다는 기분이다. 자꾸만 뒤를 돌아보게 만드는 것. 문득, 목적지를 지나쳐 버린 것이 아닌가 하는 의문이 들었다.

의문이 추측으로.

추측이 확신으로 변하게 만든 것은 그저 그럴 것 같다는 영감(靈感)에서였지만, 청풍은 과감하게 발걸음을 되돌렸다.

왔던 길을 짚어서 서쪽으로 움직인다.

빠뜨린 것이 없나 고민하면서.

그렇게 한참을 되돌아온 길.

그저 지나가는 촌민보다 연륜이 있고 학식이 있어 보이는 사람들을 찾아 구자산을 묻던 중, 마침내 객잔의 한 늙은 문사로부터 흥미로운 말을 얻어내고 만다.

"구자산? 혹, 구화산을 말함인가?"

"구화산이라면……."

"여기서 서쪽으로 멀지 않은 곳에 자리한 산이라네. 지장보살의 영지(靈地)로 불심(佛心)의 명산이지. 당대(唐代), 청련거사(青蓮居士:이태백)가 그 산세에 감탄하여 구자산을 구화산으로 개칭했다 전해진다네. 구자산이라면 아마도 맞을 것이야."

"구화산……."

"구자산이라. 그 이름을 아직까지 쓴다니 신기하군. 몇백 년이 지난 이름인데 말일세."

노(老)문사에게 감사를 표하고 돌아선 길이다.
구화산을 향해 곧장 뻗은 관도.
노상 수련을 계속하며 걸어가던 청풍은 구화산 근역에 이르러 한줄기 강물을 건너기 위해 나룻배를 기다리던 중.
청풍은 또 하나의 만남을 겪게 된다.
"흘러가는 강물이라. 어떤가. 길은 갈 만하던가?"
강가의 바위.
언제부터였을까. 풍경과 동화되기라도 한 듯 그곳에 앉아 있는 노인을 돌아본 청풍은 온몸을 타고 오르는 기이한 느낌에 얼굴을 굳혔다.
"무엇에 그리도 놀라운 표정을 짓는고?"
녹청의 도포(道布), 청색의 도관(道冠)을 갖춘 노인이다.
강물과 하나가 된 듯, 청풍을 바라보는 눈빛에 측량할 수 없는 선기(仙氣)가 담겨 있었다.
"노도(老道)께선……."
"노도라. 하하. 나는 도인이 아니라네."
"아……!"
"그렇게 보이니 그런 모양이구먼. 뭐 어찌 되었든 괜찮겠지."
노인의 얼굴에 미소가 감돌았다.
잡티 하나 없이 깨끗한 얼굴에 하얀 수염이 멋스럽다. 마치 매화검신(梅花劍神)의 모습을 뵙는 듯, 우러나오는 기도가 신비하기 그지없었다.
"찾는 것은, 잘돼가는가?"

한마디 물음.

청풍을 오랫동안 알고 있던 것 같은 기색이다. 신비함이 더해질 수밖에 없다. 노인의 얼굴과 목소리는 어딘지 익숙하면서도 또한 어딘지 낯선, 두 가지 기분을 한꺼번에 느끼도록 만들고 있었다.

"노인장께서는 어찌 그것을 알고 계십니까."

"서두르는 마음이 온 얼굴에 드러나는데, 무엇을 찾는 것이 아니고 또 무슨 일이 있겠느냐."

이상하다.

자연스런 하대, 정말 이상하다.

처음 보는 노인에게서 왜 이렇게도 친숙함을 느끼는가.

노인의 말투와 태도.

그렇다. 마치, 사부였던 선현 진인을 다시 대하는 것만 같았다.

"이번에는 그리움이라. 재미있는 아이다. 솔직함, 나쁘지 않은 천성이야."

자애롭게 웃는 얼굴, 표정까지도 사부님의 얼굴과 비슷하다.

노인을 바라보는 청풍, 노인의 칭찬에 고개를 숙여 답하고는 두 손을 마주하여 포권을 취했다.

"저는 화산 제자 청풍이라 합니다. 노… 선배의 고명(高名)을 여쭈어도 되겠습니까."

"알려주지 못할 이유가 없다. 노부의 이름은 천태세(天太歲). 흘러가는 세월 따라 기다릴 것을 기다리는 사람이니라."

선문답(禪問答)을 나누는 듯하다.

다시 한 번 웃음을 지으며 몸을 일으키는 천태세.

다르다.

재기(再起) 281

천태세의 체격은 꽤나 큰 키를 지닌 청풍과 비슷할 정도다. 선현 진인, 사부님의 그것과는 무척이나 달랐다.
"그러하면, 천 노사께서는 강을 건너시려는 것인지요."
"아니다. 강은 건너지 않아."
"그렇습니까."
"구자산으로 가는 길이더냐?"
"……!!"
구자산. 청풍의 눈이 일순간 크게 뜨여졌다. 구화산을 구자산으로 부르는 노인, 의아함이 먼저 자리한다. 듣기 힘들었던 구자산이란 오랜 이름을 천태세는 당연한 듯이 말하고 있었던 것이다.
"구자산에는 네가 찾는 것이 없을 것이다."
"……!!"
또 한 번의 놀라움이다.
천태세, 천 노사의 미소가 눈가에까지 번져 나갔다. 지혜가 묻어 나오는 목소리, 천 노사가 입을 열었다.
"따라오거라. 그것이 있는 곳은 구자산 산중이 아니니라."
이끌림으로써 새롭게 시작되는 인연.
청풍은 그제야 깨닫는다.
이 만남이 그저 스쳐 지나가는 우연이 아니라는 것을. 나아가는 인간의 의지 위에, 가만두지 않는 운명의 끈이 얽혀져 왔음을 비로소 알아챈 것이었다.

지장촌.
구화산 능선 바깥쪽으로 이루어진 마을은 하나의 도시라 불러도 될 만큼 커다란 규모를 자랑하고 있었다.

구화산은 본디, 불교의 명산으로 이름이 높아 전국 각지에서 수많은 참배객이 몰려드는 곳이다. 특히나 여름의 이 시기는 지장보살의 탄생을 기리는 구화산제가 열리는 기간으로, 산기슭 마을 전체가 성황을 이루는 때다. 수많은 민초가 마을 전체를 채우고 있으니, 밝고도 활기찬 기운이 온 산야에 가득했다.

"석가장 장주가 육순 잔치를 한다던데."

"잔치라고? 그 양반이 웬일이지?"

두런두런 들리는 소리다.

옆을 따라 걷고 있던 천태세가 청풍을 향해 입을 열었다.

"잘 들어두어라. 두 귀는 언제나 열어두어야만 하는 것이니라."

"예?"

"사람들의 목소리 말이다. 정신과 마음을 항상 넓게 만들어두라는 뜻이다."

가볍게 스쳐 가듯 하는 이야기.

천태세의 가르침은 그렇게 시작되었다. 한 바퀴 마을을 돌고, 지장촌 외곽으로 나와 논밭에 대어진 도랑의 풀밭에 걸터앉았다.

"무엇을 보았느냐?"

밑도 끝도 없이 묻는 질문에 청풍은 덜컥 말문이 막히는 것을 느꼈다.

구화제 준비가 한창인 건물들을 보았고, 분주하게 움직이는 사람들을 보았다.

보고 들은 것이 한두 가지인가.

기억에 남는 것들이 있는가 하면, 그냥 평범하게 지나친 것도 있다.

무엇을 보았냐는 물음, 딱히 답할 만한 것이 마땅치 않은 것이다. 천태세가 묻는 것이 어떤 것인지 제대로 알 수가 없었던 까닭이다.

"귀를 열어두었으면, 눈도 열어두었어야지."

천태세의 한마디.

청풍이 눈을 빛냈다. 무슨 말을 하고자 했는지 알아챘기 때문이다.

"오감(五感)을 모두 열어놓으라는 말씀이십니까."

"그렇다. 바로 그 말이야."

천태세가 빙긋이 웃음을 지었다. 잔잔하게 정제된 분위기다. 항상 여유로웠던 사부님을 자꾸만 떠오르게 만들고 있었다.

"언제 어느 순간에도 필요한 것들을 받아들일 수 있어야 한다. 그렇다면 무엇을 받아들였어야만 했는가. 어디서부터 시작해야 했는지 말해 보아라."

"어디서부터라면… 왜 이 마을에 들어왔는지를 말씀하시는 것이군요."

"옳게 보았다. 그런 총명함을 왜 쓰지 않고 버려두는지 모르겠다. 그렇다면, 이 마을에는 왜 왔는지 말해 보겠느냐."

"찾는… 물건이 있기 때문입니다."

"정확하다. 그것은 곧, 내가 이곳에 너를 데려온 이유이기도 하지. 마을에 물건이 있다. 여기서 너는 무엇을 했어야 했겠는가."

"어디에 있는지 알아보았어야 합니다."

"그렇다. 하지만 그뿐만이 아니니라. 어디에 있는지 알아보는 것은 당연히 해야 될 일이고, 가장 처음으로 생각해야 할 일이었다. 너는 그 이상을 바라보았어야 했지."

"……!"

"충분한 감각과 사고 능력이 있음에도 그것을 내버려 둔 채 소홀히 했다는 증거다. 이 마을에 물건을 찾으러 왔다면 그 물건이 어디에 있는지, 어떻게 찾아야 하는지, 동시에 생각을 하고 판단을 했어야 옳았다."

"예."

차분하게 말을 이어가는 천태세의 어투에는 부드러운 중에 엄격함이 함께한다. 귀에 들어와 마음으로 이어지는 충고, 깊은 학식과 지혜가 그 안에 깃들어 있었다.

"묻겠다. 다시 마을을 돌아본다면 어떤 것을 보겠는가."

차근차근 짚어간다.

자연스럽게 해답을 찾을 수 있도록 길을 열어주고 있으니 온통 덮여 있던 안개가 걷히며 머리 속이 맑아지는 기분이었다.

"어디에 있는지, 누가 가지고 있는지를 먼저 알아냅니다. 그 주변을 살펴보고, 어떤 장애물이 있는가를 생각해 두겠습니다. 그 다음은 마을 전체입니다. 행여나 싸움이 벌어지거나 문제가 생겼을 때, 개입할 수 있는 다른 무인들을 찾아놓고 주변의 지형을 파악합니다. 그러면서 상황을 유리하게 이끌어갈 수 있는 방법들을 고려해야겠지요."

"그리고는?"

"얻어낼 수 있는 방도를 궁리하고 거기에 따릅니다. 세부적인 변화에 대해서는 그때그때 맞추어 대응합니다."

"좋다. 나쁘지 않은 생각이야. 그러나 그렇게 주변을 파악한 후, 만에 하나 실력이 모자란다 싶으면 어찌하겠는가."

마음 깊은 곳까지 들여다보는 천태세의 시선.

청풍의 입술이 진중함을 담으며 천천히 열려졌다.

"그래도."

굳은 의지가 자리해 있는 청풍의 눈이 번쩍 빛을 발한다. 천태세를 똑바로 바라보는 그의 입이 단호한 한마디를 끝맺었다.

"강행합니다."

뭉클.

백호검은 없어도, 그것을 휘두르던 호방함은 아직까지 그와 함께한다.

순하던 천성에 강건함이 더해졌다. 그것을 보는 천태세의 얼굴에 커다란 웃음이 머물렀다.

"그 마음이 무척이나 기껍다. 아주 좋아. 능력이 모자라도 부딪쳐 보는 것, 깨지지만 않는다면 그보다 옳은 선택은 없을 것이다."

천태세가 손을 들어 지장촌을 가리켰다.

"장부(丈夫)라면 모름지기 그와 같은 심성을 지녀야 할 것이니라. 그러나……"

지장촌을 훑어 올리는 천태세의 손.

하늘을 가리키는 그의 손마디에 알 수 없는 신비로움이 감돌고 있었다.

"하늘을 보고 하늘에 이르려 하는 자는 저돌적인 용맹만으로 이루어지는 것이 아니다. 잃어버린 고토를 찾아 헤매이며 대륙을 달리던 저 동토의 영혼들처럼, 무예와 지략을 겸비해야만 하는 것이다."

"지략……"

"용력(勇力)이 과하면 마음이 급해질 수밖에 없다. 급할수록 돌아가라. 힘이 부족하면 한발 물러서서 힘을 쌓는 신중함을 지닐 필요가 있다는 말이다. 과단성과 진중함, 두 가지만 확실히 해도 천하를 엿볼 수 있느니라."

'천하……!'

을지백에 이어 또다시 듣는 말은 더 이상 생소하지 않았다.

익숙한 만큼 저절로 알게 된다. 천태세. 을지백과 같다.

여기에 온 것은 청룡검을 찾기 위하여.

그리고 천태세를 만나고 말았다. 검보다 먼저, 을지백이 백호검의 본모습을 이끌어내 주었던 것처럼 청룡검의 진정한 실체를 알게 해줄 스승을 먼저 대면하게 된 것이다.

"청룡검."

"이제야 깨달았군. 그렇다. 내가 너에게 청룡을 가르쳐 줄 이다."

"이제는 무엇이 보이지?"

"무인들이 보입니다."

"무인들의 동향이 어떻더냐."

"한곳을 향하고 있습니다. 실제로는 어지럽게 움직이고 있지만, 결국은 석가장을 중심으로 돌아갑니다. 석가장 장주의 환갑 잔치, 거기에 맞추어져 있는 모양입니다."

"제대로 보는군."

천태세는 칭찬에 인색하지 않았다.

을지백과는 완전히 다르다. 옳은 방향을 잡았으면 반드시 그 장점을 알아보아 주고 단점이 있으면 장점으로 변화시킬 수 있는 방도를 제시해 주었다.

온종일 핀잔을 당하면서 홀로 커가는 것보다는 확실히 편하다. 짧은 시간에 얻는 것이 무척이나 많았다.

재기(再起) 287

'그것으로 만족해서는 안 돼.'

그렇다고 긴장을 늦출 수는 없었다.

오히려, 그런 만큼 더욱 스스로 많은 것을 배우려 노력하는 청풍이다. 팽팽하고 치열하게 금강탄, 백야참을 연마하던 정신, 그 진가가 나타나는 순간이었다.

"무인들의 성향은 네 부류 정도로 나뉩니다. 각각의 정체는 파악하지 못했으니, 아직 미숙하기만 합니다. 어떤 의도를 품고 왔는지 다시 알아봐야 하겠습니다."

"옳은 이야기다. 이야기해 주지 않아도 한발 더 나아가는구나. 그렇게만 하면 되느니라."

두 바퀴.

청풍은 한곳에 머무르지 않고 마을을 가로지르면서 여러 가지 이야기를 들었다. 들었던 이야기를 종합하고, 분석하는 것에는 무공을 익힐 때와 또 다른 재미가 있었다.

전혀 새로운 세계다?

아니다.

누군가가 대신해 주었기에, 그녀가 곁에 있었기에 살펴보지 않았던 세계다. 항상 했어야 했던 일임에도 간과하고 있었던 것일 뿐이다.

이런 저런 생각이 복잡해지던 때다. 청풍은 어느새 종이와 붓을 구하고 있는 자신을 발견했다. 세필과 먹, 종이들을 사 들고 객잔으로 돌아온 청풍은 흐뭇한 웃음을 보여주는 천태세의 얼굴에 마주 미소를 지었다.

"문필을 가까이 하는 것도 좋겠지. 습득이 실로 빠르도다."

중앙에 석가장 장주를 놓고, 세 무리의 무인들을 표시했다.

"석가장 장주 석대붕은 보검을 수집하는 자입니다. 환갑을 기하여 두 개의 보검을 세상에 풀어 주인을 찾겠다고 했다는데, 지금 이곳에 모여든 무인들은 그 정보를 가장 먼저 접한 이들로 생각됩니다. 잔치가 십 일 후이니, 그전까지 다른 여러 무인도 몰려들겠지요."

환갑. 보검.

청풍이 세필을 들어 석가장 장주의 옆에 두 개의 단어를 적어놓았다. 고개를 끄덕이는 천태세를 앞에 두고 청풍은 한 무리의 무인들 밑에다 '개방'이라는 두 글자를 더했다.

"거지들, 개방이 있습니다. 굉장히 조직적이고 빠르지요. 잔치 음식을 핑계로 산발적인 움직임을 보이고 있지만, 노리는 바가 있는 것이 틀림없습니다. 그냥 구경차 왔다고 보기에는 확실한 목적이 있어 보였습니다."

"나머지 두 무리는 어떻던가?"

"나머지 둘은… 어딘지 심상치 않습니다. 특히… 한 무리는 왠지 모르게 익숙한 느낌이지요. 게다가 그 무리는 다른 어디보다도 청룡검을 노리는 듯한 의도가 강해 보였습니다."

"느낌이라. 그런 느낌도 중요하지. 오감만이 전부가 아니야. 진정 쓰임새있는 지혜란 번뜩이는 영감에서 비롯되는 경우가 많으니라."

"예, 명심하겠습니다."

"숫자의 파악은 되었느냐?"

"그것은 아직……."

"겉으로 보기에 가장 파악하기 힘든 것이 바로 그런 숫자이다. 이 정도 규모의 마을. 분명한 의도를 가지고 온 집단이라면 실제로 움직이는 자들이 최소한 열 명은 될 것이다. 전체 인원수는 또 그 두 배 정도는 되겠지. 그러나 초점은 거기에 맞추는 것이 아니야. 가장 중요한 것이 무엇일까. 한번 말해 보아라."

"고수… 의 숫자… 입니까?"

"그래. 정확하게 보았다. 얼마만한 고수가 몇 명 있는지가 가장 중요하다. 가장 인원수를 많이 동원하는 집단일수록 의외로 고수의 숫자는 적을 수 있어. 소수 정예로 움직이는 집단이 가장 위험하다. 거기에 맞추어서 생각을 해보아라."

"예."

"한 가지 더. 무인들의 무리가 네 부류라 했는데, 그 마지막 하나는 그들의 중심인 석가장일 것이다. 그렇지?"

"맞습니다."

"밖에 드러난 세 무인들보다 석가장을 더 깊이 알아보아라. 보검, 보물이란 얻기보다 지키기가 더 어려운 법이다. 그럴 만한 능력이 없어서는 결코 수집 따위의 취미를 지닐 리가 만무하니라. 그런 것을 잊어서는 안 돼."

"예, 잊지 않겠습니다."

그렇다.

청룡검이 석가장에 있다면 어떻게 하여 그것을 수중에 유지하고 있었는가도 가볍게 넘겨서는 안 된다. 청풍이 직접 경험했듯, 강호인이 보물에 대해 보이는 욕심은 보통 정도가 아니다. 수단과 방법을 가리지 않는 모습을 두 눈으로 확실하게 보았던 청풍인 바, 그렇게 꼬여드는 강호인들을 모두 물리칠 수 있으려면 어지간한 역량으로는 불가능하다.

그렇다면 이 네 부류의 무리들.

그들 중 가장 조심해야 할 곳은 다른 어디도 아닌 석가장일는지도 몰랐다.

"그것은 거기까지 하고, 슬슬 선택을 해야 하겠지."

"선택이라 함은……?"

"무공을 말함이다."

"무공……!"

"네 몸에는 두 가지의 무공이 함께 있다. 이제는 알고 있겠지, 백호검으로 배운 무공은 화산에서 배운 무공과 근본이 다르다는 것을."

고개를 끄덕이는 청풍이다.

확신에 가깝도록 느끼고 있었던 사실. 그것을 다른 사람의 입으로 확인받는 기분은 참으로 묘하다. 사문의 무공이 아닌 무공을 그만큼 익힌 것, 생각해 보면 또 하나의 금기를 범한 일이었던 것이다.

"거기에 또 다른 것을 익히려고 한다면, 마음에 거리낌이 있을 수밖에 없을 것이다. 배울 것인가 아니 배울 것인가. 네가 선택하거라. 나는 그와 다르다. 강제로 가르칠 마음이 조금도 없느니라. 너에게 필요한 것은 강한 무공보다 역동적인 지혜였고, 이를 전해줄 수 있다면 그것으로 족하다."

놀라운 말이다.

백호검의 무공을 배울 때와는 너무도 다르다. 그때는 반강제로 영문도 모른 채 휘둘렸지만, 지금은 휘둘리는 입장이 아니다. 검자루는 그가 쥐었고, 그 검을 놓을지 뻗어낼지는 그 자신이 정해야만 하는 것이다.

"어떤가? 배울 텐가?"

어느 쪽인가.

문득.

청풍은 이 결정이 생각보다 가볍지 않은 것임을 직감했다.

이것은 말하자면 양자택일이다.

화산 무공이냐. 아니냐.

둘을 가르는 선택.

청룡검의 무공을 거부한다면, 언젠가 백호검의 무공도 버리게 되리라는 예감이 든다. 화산 무공으로 뻗어나가 결국은 화산 무공의 순수함을 지키려는 생각에 도달할 것이다.

만일.

새 무공을 배운다면.

어찌 되었든 화산의 본산 무공에는 소홀하게 되리라. 그러다 자하진기에마저 소홀하게 되면 어쩔 텐가. 그때에도 그를 화산의 제자라고 말할 수 있을까. 아니, 사부님의 제자라고 말할 수 있을까.

화산 무공의 일로를 걷는 것.

백호와 청룡, 두 무공을 모두 얻는 것.

청풍은 정신을 가다듬고 생각했다. 어떻게 해야 하는가.

'백호. 청룡. 그리고 화산 무공. 따로 생각하지 말자. 결국은 무도(武道)다. 청룡검을 얻기로 마음먹었을 때에도 생각했었던 일, 이미 결정은 그때 내려졌어. 청룡검의 무공을 배워도, 자하진기를 잃지 않으면 그만이다. 그래. 할 수 있어.'

청풍은 마음을 정했다.

"청룡검의 무공, 배우겠습니다."

천태세, 그의 얼굴에 잔잔한 미소가 번졌다.

"붓을 다오."

세필을 받아 들고 길게 써 내려가는 속도는 그야말로 대단했다.

갈겨쓰면서도 흐트러지지 않는 훌륭한 필치다.

머리 속에 있는 글자들을 그대로 쏟아내기라도 하는 듯, 백지 몇 장이 순식간에 가득 차버렸다.

"목신운형(木身雲形)의 구결이다. 육신을 강인하게 만들고 내기를 단련하는 내공술이자, 그 자체로 하나의 체술로서 몸을 보호할 수 있는 호신법(護身法)이니라."

받아 드는 손길에 무거움이 느껴졌다.

청룡검은 없으나 청룡검을 건네받은 것 같다.

첫 장부터 훑어보는 청풍. 그의 눈에 감탄이 차 올랐다.

'보통 운기법이 아니구나!'

제대로 읽어보지 않아도 느낌이 확 온다.

이것은 절공(絶功)이다.

금강탄과 백야참이 굉장한 절기였던 것처럼, 목신운형 역시 예사롭지가 않다.

일시무시일(一始無始一) 보고건곤조(保固乾坤照) 열 글자로 시작하여, 운체목신형(雲體木身形) 일종무종일(一終無終一) 열 글자로 끝나는 천이백 자 구결에, 오묘하고도 신비한 공능이 엿보인다.

백호검의 무공이 실전으로 깨우쳐 가는 감각적 무공이었다면, 목신운형은 학식과 두뇌가 바탕이 되어야 하는 이론적 무공이다. 몸으로 익힌다기보다는 탐구와 오성으로 연마해야 하는 진기한 비술이었다.

"깨달음으로 얻는 기공법(氣功法)이니, 구결을 암송하는 것이 먼저일 것이다. 본신진기를 근본으로 하여 그 진기를 사용하는 활용법이라 생각하고 차근차근 구결을 따라가거라. 성급히 대성하려 들지 말고,

천천히 숙고하고 또 숙고해야 할 것이다."

"명심하겠습니다."

가르침을 준 자에게 보답하려면 그만한 성취를 보여주는 것이 첫째다.

깊이 고개를 숙여 감사의 염을 표하고는 곧바로 구결에 정신을 집중했다.

고풍스러우면서도 깔끔한 필치가 눈과 머리에 새겨진다. 궁금한 것은 곧바로 질문하며 밤이 새는지도 모른 채, 깊고도 깊은 무공의 세계로 빠져들었다.

검을 휘두르지 않고도 무공이 정심해지는 특별한 시간.

새로운 무공 연련에 발을 들여놓은 것이었다.

낮에는 마을의 동향을 살피기 위하여 바깥을 나돌고 밤에는 지닌 바 무공들을 연마하며 보내는 나날이다. 목신운형의 연마를 계속하면서도 자하진기의 연련과 백호검 절기들의 수련을 소홀히 하지 않았음은 물론이다.

저녁 무렵.

죽립을 눌러쓰고 참배객들에 섞여든 채 주변을 둘러보는 와중에도, 청풍의 운기는 끊이지를 않았다.

자하진기를 휘돌리고, 더불어 목신운형의 구결을 되새긴다. 대주천을 이루고 호기(呼氣)의 날숨을 내뱉는 그의 얼굴에 맑은 기운이 감돌았다.

"후우……."

목신운형의 목기(木氣)는 단전을 돌아 간(肝)에 머무른다. 간장(肝臟)

은 몸에 들어오는 모든 것을 정화시키는 장기. 백호검의 금기가 폐장에 머물렀던 것과는 확연히 다른 움직임이었다.

'몸이 달라지고 있어.'

목신운형을 연마한 지는 오늘로 고작 삼 일이다. 그럼에도 몸 내부가 변화하고 있음을 느낀다.

간장의 특성 때문이다.

간(肝)이란 무척이나 민감한 장기, 감당 못할 독기(毒氣)가 들어왔을 때 가장 먼저 파괴되는 것도 간장이며, 망가졌다가도 금세 회복되는 것 또한 간이다. 간에 문제가 생기면 얼굴색이 변하고, 온몸에 탁기(濁氣)가 가득 차게 된다. 간이 건강한 사람은 혈색이 좋고, 쉽게 피로를 느끼지 않는다.

목기가 간, 담을 강건하게 하니 피부가 맑아지고 온몸에 정기(靜氣)가 흐르게 된다. 모든 것이 새롭게 생성되는 느낌, 진중하게 가라앉는 마음이었다.

백호검을 얻고, 폐기(肺氣), 금기(金氣)가 강성했을 때에는 언제라도 뛰쳐나갈 수 있도록 준비가 되어 있는 듯한 기분이었다. 호방하게 소리를 지르고, 사방천지를 제 땅처럼 누빌 수 있는 자신감이 마음을 채웠었다.

육극신의 무위를 생각지 않고 무턱대고 달려들 수 있었던 것도 어쩌면 백호검의 다급한 기운 때문이었을지 모른다. 모든 일을 급하게 결정 내리고, 그저 부딪쳐 깨 나갈 생각만 했다. 이전의 성격에 비하자면 분명 고무적인 변화라 할 수 있었으나 그만큼 잃은 것도 크다. 과단성을 얻은 만큼, 성급함으로 빚어지는 폐해를 동시에 감수해야만 했던 것이다.

지금은 다르다.

넘쳐 흘러 나갈 것 같던 마음을 안정되게 붙들 수 있다. 사물을 보는 시야가 깨끗해졌고, 판단력이 확실하게 돌아왔다. 목신운형 덕분만은 아니다. 천태세에게 배우는 한마디 한마디가, 그리고 꾸준하게 자하진기를 연성하는 차분함이 가져다준 선물이라 할 수 있었다.

'저들. 그랬군. 놀라워. 왜 미리 알아채지 못했을까.'

날카로운 눈으로 지켜보던 청풍은 참배객들 사이로 움직이는 무인 하나를 관찰하다 결국 핵심적인 사실 하나를 깨달았다.

평복의 무인.

성혈교다.

치열하게 달려들던 흑의인들만 보아왔기에 단번에 분간할 수 없던 것이리라.

일반인과 가깝게 행동하는 모습.

성혈교 묵신단의 모습과는 판이하게 달랐지만, 미세한 부분에서 닮은 곳이 드러나고 있었다. 신체 내부에서 발산되는 진기도 그렇다. 묘하게 비슷한 느낌, 자하진기의 감각이 그 동질성을 가르쳐 주고 있었던 것이다.

'따라가 보자.'

청풍은 미행을 결심했다.

신중하게 발을 옮기며, 오래전 오용 사현에서 배웠던 내용들을 되짚었다.

미행은 은밀하면서도 자연스럽게, 조금이라도 이상한 낌새를 느끼면 절대로 접근하지 않는 원칙을 지키면서 무인의 뒤를 따라붙었다.

마을 외곽.

인적이 뜸해지는 가운데, 결국 마을 바깥까지 나가 버리는 무인이다.

'마을을 벗어난다라. 오늘은 여기까지군.'

청풍은 거기서 미행을 멈추었다.

더 이상 나아가지 않는다.

이보다 더 따라가면 반드시 들킨다. 아직은 경동시키지 않으려는 생각이다. 백호검을 들고 있던 예전 같았으면 무턱대고 달려들어 끝장을 보려 했을 것이다. 그러나 지금은 그럴 때가 아니다. 이 무인이 오늘 마을 바깥으로 사라진다 하여 영영 없어지는 것도 아니고, 어느 때든 청룡검이 드러날 때까지 이곳에 머물러 있을 터였다. 준비도 제대로 안 된 상태에서 덤벼들 때가 아닌 것이다.

'이것만으로도 얻은 것이 많아.'

발길을 돌리는 청풍.

이 정도로도 충분하다. 얻은 것이 세 가지나 되었으니까.

'첫째, 성혈교를 구분할 수 있는 정보를 얻었다. 그 보법. 진기. 새겨둬야 해. 언제라도 알아볼 수 있도록.'

무인이란 꾸준히 초식을 수련하는 이들이다. 일정한 동작과 기법이 그 안에 깃들어 있을 수밖에 없는 법. 보법이란 그런 것이 가장 잘 나타나는 것 중 하나다. 쭉 따라오며 움직이는 것을 관찰해 두었으므로 앞으로는 쉽게 알아볼 수 있을 터였다.

'둘째, 석가장과 성혈교는 연결되어 있지 않다는 점이다. 석가장의 무인들과는 확실하게 달라. 청룡검이 이곳에 있다는 것, 석가장과 성혈교가 어떻게든 연관이 있을 것이라 생각했었지만, 두 곳의 무인들은 서로 관계가 없어. 지금까지의 동향만 보아도 그래. 서로 연관되어 있

는 자들의 그것이 아니다. 또한 그것은 곧, 청룡검이 성혈교의 손에서 벗어나 있다는 말이겠지.'

청룡검이 있는 곳이 사방신검을 탈취해 간 곳.

쉽게 생각할 수 있는 바다.

하지만 실상은 그렇지 않았다.

어떤 이유에서인지는 몰라도, 청룡검은 성혈교의 수중에 있지 않다. 을지백도 그렇게 이야기했다. 사방신검의 위치는 각각 다르다고. 그것은 곧, 성혈교가 이 사방검을 제대로 간수하지 못했다는 사실을 의미하는 것일는지도 몰랐다.

'셋째는… 성혈교의 무인들이 얼마나 되는가이다. 마을로 들어오지 않는다는 것은 한 가지 이유밖에 없어. 눈에 띄지 않기 위한 것. 인원이 너무 많거나 보여줄 수 없는 것이 있기 때문일 것이다. 인원이 많은 것보다는… 역시, 보여줄 수 없는 것이 있어서겠지.'

늦은 여름 태양이 동천 멀리로 그림자를 드리우는 곳, 청풍은 마을 바깥쪽, 성혈교의 무인이 사라진 방향을 돌아보았다.

'신장귀라고 했다. 그런 괴인들과 함께 백주를 활보하는 것은 불가능해. 그들이 와 있다. 틀림없어.'

다시 한 번 무인의 걸음걸이와 기도를 떠올렸다.

묵신단 무인들과 같은 살기는 없었지만, 그럼에도 지닌 바 무공은 큰 차이가 없는 것 같다. 살기를 다스린다는 이야기. 적어도 묵신단보다 수준 높은 자들이란 뜻이었다.

'만만치 않겠어.'

무인이 몇 명이나 있는지는 모른다. 하지만 그 숫자가 적더라도 쉽지는 않다. 신장귀들까지 더해진다면 더욱 그렇다. 신장귀의 수가 셋만 된다 해도 맨손으로 감당하기에는 무리가 따른다. 청룡검을 빨리 얻는다면 모를까, 부러지고 부서져도 되살아나는 육체는 분명 장법이나 권법으로는 파괴하기 힘들 것이었다.

마을 외곽에서 안쪽으로 들어오던 청풍.

거지 하나가 걸음을 빨리하는 모습이 눈에 들어왔다.

'개방······!'

참배객들이 마을 곳곳에 연등을 달고 있는 광경들이 보인다. 그 사이, 또 한 명의 거지가 뛰다시피 하면서 골목 저편으로 사라지는 것이 눈에 띄었다.

'개방도 본격적으로 움직이기 시작하는 모양이군.'

성혈교. 개방.

마을 중앙의 시장까지 깊숙하게 들어온 그는 마지막 한 무리를 찾았다. 석가장도, 성혈교도, 개방도 아닌 무리. 극소수만이 돌아다니지만, 하나하나가 가장 뛰어난 무공을 지닌 자들이었다.

'가장 주의해야 할 곳. 무엇보다, 정체를 모르겠다. 무공을 감추는 것도 다른 무리들에 비하여 훨씬 훌륭해.'

오늘은 보이지 않는다.

미행은 시도해 본 적이 없으니 근거지도 알 수가 없다. 드러난 적들은 아무리 강해도 무섭지 않지만, 드러나지 않은 적은 실체를 모른다는 것만으로도 두려움을 불러일으킨다. 이들에 대한 것을 적극적으로 알아봐야 할 때였다.

"음······?!"

눈과 귀를 활짝 열고 한참 동안 주위를 살피던 청풍은 한순간, 스스로의 눈을 의심했다.

주변에 돌아다니는 수많은 무인.

그 걸음걸이와 기도에 촉각을 곤두세우던 중 너무나도 익숙한 보법을 발견했기 때문이었다.

'저것은.'

발뒤꿈치가 먼저 땅에 닿으면, 진기가 앞쪽으로 흐르고 발끝이 가볍게 땅을 밀어낸다.

'화산 신법. 암향표!'

한 자루 검처럼 벼려진 기도.

그 위의 얼굴을 기억한다.

뛰어난 미남으로 손꼽히며, 속가제자의 신분으로 단기간에 소요관까지 통과했던 비할 데 없는 무재(武材).

매화검수 매한옥이었다.

'화산파가 왜 이곳에.'

철기맹과의 일전이 한창이라는 화산파다. 매화검수가 어찌하여 이런 곳까지 나와 있는지 영문을 알 수가 없었다.

화산 매화검수의 출현.

거기에 정신이 팔려 걷고 있는 매한옥에게만 시선을 주던 청풍은 한순간 경악에 가까운 심정이 되어 두 눈을 크게 떴다.

매한옥, 그 옆에 나란히 있어 드러나는 얼굴이 있다.

어딘지 모르게 우수에 찬 눈빛. 평소와는 다른 얼굴. 그럼에도 완숙에 이른 미모가 엿보인다.

연선하다.

그녀가 거기에 있었다.

'이럴 수가……'

청풍은 자신도 모르게 죽립을 쿡 눌러쓰며 저잣거리 사람들 사이로 몸을 숨겼다.

왠지 얼굴을 보여서는 안 될 것 같다는 느낌이다.

몇 번을 다시 봐도 틀림없는 사저. 연선하라니. 그녀가 여기에 와 있다는 사실을 도무지 이해할 수가 없었다.

청풍은 그대로 몸을 돌렸다.

눈에 띄지 않도록.

걸음을 빨리하여, 도망치기라도 하듯 저잣거리를 벗어났다.

'사저, 대체……'

완전히 다른 길로 들어왔음을 확인하고서야 생각을 정리할 수가 있었다. 왜 이곳에 나타났는가. 하필 이곳에.

'진정하고, 생각하자. 사저. 사저가 아니라 매화검수다. 온 것은 사저만이 아니야. 매한옥, 매 사형과 함께 왔다는 것은 매화검수의 신분으로 왔다는 뜻이다. 그 이야기는……'

청풍의 고개가 석가장 쪽으로 돌아갔다.

'청룡검.'

그 하나밖에 없다.

청룡검이 이 석가장에 있다는 사실이 알려졌다고밖에 생각할 수가 없었다. 철기맹과 싸움이 한창인 이때에, 매화검수 두 명이 이곳까지 왔다고 한다면 그만한 이유가 있지 않고서야 불가능한 일이다. 청룡검 이외에는 추측의 여지가 남아 있지를 않았다.

'잠깐. 매화검수가 나섰다는 것은 무엇을 의미하지? 청룡검을 찾는 일에……. 사방신검의 회수를 공식적으로 행하겠다는 뜻인가?'

집법원 검사가 아니라 매화검사가 나섰다.

어찌 된 일인가.

문득 청풍은 그 자신에게 내려졌던 임무에 생각이 닿았다.

'그러고 보면 나는, 임무를 실패한 사람이다. 간과했어. 나는… 어떻게 이야기되고 있지? 강호에서?'

정작, 다른 것은 찾아다니면서도 자신에 대한 소문에 대해서는 무지했다.

눈을 밝게 하고 귀를 열어두겠다는 것도 허울에 불과했던가.

청풍은 곧바로 객잔으로 들어가 자리를 잡고 차 한 잔을 시킨 다음, 점소이를 불렀다.

"갑자기 생각이 나서 그러는데 혹시, 백호검주에 대한 소문 들어본 적이 있나?"

"철선녀와 함께 다니던 백호검주 말씀이십니까?"

"철선녀……. 그렇네만."

"육극신에게 죽었다는 소문이 파다하던데요? 철선녀도 함께요. 그 이야기 돈 게 언젠데 아직도 모르세요. 하기사, 요즘엔 아무도 안 하는 이야기니까요. 백호검인가 뭔가 그건 이제 파검존의 수중에 들어갔으니, 더 이상 말할 껀덕지가 없습죠."

'죽었다……. 그렇게 알려졌군.'

청풍은 허탈감을 느낌과 동시에 머리 속이 밝아짐을 느꼈다.

청풍이 죽었다라는 말. 얼마든지 그렇게 짐작할 수 있다.

안휘성을 횡단하며 구화산을 찾는 동안, 퍼져 나갔다가 관심 밖으로 멀어졌던 소문인 모양이다.

문제는 화산파다.

청풍이 백호검을 소지하고 있었던 것은 이미 비밀이 아니게 된 상황이다. 그런데 청풍이 죽고 백호검이 넘어가 버렸다는 소문이 돌았다.

청풍에게 사방신검 회수를 맡겼던 원로원은 어떻게 반응했을까.

또한, 화산파 장문인은 그 사실을 어떻게 받아들였을까.

거기에 해답이 있다.

매화검수 두 명.

신뢰가 안 가는 보무제자에서 매화검수로 바꾼 것이다.

실력있는 매화검수 매한옥, 그리고 청풍을 잘 아는 연선하. 선택이 이루어진 과정도 상상할 수 있을 것 같다. 아니면 연선하가 직접 지원했거나.

'어느 쪽이든, 문제다. 두 명으로는 안 돼. 너무 가볍게 보았어.'

차라리 집법원 정검대 검사들이었다면.

다섯 명, 그 이상.

그 정도 힘은 있어야 한다. 을지백이 이야기했듯, 청룡검이 있는 이곳은 그야말로 하나의 복마전이다. 매화검수 두 명으로 통할 리가 없는 것이다.

'더 알아보아야 한다. 이틀 안에 나머지 한 세력의 정체를 밝혀놔야 돼. 화산이 왔으니 이제 세력은 넷에서 다섯으로 늘었다. 거기에 모여들게 될 강호무인들까지 따로 생각하면 여섯이야. 얼마나 알고, 어떻게 대응하는가에 모든 것이 달렸어.'

"소식이 좀 늦어서 말이지. 여튼 고맙네."

청풍은 그 자리에 그대로 앉아 점소이가 가져온 차를 입에 대었다. 뜨거움을 느낄 겨를도 없이 들이키며 창밖, 석가장 쪽을 바라보았다. 거지 하나가 분주하게 달려가는 모습이 보인다. 문득 드는 생각, 청풍이 고개를 저었다.

'이런… 곳에서 묻다니 성급했다. 사저를 보았기에 마음이 흔들렸기 때문인 것이야. 잘못하면 드러나겠어.'

찻잔을 내려놓으며 죽립을 눌러썼다.

어디에서든 음지에서 움직이는 편이 유리하다. 죽었다는 소문, 그는 여기에 있을 수 없는 자다. 다른 이들이 그의 존재를 모른다는 것은 움직이는 데 있어 굉장한 장점이라 할 수 있었던 것이다.

'어쩌면… 아니다. 틀림없다. 개방에서는 알고 있을 것이다. 죽었다고 소문이 퍼졌대도, 그것은 어디까지나 보통 사람들에게야. 그 정도를 몰라서야 강호 제일의 정보력을 자랑하는 개방이라 할 수 없겠지.'

청풍은 판단을 새로이 했다.

이쪽이 드러나지 않을 것이라고만 보았다면 그것은 안이한 생각이다. 얼굴도 제대로 못 보았으면서도 어찌 알겠냐만은 그것을 알게 하는 것 또한 개방의 능력이었다.

'석가장의 실체에 대해서도 다시 알아봐야 한다. 잠입은… 어렵다. 정보를 얻을 수가 없어. 차라리… 개방과 직접 접촉을 할까.'

개방과 손을 잡는다.

나쁘지 않은 생각이다.

개방이라면, 저렇게 많은 거지들이 움직이고 있는 개방이라면 석가장의 상황에 대해서도 상당 부분 파악하고 있을 터였다.

하지만.

백호검을 들고 쫓길 당시의 일들이 마음에 걸렸다. 거지들이 가르쳐 줘서 청풍을 기다릴 수 있었다는 강호인들의 이야기, 게다가 개방의 젊은 용, 장현걸은 사방신검에 대해서도 지대한 관심을 보이지 않았던가.

'아니야. 개방은 아직 이르다. 개방이란 분명 협과 정도를 추구하는

방파이지만, 그 이면에는 무엇이 있을지 모르는 일이야. 일단은 홀로 행동하는 편이 낫겠어.'

차를 다 마신 후 태연하게 몸을 일으켰다.

돌아가서 다시 생각한다.

천태세와도 상의를 해봐야 할 터. 해지는 바깥을 향해 발길을 옮겼다.

여장을 풀고 있던 객잔으로 돌아온 청풍은 창밖의 석양을 곱게 받고 있는 천태세를 발견했다.

오늘 하루 보고 들은 것을 이야기하려 했을 때다.

천태세가 몸을 돌리고는 먼저 입을 열었다.

"문제가 생겼다. 조금 더 서둘러야겠어. 천천히 가르쳐 주려 했더니 여의치 않구나. 이제 닷새 남았다. 하나만 명심해라. 다른 것은 어찌 되어도 좋으니 목신운형을 가능한 한 높이 끌어올려 놓아야 해."

말투가 예사롭지 않다.

어딘지 모르게 다급함이 느껴지는 것, 항상 잔잔하고 진중하던 천태세답지 않은 어조였다.

"무슨 일입니까."

"그냥 그리 들어두어라. 이유는 차차 알게 될 것이다."

천태세가 몸을 돌려 청풍에게 다가왔다. 손에 들고 있던 한 뭉치의 종이를 건네주었다.

"이것은 풍운룡보(風雲龍步)의 구결이다. 목신운형과 한 흐름을 이루는 보법(步法)이라 익히기는 어렵지 않을 것이다. 먼저 받아두도록 하여라. 용뢰섬(龍雷閃)은 다음에 가르쳐 주마."

풍운룡보.

보법에 필요한 그림과 도해(圖解)가 상세하게 갖추어져 있다. 그것만으로도 무공의 기본을 잡을 수 있는, 한 권의 비급(秘笈)이라 해도 과언이 아니었다.

"가시는… 겁니까."

"그래. 시간이 되었다. 당분간은 홀로 해결해야 할 것이다."

천태세가 청풍을 지나쳐 문 쪽을 향해 걸어갔다.

왔다가 사라진다.

마치 을지백처럼.

그러다가 중요한 순간 나타나고, 깊을 수 없는 도움을 주리라. 이들의 정체가 무엇인지에 대해 처음으로 심각한 의문을 가지게 되는 순간이었다.

"사물을 확실하게 보아야 하느니라. 그릇된 것에 현혹되지 말고, 옳다고 생각하는 바를 행하라. 복락이란 준비된 자에게 찾아오는 법일지니."

한마디 말을 남긴 채 방 바깥으로 나간다. 지금은 가지만 다시 만날 수 있을 것 같은 기분. 굳건한 뒷모습을 보이던 을지백 때와는 다른 느낌이었기에 따로이 배웅을 나가지는 않았다. 배웅을 나갔더라도 어디로 가는지는 알 수가 없었을 것 같다. 확신에 가까운 예감이었다.

팔락.

청풍은 따라 나가는 대신 문을 걸어 닫고서 풍운룡보의 구결을 넘겨보았다. 상세한 구결이다. 비급만으로 무공을 익힌다는 것이 어불성설이라지만, 이 종이들을 보고 있자면 그러한 통설도 얼마든지 바뀔 수 있다라는 생각이 들었다.

'이유없이 하는 말은 없으신 분이다. 내일은 미지의 집단을 살피도록 하고, 석가장은 환갑 잔치가 이루어지는 시점부터 생각한다. 그때까지는 목신운형과 이 풍운룡보를 익히도록 하자.'

목신운형과 풍운룡보의 구결을 나란히 펼쳐 놓았다.

깨알 같은 구결들을 박아 넣을 듯이 담아두는 청풍의 무공은 유등의 기름이 사라지는 만큼 깊어지고 있는 중이다. 하얗게 지새우는 밤이 짧게만 느껴질 뿐이었다.

*　　　*　　　*

"상황은 어떻지?"

개방 후개 장현걸이 지장촌에 와서 가장 먼저 한 일은, 안휘성 남부의 후구당 구화지부의 부장인 고봉산(高奉山)을 만나는 일이었다.

"일단 생각대로 성혈교가 왔고, 숭무련이 왔습니다. 화산파에서도 매화검수들을 보냈고요."

"매화검수를 보냈다라. 하나? 둘? 그 이상은 오기 힘들 텐데."

"맞습니다. 두 명, 매화옥검(梅花玉劍) 매한옥과 천류여협(天流女俠) 연선하입니다."

"좋군. 좋은 한 쌍이야. 천류여협이 그리도 미인이라더만."

"나이를 좀 먹은 것 빼고는 쓸 만하지요."

"쓸 만하다라. 뚫린 입이라고 잘도 말하는군. 듣기로 그리 만만한 성격은 아니라더만."

"뭐, 저와는 볼 일도 없을 텐데 말입니다."

"그것을 누가 아나? 내 보면 그대로 일러주지."

"맘대로 하십시오."

"하! 이 친구 괜찮군. 후구당엔 인재가 많아. 남 당주."

"아직 부당주입니다."

"말꼬리 잡지 말라고. 내가 나중에 당주 시켜줄게."

"몇백 년이나 걸리실라구요. 용두방주께서 쉽게 넘겨줄 것 같습니까."

"그 양반이야 뭐, 어떻게든 구워삶으면 되겠지."

"구워삶아도 때밖에 안 나올 겁니다."

"시끄럽고. 고봉산, 숭무련에서는 누가 왔지?"

"모르는 인물입니다. 흠검단(欽劍團)에서 온 것 같은데, 단주라도 되는 모양입니다. 감히 가까이도 가지 못할 만큼 무서운 무공을 지녔습니다."

"호오. 흠검단이라. 그것도 단주급? 무섭군. 몇십 년 만이야 이게. 흠검단 자료가 남아 있는 것이 있기는 해?"

"그것을 저에게 묻습니까. 팔황에 대한 것은 칠결 이상이나 아는 극비(極秘) 아닙니까."

"하하! 이 친구 갈수록 마음에 드는구만. 어이, 남 당주. 이 녀석 후구당 부당주로 쓰라고."

"이놈은 너무 능글거려서 싫습니다."

"왜 이래. 똑같은 사람들끼리 한 식구 하면 좋잖아."

"여하튼 안 데리고 있을랍니다."

"그래. 그렇게 싫다면, 데리고 있어 그냥. 그건 그렇고, 흠검단이라. 육결 방도 봉산이는 용케 흠검단에 대해서도 아는군? 제 입으로 칠결 이상의 극비라 해놓고서."

"후구당이잖습니까."

"대답 한번 기막히군. 좋다, 좋아. 그러면, 후구당 예비 부당주가 보기에 성혈교는 어때?"

"성혈교에서는 오사도(五使徒)가 직접 온 모양입니다."

"예비 부당주가 하고 싶기는 한 모양이네. 근데 뭐라? 성혈교 다섯 번째 사도(使徒)가 왔다고?"

"예."

"오호라. 이거 세게 나오네."

"그렇겠죠. 비검맹 육극신의 일도 있으니까요."

"하나둘씩 기어나오는구만. 뭔 난리가 나려고."

"일이야 다 터지고 있지 않습니까. 후구당에 지원 좀 더 해주십쇼. 코가 열 개라도 모자랍니다."

"그건 방주 양반에게나 물어봐. 난 힘이 없어."

"말도 안 되는 소리 하지 마십시오."

"여튼 난 몰라. 어떻게 할 거야, 이제."

"그걸 제가 압니까. 힘없는 후개가 하자는 대로 하는 거죠."

"자빠졌네. 돼질라고."

"돼지긴요. 무슨 일이 있어도 안 돼지는 게 거지입니다. 무슨 일이 있어도 안 굶죠."

"돼지는 게 굶어 죽는 거 하난가?"

"굶는 것 하나 아니었습니까? 또 뭐가 있죠?"

"이놈 걸작이네. 그래. 그거야. 굶어 죽지 않으려면 얻어먹으러 가야지."

"얻어먹으러 간다고요?"

"석가 늙은이 잔칫상 말이다. 며칠 일찍 가자구. 무슨 생각을 해 처먹고 있는 건지 알아야지."

재기(再起) 309

"그냥 정면으로 가는 겁니까?"

"그래. 너랑 나."

"예?"

"남 당주는 여기서 뒤를 지원해 줘."

"예? 아니 잠깐, 왜 나만 갑니까! 아니, 내가 거기를 왜 가요? 천독문(千毒門) 반혈충(斑血蟲)이 우글거리는 곳에!"

"누가 우리 둘만 간대? 잔칫집에서 얻어먹으려면 입도 여러 개여야 맛이 나지. 화산파도 불러."

"화산파고 나발이고 난 안 갑니다."

"지랄 말아. 반혈충 역혈독(逆血毒)이면 술안주로는 그만이지. 구화산 후구당이면 그 정도 준비는 다 있잖아."

"여튼 난 안 갑니다. 잠혈균(潛血菌)이 얼마나 쓴데요."

"것 보라구. 해독약도 있으면서 엄살 부리지 말아. 화산파 미녀 검사나 부르셔. 당장."

개방 후개.

후개라 함은 다음 대 용두방주, 개방의 정점으로 점찍어진 인재를 뜻함이다.

장현걸. 눈을 빛내며 내리는 명령에, 그것을 따르는 고봉산의 젊은 두 눈 역시 은은한 정광을 품는다. 천재라 불리는 후개, 거침없는 기상과 성정에 방주로서 섬길 만한 인물임을 느낀 까닭이었다.

　　　　＊　　　＊　　　＊

미지의 집단에 대한 탐색을 하려고 마을을 살피던 청풍은 일순간 그것이 불가능함을 깨달았다.

'늦었어. 다른 무인들이 너무 많이 들어왔다.'

기존에 지장촌에 들어와 있던 무인들 외에도, 본 적 없었던 강호인들이 지나치게 많이 흘러들어 온 상태다.

하룻밤 새.

바로 지금 이 순간에도 무공을 익힌 무인들이 늘어나고 있다. 거리를 활보하는 무인들의 숫자가 한둘이 아니라, 그때의 그자들을 구분해 내기가 도통 어려울 정도였다.

'돌아가자.'

이대로는 시간 낭비다.

왔다 갔다 확인하는 것보다 객잔에서 무공을 연련하는 편이 좋을 것 같다. 정보를 다 얻고서 시작하는 것보다, 긴장감을 가지고 무공을 가다듬는 것이 더 나은 시점인 것이다.

판단과 함께 행동으로.

청풍은 미련없이 발길을 돌렸다.

일일이 다 알고서 대비를 하려면 지금 흘러들어 오고 있는 모든 무인에 대해서도 알아두어야 한다는 뜻이 된다.

'그럴 수야 없지.'

객잔으로 돌아가던 와중에, 대장간에 들러 청강장검 두 자루를 구했다. 아무래도 무기가 있어야 할 것 같다. 성혈교 신장귀를 상대하려면 결국 육장보다는 병장기다. 신장귀의 움직임들을 떠올리며 머리 속으로는 거기에 대응할 검초들을 떠올리고, 발길은 여일하게 객잔으로 향했다.

터벅.

"어이."

객잔이 얼마 안 남았을 때다.

뒤에서 부르는 소리.

청풍은 온몸에 긴장감이 팽배해짐을 느끼면서 천천히 몸을 돌렸다.

고수다. 그것도 굉장한.

"맞나? 좀 다른가? 죽립 한번 벗어보는 것이 어때?"

첫인상.

젊다.

수려한 외모. 늘어뜨린 긴 머리에 자유분방함이 느껴진다. 자연스럽게 늘어뜨린 두 팔, 언제라도 뛰쳐나올 수 있는 명검이 그의 허리춤에 매달려 있었다. 보는 것만으로도 엄청난 검기(劍技)의 소유자임을 직감할 수 있도록 만드는 자였다.

"나를 아시오?"

청풍은 당황하지 않았다.

태연하게 묻는 모습, 흔들리지 않는 부동심이 자리한다. 청년고수, 매처럼 날카롭게 찢어진 눈매가 번쩍 빛났다.

"벗어보라고."

수려한 외모, 길게 뻗은 검미에 웃음기가 감돌았다. 출수를 예고하고 있는 미소다. 그러나 청풍은 상대의 무례함에도 전혀 경동하지 않았다.

"누구신지?"

청풍의 대답은 동문서답에 가깝다. 상대의 미소가 더욱 짙어진다. 난데없이 고조되는 공기. 순식간에 일촉즉발의 긴장감이 피어올랐다.

"들은 것과 다르군. 아니면 아예 다른 사람이거나. 막 사형은 본래부터 사람들을 제대로 못 분간하지."

막 사형.

청풍은 단숨에 이자가 어디서 왔는지 깨닫고 말았다.

'영령. 영령을 데려간 자, 막위군이라 했다. 무련이라 했었지. 그렇군. 남은 하나는 거기였어.'

포기하려 했던 해답이 나왔다. 확실히 사람의 일이란 모르는 것, 이렇게 알 수 있을 것이라고는 조금도 예측하지 못했었다.

"자, 죽립을 내려봐. 세 번째 말한다. 그 다음은 없어."

예의가 없는 자에게 예의를 차릴 필요가 있을까.

청풍의 눈이 번쩍 빛났다.

최소한의 존대만이 그녀와 같은 문파의 문인에게 할 수 있는 마지막 하나다.

고개를 슬쩍 드는 청풍.

그의 입술이 천천히 움직였다.

"직접 벗겨보시오."

청풍의 한마디.

청년고수의 얼굴에 깃들었던 미소가 더욱 짙어졌다.

"건방지군."

일순간.

번쩍!

백주의 대로에서 뽑아 휘두르는 검. 상대의 허리로부터 빛살처럼 뻗어 나오는 광채가 청풍의 머리를 노려왔다.

청풍의 몸이 순식간에 뒤쪽으로 젖혀진다.

피핏!

엄청난 쾌검, 눈앞에 어른거리는 검광을 간발의 차이로 비껴냈다.

극도로 유연하면서도 절제되어 있는 움직임, 초근접거리에서 맞닥뜨린 검격임에도 그것을 피해내는 회피 능력이 놀랍다.

그뿐인가.

뒤로 꺾여지는가 싶더니 다시 앞쪽으로 나아간다. 목신운형의 체술이다. 놀라운 속도로 검자루를 잡아 발군의 탄력으로 튕겨냈다.

퀴유웅!

금강탄 발검!

호쾌하게 뻗어내는 검날, 찰나의 시간 동안 청년고수의 두 눈에 놀라움이 깃든다.

옆으로 피해내는 모습.

청년고수의 측면을 아슬아슬하게 스치고 지나갔다. 필요한 만큼만 움직이는 훌륭한 신법, 무공과 실전을 제대로 알고 있는 자였다.

"겨우 그 정도로······."

옆으로 비껴서서 검을 늘어뜨린 채 청풍을 바라보았다.

비웃는 듯한 표정. 그것이 신호라도 된 듯, 청풍의 죽립에서 미세한 소리가 들려왔다.

쩌적.

검격이 스치고 지나간 자리에서부터 죽립의 위쪽으로 갈라지고 있다.

한 치, 두 치, 세 치.

그러나.

툭.

거기까지다.

멈춘다. 그 이상 갈라지지 않는 죽립이다. 끝까지 갈라놓았을 것이라 생각했던 모양, 비웃음이 자리했던 청년고수의 얼굴이 미미하게 굳었다.

청풍이 뻗어내었던 장검을 회수하여 검집으로 되돌렸다.

치리링.

팔락.

한 조각 옷깃이 바람을 타고 땅으로 내려앉는다.

붉은색 비단 조각이다.

청년고수의 옷에서 떨어져 나온 옷깃이었다.

"어떻소. 더 하시겠소?"

청풍의 목소리는 차분하기만 하다.

발검 대 발검의 대결.

청풍의 죽립이 손상을 입었다지만, 청년고수의 옷도 잘려져 나갔다.

싸움의 결과를 말하자면 백중세라 할 수 있다.

여유만만하던 청년고수가 입가에 머물러 있던 미소를 지워냈다.

"놀랍군. 실로 놀라워."

청년고수의 얼굴은 이제 진중하다.

진심으로 싸울 생각이라도 있는가. 그의 눈에 사나운 빛이 깃들었다.

"단주(團主)께서 얼굴이나 한번 보고 오라 하셔서 장난을 쳐봤는데, 그럴 만한 상대가 아니로군. 이름이 뭐지?"

"화산파 청풍이오."

"청풍, 좋은 이름이야."

그가 자신의 검을 검집에 꽂아 넣었다. 더 이상 싸울 생각이 없는 모양이다. 주변을 둘러보는 청년고수. 갑작스런 칼부림에 하나둘, 사람들이 모여들고 있다. 그가 피식 웃더니 입을 열었다.

"장소가 안 좋군. 옮기지."

가타부타 대답을 듣지도 않은 채, 성큼성큼 바로 옆의 객잔으로 들어간다. 청풍도 끝이 갈라진 죽립을 다시금 고쳐 쓰고는 그를 따라 객잔 안으로 들어갔다.

"내 이름은 조신량(曺信良)이다."

구석 자리.

주변에 들리지 않도록 조용히 발하는 목소리였다. 묘한 내력이 담겨 있다. 다른 사람들이 듣기 힘든 파장이 느껴지고 있는 것. 신기한 재주였다.

"한 가지 묻겠다. 자네는 두 검 중 어떤 쪽이지?"

"두 검?"

"적검(赤劍)과 청검(靑劍) 어느 쪽이냔 말이다."

적검과 청검.

적사검(赤獅劍), 청룡검(靑龍劍). 석대붕이 내놓는다 알려진 두 보검을 뜻하는 말이다.

둘 중 어느 쪽을 노리는가를 묻는 모양이었다.

"청룡검이오."

"역시 그렇군."

"이쪽에서도 묻고 싶은 것이 있소."

"일문일답이라는 말인가? 좋아. 무엇이 궁금하지?"

"그녀는 괜찮소?"

한쪽이 아무리 무례하게 하대를 해도, 청풍이 예를 차리려는 것은 오직 이 한 가지 질문 때문이다. 서영령이 몸담은 문파의 식솔. 그녀의 안위가 궁금하지 않았더라면, 이처럼 객잔 안까지 따라오지도 않았으리라.

"그녀라……."

조신량이 의자의 등받이에 몸을 기대며 팔짱을 꼈다.

"아가씨를 말하는 모양이군."

가늘게 좁혀 떠진 눈, 그의 눈이 위험하게 빛났다.

"이야기해 줄 수 없다면? 여기서 아까의 계속을 하기라도 할 텐가."

"검을 나누는 것이라면, 언제든 좋소."

"생각없는 패기로는 보이지 않는데. 그만한 실력이 되나?"

"옷깃으로도 모자라다면, 확인해 보시던지."

미동도 하지 않고서 앉아 있는 청풍.

한 치도 물러서지 않는다.

당장 발검을 한다 해도 이상하지 않을 만큼 굳건한 눈빛을 보이고 있었다.

"진심이군."

굳혀져 있던 표정을 풀며 기대고 있던 등을 뗐다.

팔꿈치를 탁자에 올리고 청풍을 향해 상체를 굽혔다.

"아가씨의 상세에 관한 것이라면, 완전히 회복되었다고 알고 있다. 되었나?"

"되었소. 충분하오."

청풍의 눈 깊은 곳에 안도감이 깃들었다.

다행이다. 실로 다행이다.

그녀가 괜찮다면 모든 것이 괜찮다.

"좋아. 그럼 다음 이야기를 하지."

조신량의 목소리가 더 낮아졌다.

화경의 내력이 있더라도 엿듣기 힘들 만큼 조그만 목소리다. 기이한 파장이 깃들어 있음은 물론이었다.
"적검과 청검을 노리고 이곳에 온 무리들 중, 가장 문제가 되는 곳이 성혈교다. 알고 있겠지?"
"알고 있소."
"자네는 청룡검을 원해. 우리도 원하지만, 사실 우리가 필요해서라기보다는 성혈교의 손에 넘어가지 않기 위해서인 측면이 강하다. 게다가 우리가 원하는 것은 청룡검보다는 적사검이야."
"……?"
"우리와 손을 잡도록 하지. 자네는 청룡검을 가져. 우리는 적사검을 손에 넣겠다."
"……!!"
손을 잡자. 협력을 이야기함이다.
놀라운 일, 전혀 상상조차 할 수 없었던 제안이다.
"어떤가?"
무슨 속셈일까.
알 수 없다. 숱한 무인들 중에 굳이 청풍과 손을 잡자는 이유가 무엇일까.
"왜, 나요?"
"이유? 별다른 이유는 없다. 적을 하나 줄이기 위해서라고 할까."
"설명이 되지 않소."
"……"
조신량과 청풍의 눈이 짧은 공간 안에서 불꽃을 튀었다.
날카로운 직관력이 함께하는 청풍의 눈빛이다. 조신량이 고개를 한 번 까딱이더니, 어쩔 수 없다는 듯 입을 열었다.

"좋다. 사실, 단주께서도 여기까지 오기는 하셨지만 정작 임무에는 별반 흥미를 못 느끼고 계신다. 하지만 성혈교에서는 사도(使徒)가 왔어. 고수가 부족하다는 말이다. 손이 더 필요해."

"사도?"

"성혈교 일곱 사도. 성혈교 교단의 최고 책임자들이자, 최강의 고수들을 말함이다."

성혈교.

사신검을 탈취해 간 주적이다.

음험한 묵신단 무인들에 신장귀와 같이 괴이한 존재들을 부리는 곳. 그런 집단의 최강고수라면 어지간히 위험한 자들이 아니리라.

"성혈교와 무련은 서로 적대 관계에 있소?"

"적대 관계? 정확한 표현은 아니다. 근본적인 적은 아니지만 서로 견제하고 있다고 하는 것이 옳겠지."

'그랬나.'

중요한 사실을 알게 되었다. 무련은 성혈교를 잘 알고 있지만, 이번 일에서는 서로 다른 편에 선다. 이것은 보통 정보가 아니다. 청룡검의 일에서뿐만 아니라, 앞으로도 그의 행보에 지대한 영향을 미칠 것이라는 예감이 들었다.

"다시 묻지. 어떤가. 손을 잡겠나?"

"……"

실익이 어느 정도 될까.

모른다.

고수들의 힘을 빌린다면 분명, 더 높은 가능성을 지니게 될 수 있다. 하지만.

마음에 걸리는 것이 있다.

청룡검을 찾는 것.

그것에는 다른 누구의 도움도 끼어들지 않아야만 할 것 같다.

이치로서 설명할 수 있는 것이 아니라, 직감적으로 느끼는 천부의 사명이었다.

"손을 잡는 것, 거절하겠소."

자리에서 일어나는 청풍이다.

그를 쳐다보는 조신량의 두 눈에 의아함이 깃들었다.

"많은 이야기 고맙소. 다만 서로의 일에 방해되는 일이 없기를 바라겠소."

미련없이 포권을 취한다.

청풍의 단호한 목소리에 조신량은 한 방 먹었다는 듯한 표정을 짓고는 등받이에 몸을 기대었다.

"재미있는 말이다. 그래. 그 말대로, 서로에게 무운이 있다면 좋겠지. 하지만 다시 보았을 때 적이면 적이지 아군이 될 것 같지는 않군."

조신량을 그대로 남겨둔 채, 청풍은 몸을 돌렸다.

걸어나가는 한 걸음.

결단력이 함께하고 있는 일보였다.

〈2권 끝〉